読みなおす日本史

南北朝の宮廷誌

二条良基の仮名日記

小川剛生 著
国文学研究資料館 編

吉川弘文館

本書は平成十三年八月に国文学研究資料館で行われた「原典講読セミナー」を活字化したものである。

大学院生を対象として毎夏行われている本セミナーは、数人の教官がそれぞれのテーマに基づき三回にわたって講義をするものであり、刊行にあたって大幅な加筆修正を施している。

目　次

第一講　『小島のすさみ』……七
はじめに……七
第一節　南北朝の動乱と北朝の廷臣……一一
観応の擾乱と正平一統／後光厳天皇の践祚／廷臣の困惑
書名と公刊テキスト／諸本と系統／三条西実隆筆本について
第二節　『小島のすさみ』を読む（一）……二〇
中院の草の庵／『源氏物語』との関係／後光厳天皇よりの召し
「報国の心ざし」／坂本から湖水を渡る／近江路を東へ／賢俊との邂逅
不破の関と関の藤川／喚起される「藤氏」意識／小島の風景
「床をならべし契り」
第三節　『小島のすさみ』を読む（二）……四四
深山の憂鬱／須磨の光源氏の面影／「戎衣」の廷臣／垂井へ遷幸

初度行幸の記／摂関と儀礼／恐怖の一夜
第四節　『小島のすさみ』を読む（三）……五三
尊氏軍の到着／将軍参内の記／『源威集』での描かれ方
貢馬から見た武家政権の位置づけ／暴風雨／義詮の参内
還幸の記と廷臣の功労／土御門内裏に入る／「九月の還幸」先例勘申
跋文／後光厳朝の物語
第二講　『さかき葉の日記』……七七
第一節　貞治の神木入洛……七九
神木と嗷訴／興福寺と斯波高経／寺社本所領をめぐる問題／諸本と系統
吉田本について
第二節　『さかき葉の日記』を読む（一）……八八
語り手の翁の登場／春日明神と摂関／様々な怪異／在洛中の神木の有様
見物人六条殿に群参／『源氏物語』の難義語／良基の源氏学の展開
第三節　『さかき葉の日記』を読む（二）……一〇三
神木の帰座／供奉の行列次第／将軍の見物／「武家御訪」／寺官の僧の語り
王家・摂家・武家—摂関家の国家観／応安半済令の背景／『太平記』との関係

「さかき葉と申し候物語」
第四節　応安の神木入洛……………………………………一二四
代始の嗷訴／衆徒の要求／果てしない交渉／良基の放氏／神木・神輿・神宝
後円融朝の荒廃
第三講『雲井の御法』……………………………………一三六
第一節　宮廷行事としての法会……………………………………一三六
法華八講の盛行／応安の宸筆法華八講／康暦の政変と神木入洛
法華懺法講の開催／諸本と系統、底本
第二節『雲井の御法』を読む（一）……………………………………一四八
老尼、内裏に向かう／「とものみやつこ」の翁、懺法講の開催につき語る
義満参内の有様／「武家幕下」への期待／「大樹を扶持する人」／道場の室礼
初日の出来事／懺法講の魅力
第三節『雲井の御法』を読む（二）……………………………………一六九
第四日（中日）の出来事／「衣かづき」の視線／第七日（結願日）の出来事
酒宴と天盃／良基の自賛／神木入洛の終焉／「とものみやつこ」の語り、跋文
内裏懺法講における治天の君と室町殿

第四節　宮廷誌としての仮名日記……一八七
中世廷臣の仮名日記の流れ／評価と研究史
『思ひのままの日記』―日記に擬装された物語
宮廷の内と外をつなぐ通路／室町期の権力構造／光源氏になぞらえる
おわりに……二〇四
附録　中世廷臣の仮名日記一覧……二〇六
摂関家略系図……二一三
『小島のすさみ』関係地図……二一四
鎌倉～室町期の内裏・仙洞における法華八講・法華懺法講の一覧……二一六
補　論……二一七

第一講　『小島のすさみ』

はじめに

半世紀に及ぶ南北朝の動乱を描き、この時代のイメージを形作った『太平記』には、当時の有名人を網羅しているのではと思うほど数多くの人物が登場します。その中で生き生きとした印象を与えられるのはおしなべて武家方の人物で、本来の公家社会に属する人々は武家の実力を理解できない頑迷暗愚な、あるいは無気力な存在として戯画化され、なぜ公家が政治的に没落していったかを納得させるようになっています。

このような『太平記』のとらえ方には限界があるのも事実で、現代の研究者はもう少し慎重な考え方をしています。公家と武家は国政の枠組みの中で協調することが鎌倉時代からの政治的な伝統であったとするもので、たしかに室町幕府も北朝の天皇と公家社会を必要としましたし、後に三代将軍足利義満《よしみつ》が自ら公家として振る舞い、太政大臣に昇ったことはよく知られています。

こうして公家は武家に抱えられた形で宮廷を維持しつつ、有職・学問・芸能など諸分野にわたる王朝の遺産を継承することに存在理由を見出しますが、その岐路となったのも南北朝時代でしょう。

略年表(1)

（○で囲った数字は閏月を表す）

西暦	和暦	天皇	摂関	事柄	良基年齢
1348	貞和4	崇光	二条良基（Ⅰ）	10・27　崇光天皇受禅、良基関白元の如し	29
1349	貞和5			⑥　足利直義と高師直の対立激化	30
				12・8　直義失脚、出家	
1350	観応元			12・13　直義南朝に帰参	31
1351	観応2			2・26　直義尊氏と和睦す、この日師直を殺す	32
				8・1　直義尊氏と不和、この日北陸へ逃れ、ついで関東に挙兵	
		11・7		10・24　尊氏・義詮偽って南朝に帰参	
	正平6			11・4　尊氏、直義を討つため東下　7　崇光天皇廃位（正平一統）、良基の関白停止さる	
				12・23　南朝、北朝の神器を接収	
1352	正平7			正・5　尊氏直義を破り鎌倉に入る	33
				2・26　尊氏直義を毒殺。後村上天皇この日賀名生を立ち、住吉を経て石清水八幡に入る	
				②・20　南朝軍入京（第1度）、光厳・光明・崇光3上皇を略取、義詮近江に走る	
				3・15　義詮京都を奪回	
				5・11　義詮八幡を攻め、後村上を大和に追う	
			6・25 二条良基（Ⅱ）	6・25　広義門院の命により諸人の官位を観応2年11月に復す	
	文和元	8・17 後光厳		8・17　後光厳天皇践祚	
1353	文和2			5・7　山名時氏・師義幕府に背き南朝に通ず	34
				6・6　後光厳延暦寺に行幸、良基供奉す　13　南朝軍入京（第2度）、義詮後光厳を奉じて美濃小島に走る　14　良基坂本より帰京、中院山荘に籠居か　17　南朝、後光厳践祚に協力した廷臣を処罰す	
				7・10　義詮小島を発す　21　この頃良基ひそかに小島に向かう　26　義詮京都に入る　27　良基小島に到着　29　尊氏鎌倉を発す	
				8・25　後光厳垂井に遷幸	
				9・3　尊氏垂井に参る　12　義詮垂井に参る　17　後光厳ら垂井を出立　20　良基帰京　21　後光厳内裏に還幸	
				良基『**小島のすさみ**』	
				12・27　後光厳即位式	
1354	文和3			11・16　後光厳大嘗会	35
				12・24　南朝軍京都に迫り、尊氏後光厳を奉じて近江武佐寺に走る	
1355	文和4			正・16　南朝軍入京（第3度）	36
				3・12　尊氏京都を奪回　28　後光厳還幸	
				4・16　後光厳、武佐寺に不参の廷臣の所領を没収	
1358	延文3		12・29 九条経教	4・30　尊氏薨（54歳）、号等持院贈左大臣	39
1361	康安元		11・9	9・23　細川清氏義詮に背く　12・8　南朝軍入京（第4度）、義詮後光厳を奉じ武佐寺に走る　27　義詮京都を奪回	42

『源氏物語』を核とする「王朝文化」が拠るべき規範として確立し、新興芸術である連歌や能楽もその下で形式を整えていきますが、両者は決して相反するものではなく、動乱期にはかえって王朝文化の価値が認識され熱心に希求されたといえます。

このような動きの中心となったのが二条良基《よしもと》（一三二〇〜一三八八）です。良基といえば連歌をはじめ革新的な文学活動を思い出す方が多いでしょうが、その本分は伝統的な公家の学芸の復興を志したことにあり、一条兼良《かねよし》や三条西実隆《さねたか》とともに中世を代表する古典学者に数えられています。五摂家《ごせっけ》の一つ二条家に関白道平《みちひら》の嫡子として生まれ、若い頃は後醍醐《ごだいご》天皇に用いられましたが、南北朝分裂後は北朝に仕えて通算二十年以上も摂政・関白の職にあり、文字通り北朝の柱石というべき存在でした。一方で武家の要人とも親しく、公武関係の転換期に重要な役割を演じています。

そこで、この講義では、良基の視点で、この時代の政治・文化の一角を切り取ることにします。そもそも、当時の公家は浩瀚な漢文日記を付ける習慣があり、時代のよき証言者となってくれます。林屋辰三郎氏の『内乱のなかの貴族』（季刊論叢日本文化1　角川書店　昭50・9〔角川選書平3・11〕）は、北朝の太政大臣洞院公賢《とういんきんかた》（一二九一〜一三六〇）の日記『園太暦《えんたいりゃく》』を通し、騒然たる世相と公家の矜持を描き出した名著で、お読みになった方もいるでしょう。残念なことに良基の漢文日記―『後普光《のちのふこう》園院《おんいん》摂政記』といったのでしょう―は早くに散逸し、その肉声を知ることは難しいのですが、仮名で書かれた日記が多く遺されています（附録の「中世廷臣の仮名日記一覧」参照）。ただ体裁は日次記《ひなみき》ではなく、また私的な感慨を記したものでもなく、北朝の儀式や宮廷行事を描いたものです。そのため文学作品としても歴史資料としても注目されていませんが、動乱や窮乏に抗して宮廷を支え続けた良基の主張がよく現れており、様々な関心から読み解かれ検討されるべきものです。このような廷臣の手になる仮名日記は相当数にのぼりますが、現在の文学史では適当な名称がありません。ここではかりに「宮廷誌」と呼んでおきたいと思います。

三回の講義では、南朝に追われ美濃小島《おじま》の行宮に逃れた後光厳《ごこうごん》天皇のもとに参り、ともに帰京するまでを綴った『小島のすさみ』、春日神木《しんぼく》帰座を中心に興福寺の嗷訴《ごうそ》につき記した『さかき葉の日記』、内裏法華懺法講《ほつけせんぼうこう》を描いた『雲井の御法《みのり》』の三つを取り上げ、重要箇所を読んでみたいと思います。ちょうど良基の壮年期・老年期・晩年期に位置しており、生涯の軌跡を辿ることにもなります。なお、良基の伝記研究は専ら日本文学、それも和歌・連歌の研究者によって進められ、伊藤敬氏『新北朝の人と文学』（三弥井書店　昭54・11）と木藤《きどう》才蔵氏『二条良基の研究』（桜楓社　昭62・4）が代表的な成果です。伝記的事項でとくに言及しない場合はこの両書に拠ることをあらかじめお断りしておきます。その他、先学の研究は講義中に随時紹介していきます。

第一節　南北朝の動乱と北朝の廷臣

観応の擾乱と正平一統

『小島のすさみ』は、南北朝の動乱が、容赦なく公家社会を巻き込んだ、未曾有の混乱の中から生まれた作品です。まずは作品成立当時の、作者の良基、および北朝をとりまく政治状況を理解しておく必要があります。

南北朝の動乱とは何であったのかは簡単には答えられない問いですが、少なくとも公家と武家の対立とか、二つの朝廷の正統性をめぐる争いなどは事の本質ではなくて、最初の数年と、中期における九州を除いては、どの地域でも北朝を戴く武家方が圧倒的に優勢でした。それでいて南朝が六十年近くも存続できたのは、幕府が自らの支配の源泉として北朝の朝廷（天皇）を必要としながら、将軍権力が弱体で、しばしば反主流派が南朝を奉じて反抗したため、結果的に南朝の延命に手を貸した、というのが最も分かりやすい説明でしょう。つまり南北朝の動乱といっても実は幕閣の勢力争いの様相が強く、将軍さえしばしば京都を追われることになりました。

幕府内訌の最大のものが、貞和五年（一三四九）に始まる観応の擾乱《じょうらん》です。将軍足利尊氏の弟で幕政を事実上担っていた直義《ただよし》と、尊氏の執事高師直《こうのもろなお》の対立に端を発し、形勢不利に陥った直義が南朝に降参すると、一気に争乱の規模が大きくなり、観応二年（一三五一）二月、直義は師直を殺しました。八月に今度は尊氏が直義を討とうとしたため、直義は逃れて鎌倉に挙兵しました。

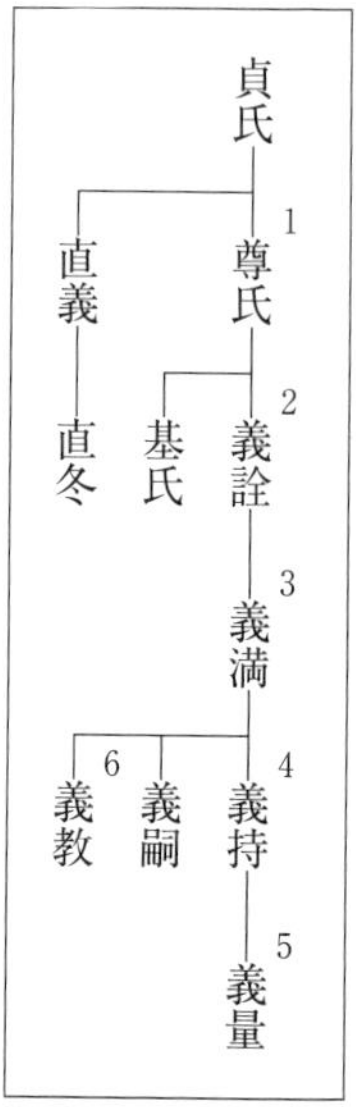

足利氏系図
（数字は将軍継承順）

この時、尊氏も南朝に降参するという奇策に出ました。南朝の主は後醍醐の皇子後村上《ごむらかみ》天皇でしたが、尊氏が南朝をかついで武家に号令することを認めるかわり、北朝の存在を否定することを要求、尊氏も受諾します。北朝は抗議するすべもなく、十一月七日、崇光《すこう》天皇は廃位され、北朝に伝わっていた神器《じんぎ》も接収されてしまいます。南朝ではこの年が正平《しょうへい》六年ですので、正平一統と呼ぶことがあります。実際には一統でも何でもなく、尊氏に見捨てられた北朝が消滅しただけの話です。尊氏は長男義詮《よしあきら》に京都守護を命じて東下、直義を破り、ついで毒殺します。

直義さえ葬れば、尊氏が南朝をかつぐ理由はないわけですが、そうした思惑を察知してでしょう、閏二月二十日、南朝は突然京都を襲い、義詮を近江へ敗走させ、光厳・光明・崇光の三院を始めとする北朝の皇族を拘引、当時後村上が滞在していた石清水八幡宮（現・京都府八幡市）に監禁しますが、これは南朝の総帥であった北畠親房《きたばたけちかふさ》の軍略といわれています。これをもって正平一統は破綻します。

後光厳天皇の践祚

南朝には京都を維持するだけの実力はなく、義詮は兵力を集めて翌三月には京都を奪回し、ただちに北朝の再建に着手し、光厳院の第三皇子で、十五歳になる弥仁王《いやひとおう》を新帝の候補として探し出してきます。ところが皇位の継承には三種の神器とともに直前の天皇（先皇）の譲位宣言、つまり譲国の詔が必要なのですが、この時は両方とも京都では望めない状態でした。南朝はそのために北朝の院を監禁し（因みに光厳院らが解放されるのは五年後）、また神器を奪ったわけです。

やむなく光厳院の母で弥仁の祖母広義門院《こうぎもんいん》藤原寧子《ねいし》の令旨によって弥仁を践祚させる苦肉の策が浮上します。女院は後伏見院《ごふしみいん》の女御ですが、もちろん皇位に就いたことはありません。ただし、安徳天皇の西国落ちをうけて寿永二年（一一八三）に後白河院の院宣で践祚した後鳥羽天皇の例をはじめ、治天《ちてん》の君《きみ》（皇室の家督でその時政務をとっている上皇ないし天皇）の院宣により譲国の詔なしに践祚した先例はあったので、とりあえず祖母の女院を治天の君とみなすことで、弥仁の践祚の手続きを少しで

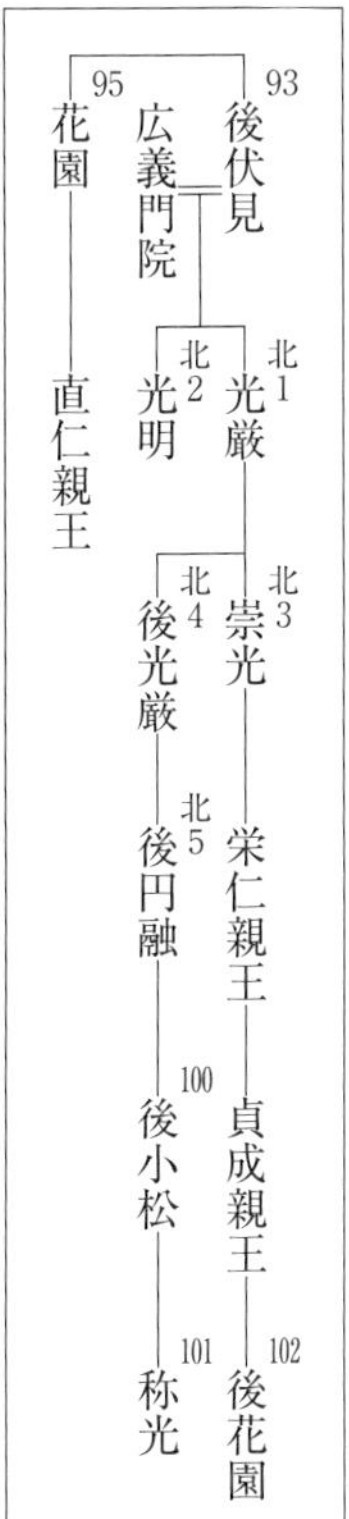

北朝系図
（数字は皇位継承順）

も合理的なものと見せようとしたのです。

こうして北朝の再建が始まり、六月二十五日に広義門院の命によって、南朝が行った官位叙任は無効となり、良基がもとの如く関白となるよう命ぜられました。ただちに良基は弥仁の元服以下の諸儀礼を執行し、八月十七日、践祚の儀が行われました。これが後光厳天皇です。

南朝は後光厳を「偽主」と罵りましたが、百官が推戴して践祚したのですから、神器はなくとも天皇であることは動かしようがないでしょう。ただ天皇ではなかった人の仰によって践祚するとは、やはり相当な無理を通したもので、その正統性に対する不安がずっとつきまといました。良基が関白として仕えた天子は、こういう孤弱な少年であったことになります。

廷臣の困惑

戦乱は全国に波及して容易に収束せず、尊氏は依然関東で直義の残党を掃討していました。そうこうするうち有力守護の山名《やまな》氏が恩賞の少なさを恨んで幕府から離叛、文和二年（一三五三）六月、南朝と合体して京都に猛攻をかけます。義詮は比叡山へ逃れ、さらに遠く美濃国に落ちのびますが、今度は後光厳天皇を伴っていきました。一行は琵琶湖を北に迂回して垂井《たるい》宿（岐阜県不破郡垂井町）に辿り着いた後、その北の小島（揖斐《いび》郡揖斐川町）の地に行宮を営みました。良基も叡山まで同行しましたが、東麓の坂本にとどまり、やがて帰京しています。

間もなく京都に乗り込んできた南朝の使者は、北朝廷臣に対し、前年の後光厳天皇の践祚に出仕した者は官職の剝奪、今年叡山に供奉した者は邸宅没収という厳罰で臨み、良基はその張本として血祭りに上げられます（『園太暦』文和二年六月十七日、七月十一日条）。良基はやむなく『小島のすさみ』に記す通り「中院《ちゆうゐん》の草の庵」、嵯峨にあった別邸（中院山荘）にひき籠ったと見られます。これは廷臣にも大きな衝撃を与えました。良基のとった行動は、当時の感覚でいえば、とくに無節操というに当たらず、鎌倉後期から半世紀も続いた両統迭立《てつりつ》（幕府の仲裁で、持明院統・大覚寺統が交互に皇位を継承したこと）を経験していた彼らは、官職と家領さえ安堵してくれれば、早い話、一握りの近臣を除いて、仕える主君は南朝でも北朝でもどちらでもよかったのです。都にいてこその貴族ですから、北朝に仕える人が多かったまでであり、南朝もまたそのことをもって京都に留まった廷臣を処罰するようなことはできないと考えられていました。

　まして摂関家のような権門であれば、たとえ皇位が移ったにせよ両朝から同じように用いられて当然であり、その時々の治天の君に奉仕することを異とされないはずです。良基に対する南朝の態度はたぶんに懲罰的で、これまでの治天の君のある意味で鷹揚寛容な姿勢とは異なる峻烈なものでしたが、正平一統の後も、北朝の院や廷臣は、皇位は再び鎌倉時代のような両統迭立になるとふんでいたフシがあります。時代はもはやそういう微温的な処置を許さなかったのですが、南朝のやり方は廷臣の感覚を大いに狂わせてしまいました。良基が後光厳天皇のもとに旅立った理由の一つはここにありました。

南朝の軍兵は所詮烏合の衆で統制もなく、京都で狼藉略奪をほしいままにし、義詮は美濃・近江の勢力を糾合し、京都奪回を窺っていました。畿内の情勢はきわめて不安定な状態でした。これが『小島のすさみ』の発端で、小島とはもちろん後光厳が籠る行宮の地を指しています。

書名と公刊テキスト

「小嶋(島)のくちすさみ」の書名が通行していますが、「小島のすさみ」と題する写本の方が圧倒的に多く、こちらに従います。「すさみ」にしろ「口すさみ」にせよ、「口に出るままの言葉」ということですが、良基の意に出たものかは分かりません。「この草子は小島にて書きたりしままなり」という跋文に基づいた後人の命名であり、本来無題の記ではなかったかと想像されます。室町後期の内裏や公家の蔵書目録類には「小島のすさみ」として見えますから、それほど新しいものでもないでしょう。

活字本としては古く続帝国文庫の『続紀行文集』(岸上質軒校訂　博文館　明33・8)があり、『群書類従』巻第三三三にも収められますが、新日本古典文学大系『中世日記紀行集』(岩波書店　平2・10。以下新大系と略称)が通読に最も便利と思います。昨年(平成十二年)二月には、新大系の校注者である福田秀一氏と、岐阜県春日村在住の大久保甚一氏が『小島のすさみ全釈』(笠間書院)を刊行されています。これは瑞巌寺蔵写本を底本とし、新大系の脚注を完全に吸収し、多数の図版を載せて現代語訳を附したものです(以下全釈と略称)。他に研究者向けのものですが、『村田正志《まさし》著作集第七巻風塵録』(思文閣出版　昭61・8)や鷲尾順敬《わしおじゅんきょう》編『美濃小島瑞巌寺誌』(瑞巌寺　大10・3)にも関係資料とともに全文が掲載されています。

諸本と系統

諸本の研究はまだ行われていませんが、現在三十本近くの写本の所在が知られます。今後もっと増えるでしょう。また江戸時代に少なくとも二度板行されています。

この作品は、本文の後に、

①良基自身の跋（「この草子は小島にて書きたりしままなり」云々）。

②文明二年（一四七〇）十二月、左中将某（姉小路基綱《あねがこうじもとつな》か）が持是院《じぜいん》法印（斎藤妙椿《みょうちん》）の求めに応じ、将軍家に蔵される良基自筆本を書写した旨の本奥書。

③左中将某の「書きをきし昔をきくも君が住む国におさまる道はありけり」の一首。

④天文二十一年（一五五二）正月、戸部尚書郎藤《こほうしょうしょろうとう》（民部卿柳原資定《やなぎわらすけさだ》）が「西周之旅店」で一見して書写した旨の本奥書。

が続きますが、諸本間にこの構成に違いがあり四種に分けられます。

第Ⅰ種　①〜④を持たないもの。

第Ⅱ種　②〜④を持たないもの。

第Ⅲ種　①〜④を持つもの。

第Ⅳ種　①②を持ち、良基の略伝その他後人の考証を附すもの。

第Ⅰ種に属するものは、徳川光圀《みつくに》の命によって編纂され、元禄六年（一六九三）に刊行された『扶桑拾葉集《ふそうしゆうようしゆう》』巻十四上の所収本、およびその転写本と認められます。第Ⅲ種は最も伝本が多く、版本もこの系統です。第Ⅳ種は第Ⅲ種と同系で資定の手を経ずに伝わり、③が脱落して生じたと見てよいでしょう。また第Ⅱ種はいずれも内題を「美濃行幸路記」と題して、かなり特異な本文を持ち、第Ⅰ種をもとに改竄された本であると思われます。

問題は第Ⅰ種と第Ⅲ種との先後ですが、第Ⅲ種は、将軍家に献呈された良基自筆本を写した本から出ているので、伝来はたしかなはずなのですが、その中で比較的書写年代の古い宮内庁書陵部蔵〔江戸前期〕写本（内題なし、外題「をしまのすさみ」）を見ても、意が通らないところがあって、また第Ⅰ種と大きな異同があるわけではありません。

『扶桑拾葉集』三十巻は、いうまでもなく中古・中世の代表的な雅文を年代順作者別に収めた模例文集です。多くの人はこの叢書を通じ良基の文名を知り作品に接したのではないかと思われ、その影響力はまことに強いものでした。そのことは本文そのものに及び、第Ⅱ種から第Ⅳ種までの諸本も、実のところ『扶桑拾葉集』を参照して本文を改めた、一種の混態本が甚だ多いのです。『群書類従』も第Ⅲ種に属するはずですが、本文の特色は『扶桑拾葉集』と一致しています。つまり諸本相互の異同より、流布本である『扶桑拾葉集』の本文を相対化することが重要です。『新校群書類従』では多少の本文批判が行われていますが、十分ではありません。これまでの活字本は第Ⅲ種・第Ⅳ種に基づ

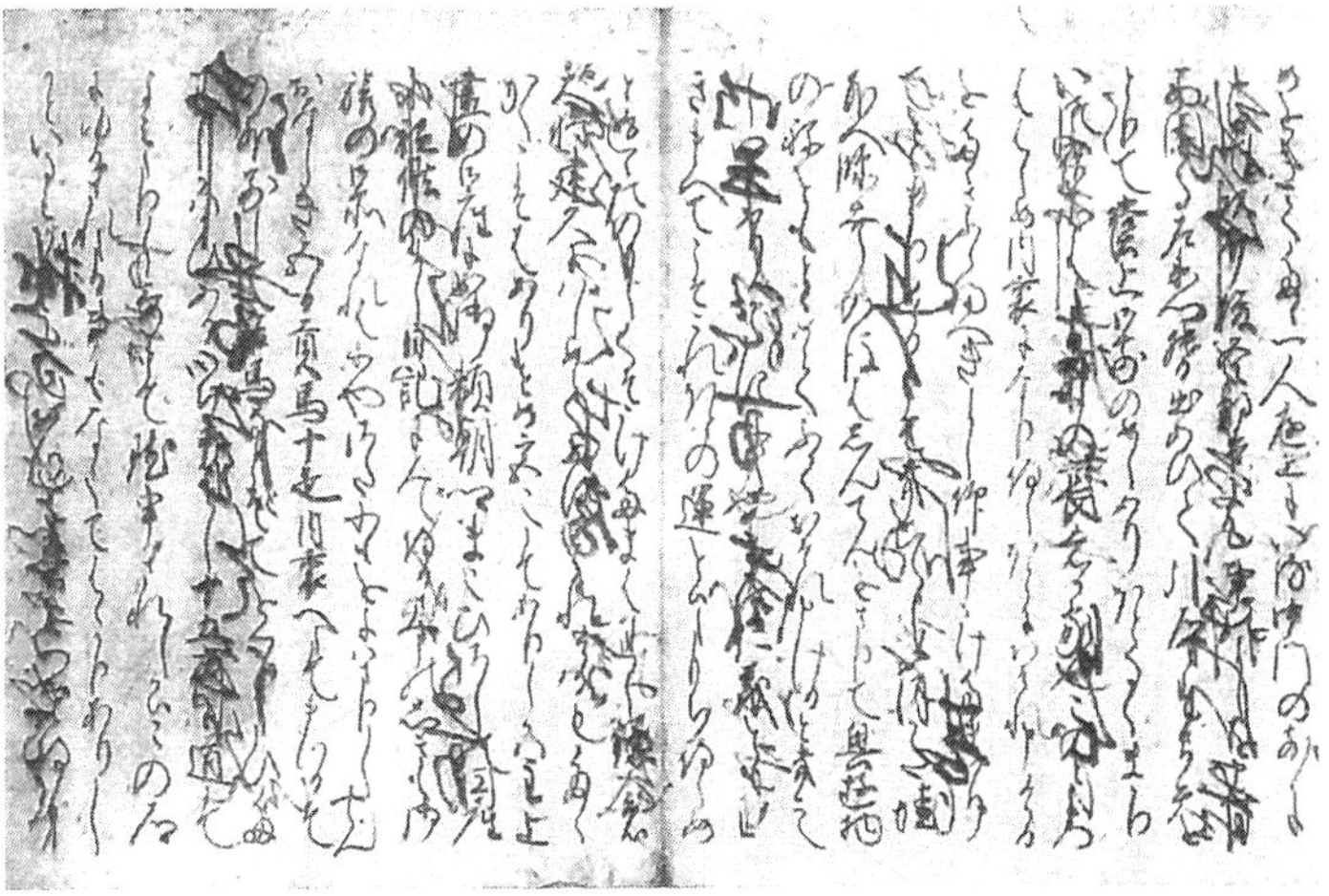

『小島のすさみ』第24・25紙（学習院大学日本語日本文学科研究室蔵）

くもので、新大系の底本も『扶桑拾葉集』であり問題を残しています。何より古写本の紹介が急務なのですが、幸いなことに今度の講義で取り上げる三つの作品にはいずれも室町期の古写本が現存しています。

三条西実隆筆本について

『小島のすさみ』には、学習院大学文学部日本語日本文学科研究室に蔵される伝三条西実隆筆本一軸があります（函架番号、九一一・四七・五〇〇一）。木箱入り、後補表紙に「小島の口すさみ三條西實隆手寫」と墨書した金銀切箔題簽を貼り（いずれも近代のもの）、天地二五・三センチの料紙を三十二紙継ぎ、紙背は書状や女房奉書で、文明から永正年間にかけての三条西家に宛てたもので、『実隆公記』には本書に関する記事はないのですが、まず実隆本人の書写にかかると考えてよいでしょう。もと冊子であったものが、半丁づつ切り離してつなげられ、巻子本に改装されています。奥書などはなく、また前記の本奥書②～④を欠きます。

その本文は他本と大きな異同はありませんが、『扶桑拾葉集』の影響を受けず古態をとどめ、第Ⅲ種の文明二年奥書本とも系統を異にし細部では少しく勝り、高い価値があります。今回はこの本を底本として読みます。なるべく原文通りに翻刻しましたが、段落を分け、句読点を打つなどの処置を施しました。表記は私に改めましたが、私に加えた注記などは（　）に入れて示しました。

第二節　『小島のすさみ』を読む（一）

伊藤敬氏は、良基はじめ後光厳朝における廷臣の活動を克明にしるした、著書『新北朝の人と文学』の中で（氏は後光厳朝をそれまでの北朝の治世とは断絶があると見て、「新北朝」の語を用いられたわけです）、良基の美濃行の背景について触れられ、『小島のすさみ』の基本的な性格を明らかにされています。また「小島の口ずさみ―南北朝動乱を旅する」（国文学解釈と鑑賞54―12　平元・12）でも、考察を深められています。以下、氏の見解は主に後者の論文の方に拠りますが、そこでは『小島のすさみ』の構成は、小島に到着し天皇に謁するまで、小島での生活、足利尊氏を迎えて還幸に従って帰京するまで、の三部に分かれると見ておられます。ここでもそれに従って読み進めたいと思います。

中院の草の庵

小倉《をぐら》山のふもと、中院の草の庵《いほり》を身のかくれがとたのみ侍りしころ、わらはやみにさへわづらひて、いとど露の命も消《け》ぬべき心地して、もの心細かりしかば、よろづにまじなひ、年老いたる大徳《とこ》など語らひて、さるべきふむつくり、加持《かぢ》などせしかど、なほおこたらず、げにししこらかしぬるよと思ひやるかたぞなかりし。

これが書き出しで、作者が閑居し、病床に臥っていることだけが述べられます。「わらはやみ」とはいわゆる瘧《おこり》で、マラリアの一種、一日か二日おきに高熱・悪寒が来る熱病です。罹患者が子供に多いからといいますが、中世には老若を問わずしばしば流行しています。

さて、この一文は『源氏物語』若紫巻の冒頭に基づいています（以下、引用は新編日本古典文学全集による）。

わらはやみにわづらひたまひて、よろづにまじなひ、加持などまゐらせたまへど、しるしなくて、あまたたびおこりたまひければ、ある人、「北山になむ、なにがし寺といふ所に、かしこき行ひ人はべる。去年の夏も世におこりて、人々まじなひわづらひしを、やがてとどむるたぐひあまたはべりき。ししこらかしつる時はうたてはべるを、疾くこそこころみさせたまはめ」など聞こゆれば、召しに遣はしたるに、（下略）

「ししこらかしぬるよ」とは（治療しそこなって）こじらせてしまったよ、の意で、南北朝期に使う語ではありません。これだけ語彙が一致する以上、その依拠関係は疑いを容れません。

『源氏物語』との関係

『小島のすさみ』と『源氏物語』との深い関係は既に注意されていましたが、単に修辞や典拠の指摘だけではなく、構想や主題といった作品の根幹にかかわる問題として『源氏物語』の影響を分析した重要な論文が、稲田利徳氏「二条良基の『小島の口ずさみ』と『源氏物語』」（国文学攷122　平元・6）です。そこに指摘されるように、この冒頭の一文に接すれば、瘧の平癒祈禱のため北山に向かった光源氏の面影がすぐに想起されるはずです。それほどに密接した関係になっています。北山の光源氏に従者の良清《よしきよ》は、遠く播磨国に住む女君（明石の君）のことを語ります。これが後の須磨《すま》巻の伏線となっていて、源氏が流浪の旅に出ることは既に若紫巻で予告されているといえます。若紫巻の光源氏になぞらえられた『小島のすさみ』の主人公には、光源氏の如き試練の運命が待ち受けていることを暗黙のうちに読者に了解させることになるでしょう。なお良基の瘧病のことは後に引く『園太暦』に見えますが、杉浦清志氏「『小島の口ずさみ』の成立」（北海道教育大学人文論究42　昭57・3）をはじめとして、人と会わないための口実、仮病ととる見解が多いようです。良基の病気は事実と思うのですが、虚構ととる説が出るのも、以下に述べる作品の性格を考えれば頷けるところがあります。

続いて「よろづにまじなひ、年老いたる大徳など語らひて、さるべきふむつくり、加持などせしかど」の箇所も、同じく先の若紫巻の続きの部分によっています。

いとたふとき大徳なりけり。さるべきもの作りて、すかせたてまつり、加持などまゐるほど、日高くさしあがりぬ。すこし立ち出でつつ見わたしたまへば、高き所にて、ここかしこ、僧坊どもあらはに見おろさるる。

ところで、「さるべきもの」を河内本《かわちぼん》・別本では「さるへきふん(む)」と作り、良基はこの本文に基づいたことが分かります。室町時代前期は『源氏物語』研究の転換期で、藤原定家《ていか》が校訂した青表紙《あおびょうし》本《ぼん》の本文の権威が確立するといわれていますが、河内本や別本と呼ばれる定家の校訂を経ていない本文も通行していました。四辻善成《よつつじよしなり》の注釈書『河海抄《かかいしょう》』にも「さるべきふんつくりてすかせたてまつる」として立項し、「符。すかせは飲まするなり。世俗に飲み入るるをすきいるると云ふなり」と注しています。

この一文がほとんど『源氏物語』の語で構成されていることが目を惹きます。

他にも、点線を付けた「もの心細かりしかば」とは、何となく寂しげで頼りない様ですが、桐壺巻「いとあつしくなりゆき、もの心細げに里がちなるを」とあり、同じく「思ひやるかたぞなかりし」も、鬱屈した思いを晴らすすべがなかったとの意、宿木《やどりぎ》巻「わが心ながら思ひやる方なく心憂くもあるかな」、手習《てならい》巻「雪深く降り積み、人目絶えたるころぞ、げに思ひやる方なかりける」など物語で頻出する語です。こうしたものは枚挙に遑なく、いかに良基が『源氏物語』の文章に通じていたかが分かります。

後光厳天皇よりの召し

関の東よりは、たよりの風につけて、「かくばかり情けなき世に、なにのたのみにかしばしもやすらふらん」と度々ありしかば、げに巌《いはほ》の中とてものがるまじげなる世のありさまに、折々聞こえくる松の嵐のはげしさも、いづこを見えぬ山路と頼むべきならねば、七月二十日あまり、有明の月まだ夜ぶかきに草の庵を立ち出でて、東路《あづまぢ》遠く思ひ立つ。心の中すずろにもの悲し。さるはかかる身に関のほかまで出でたる事も例なきことなれど、報国の心ざしなれば、などか神仏も助け給はざらむとぞ思ひなぐさめし。

「関の東より」とは、逢坂の関の彼方にいる後光厳天皇のことです。「げに巌の中とても…」とは「いかならむ巌の中にすまばかは世の憂きことの聞こえこざらむ」（古今集・雑下・九五二　よみ人しらず）、「見えぬ山路」は「世のうきめ見えぬ山路へいらむには思ふ人こそほだしなりけれ」（古今集・雑下・九五五　物部良名《もののべのよしな》）という古歌に基づいていますが、「松の嵐のはげしさ」は、南朝の処罰の苛酷さを暗喩するのでしょう。

「七月二十日あまり」というのは漠然とした書き方ですが、具体的には二十日か二十一日と考えられます。「有明の月まだ夜ぶかきに」という辺りには、須磨巻の光源氏の出立の場面、「例の夜深く出で給ふ、（中略）月影に（紫の上は）いみじうをかしげに居給へり」が念頭にあるかと稲田氏が指摘されています。「心の中すずろにもの悲し」は、ただわけもなく悲しいということで、御法《みのり》巻「似るものなく心苦しく、すずろにもの悲し」といういい回しを借りて来ています。

もちろん、美濃近江の情勢は一応安定したとの情報を得て向かったものでしょう。『園太暦』七月二十一日条には「南方の軍勢下向せず、適《たまた》ま下向の勢は狭少なり、しかるに敵方の勢は猛なり、仍て南方の勢大略散り失す」とあり、義詮の反攻に南朝軍はなすすべもなく解体しました。それにしても残党や野伏に襲撃される可能性はありますから、一大決心というべきで、悲愴感が漂っています。

「報国の心ざし」は、これまでの優艶な文章とは多少違和感がある語ですが、たとえば『神皇正統記』に「報国ノ忠節ヲサキトスル誠アルニヨリテヤ、コノ一流（村上源氏）ノミタエズシテ十余代ニオヨベリ」（村上天皇条）とあり、後村上天皇も京都にとどまった前太政大臣洞院公賢に対し「この上は殊に報国の忠を存ぜらるれば、本意たるべし」（『園太暦』七月二十一日条）と述べるように、動乱期には格別の意味を込めて用いられる語です。公家社会ではもともと君臣の仲は緩やかなもので、廷臣も「報国」などという語を敢えて意識しなくてもよかったことに注意する必要があります。

「報国の心ざし」

この「報国の心ざし」が具体的に何であったかを教えているのが『園太暦』八月五日条です。重要な記事ですので左に引用します。

二条関白良基公去月二十七日濃州《ぢようしふ》に参らるるか、去月二十日のころ瘧病、しかるに□□坂本に越え、かしこより参らる、近衛前関白（基嗣）・右府（近衛道嗣）・この関白三人参らるの由、□□その召に応じて早参の人をもって関白とせしむべきの旨沙汰すと云々、しかるに近衛はなほ先陣し了んぬ、もし□□近日の風、名利曾《かつ》て無益か、これをなすに如何せん如何せん、

本文に欠損があるため、完全に訓読できませんが、意味するところはだいたい分かります。七月二十日頃に良基は京都を抜け出し、二十七日に美濃に到着したこと、美濃には近衛基嗣《もとつぎ》・道嗣《みちつぎ》の父子（実際は道嗣だけが参向したようです）と良基の三人が下向したが、早く参じた人を関白とする旨、後光厳天皇の呼びかけがあったことなどです。道嗣が先着したとの噂を公賢は記しています。道嗣はまだ二十二歳ですが、右大臣の官にあり、既に良基のライヴァルとなる存在でした。良基の病を押しての旅立ちは、焦りに駆られたものかも知れません。

ところが、他の三つの摂関家の当主、前関白一条経通《つねみち》・前関白鷹司師平《たかつかさもろひら》・左大臣九条経教《つねのり》らは、いずれも京都を動いた形跡はありません。公賢は良基の行動に対して「名利曾て無益か」とたいへんに冷ややかな感想を記しつけています。これはつまり、他の摂関家の当主は、そして公賢自身も、敢えて美濃に参ってまで後光厳に忠誠を尽くす必要を感じていなかったからなのです。

実は天皇とともに小島に滞在していた公卿の数は決して多くはありませんでした。『太平記』には十三名が挙がってはいますが、七月の時点で小島に祗候したのはもっと少なく、『園太暦』六月十四日条によれば、随行した公卿は西園寺実俊《さいおんじさねとし》・万里小路仲房《までのこうじなかふさ》・鷲尾隆右《わしのおたかみぎ》・日野時光《ひのときみつ》だけです。いずれも持明院統および後光厳の近臣たちで、多くの廷臣は事態を傍観していたといえます。

「かかる身」、つまり摂関が治天の君の召しに応じて美濃の山中にさまよったことは、単に距離的な問題ではなく、それまでの公家の処世の常識を裏切る異例の行動であったといってよいのです。良基の抱いた悲愴感は、およそこのようなもので、南北朝の分裂後、後醍醐の籠る山深い吉野へと走った人々の心境にも通ずるでしょう。

坂本から湖水を渡る

再び『小島のすさみ』に戻ります。

今夜はまづ坂本に着きぬ。山法師はかひがひしきものにて、事のほかに待ち喜ぶ。草のむしろの露うち払ひて、「今夜の御座《おまし》はこの坊に」と経営《けいめい》せしかば、その夜はかくてあかしぬ。またの日もおこり日にて、いたづらに眺め暮らす。明くる朝、舟さし出だして、むかへの岸に着く。この渡りは程なかりしかど、小舟のぐりぐりとするやうなるに乗りたる心地、いとむくつけし。今日ぞからく《う歟》して、守山《もる》に着きぬる。名はことごとしけれども、さして見所なし。かの貫之が「時雨もいたく」といひけるはこのわたりにやと、ふるごとぞまづ思ひ出でられし。

もる山のした葉はいまだ色づかで憂きにしぐるる袖ぞ露けき

心地わびしくて思ひつづくるまでもなし。

洛中が戦場となることもしばしばでしたから、比叡山の東麓の坂本は難を避ける廷臣の疎開地でもあったようです。「草のむしろ」とは『源氏物語』若紫巻「草の御むしろも、この坊にこそまうけ侍るべけれ」によります。旅先での粗末な御座所ということで、源氏の文脈では謙辞となりますが、宗《そう》祇《ぎ》の紀行『筑紫道記《つくしみちのき》』にも「わか侍の男ども、よしある肴持たせて、汀なる木の下に草をむしろにて度々すすめあへる」とあり、旅先での宴席をいう時に好まれた表現です。

翌日は発熱日で、空しく一日を過ごして、翌朝琵琶湖に漕ぎ出します。戦国時代の例ですが、「へいつし（比叡辻）より乗船、之（志）那へ上り候了《をは》りて、守山の内、守善寺と云ふ時衆所にて湯汁候了んぬ」（『言《とき》継《つぐ》卿記』天文二年（一五三三）七月三日条）とあるように、良基も坂本の対岸にある志那《しな》に上陸、ついで守山から湖南岸の近江路（中世は東山道、近世は中山道）を美濃へ向かったと推定できます。琵琶湖の水運は発達しており、坂本や志那は、東日本の物産が集結する、いってみれば京都の外港でしたし、東国に向かうのに坂本から舟に乗るのは当時の一般的なルートで、逢坂越えより早かったようです。

応永二十五年（一四一八）の『耕雲《こううん》紀行』では、伊勢参詣の時、二度までも勢多橋を通らず、大津より矢橋《やばせ》（草津市矢橋）に舟で渡ったと記しています。当時の勢多橋は戦乱で焼け落ちていることが多かったようです（小笠原好彦氏編『勢多唐橋』六興出版　平2・9）。苦集滅道《くずめぢ》（久々目路《くぐめぢ》とも。五条↓山科↓大津）を避けたのは、正慶二年（一三三三）の六波羅探題《ろくはらたんだい》崩壊時の記憶があったからでしょうか。阿弥陀ケ峰の辺りは野伏が充満していて、敗走する軍勢が多く犠牲になったと『太平記』に伝えられています。

「むくつけし」はいろいろな意味がありますが、やはり『源氏物語』から取った語と見るべきで、たとえば夕顔巻の「今だに名のりしたまへ。いとむくつけし」とあることからして、気味が悪い、不安だ、という意となります。

守山（滋賀県守山市《もりやま》）は、そこにある通り、「白露も時雨もいたくもる山は下葉のこらず色づきにけり」（古今集・秋下・二六〇　貫之）をはじめ、「漏る」と掛詞で時雨・紅葉などが詠まれた歌枕です。良基もこの「ふるごと」から関心を覚えて和歌を詠みますが、慣れない旅と病の苦しさから、これ以上詠む余裕もなかったとの弁解と謙辞を記しています。

近江路を東へ

かくて行くほどに、野路《のち》・篠原《しのはら》などいふ所あり。これは歌枕にて耳なれしかど、まことには今日ぞ分けそめ侍りし。

　露けさを思ひ置くらん人もがな野路の篠原しのぶ都に

また鏡といふ山を過ぐ。立ち寄りて見まくほしかりしかど、行く先遠く急ぎしかば、ただ道行きぶりにて過ぎぬ。

　はるばると行く末遠く鏡山かけて曇らぬ御代ぞ知らるる

人しれぬ心のうちのあらましもことぶきめきて、いとものわびしきにや。

老蘇《おいそ》の杜《もり》といふ所は、ただ杉の木ずゑばかりにて、あらぬ木はさらに交じらず。山もとかけて眺めのすゑ、いと見所多し。道遠く行き暮れぬれば、輿かき据ゑて、「こよひ一夜の草の枕もいづくにか」と、里問《(ママ)》ふに、年たけたる尼ひとり出でて、このあたりの才学《さいがく》ありげなりしかば、「この杜の気色こそいと情け深く見え侍れ。名をばなにと申すにか」と尋ねしかば、この尼の言ふやう、「これなん古き名所に侍りけり。尼が年の名にて侍る」よしをぞ答へし。かかる者の中にも心ある物言ひ、さらに田舎びたりともおほえず、いとあはれにて、

今は身の老蘇の杜ぞよそならぬみそぢあまりもすぎの下陰

みだり心地なほむつかしければ、一夜はとどまりつつ、間日《まび》ばかりにてありし道の行く先、するするともあらで、日数のみぞ積もりける。

また野洲川《やすがは》とかやを渡るとて、

いつまでと袖うち濡らし野洲川の安げなき世を渡りかぬらん

犬上鳥籠《いぬかみとこ》の山、不知哉川《いさや》などいふ所は、いたく目に立つともなければ、いづくとも思ひ分かず。されど名ある所は尋ねまほしかりしを、かかる旅の空にすきずきしからんもうるさくて過ぎ侍りし。鄙《ひな》のおとろへはげに後までもうき名洩らすなと、この山人に口がためまほしくぞ侍る。

近江路を東へと進むのですが、伝統的な紀行文のスタイルにならって歌枕や名所に立ち寄っては歌を詠む行為を続けていきます。病を押してのことですから、先を急ぐ旅の苦しさが去らず、沈んだ印象を与えます。実際近江国はかねてから政情不安定なところで、諸勢力の動向を窺いながらの緊張の連続であったと思います。それでも歌枕探訪の道行き文のスタイルを崩していません。良基は『東関《とうかん》

紀行《きこう》』や阿仏尼《あぶつに》の紀行などに眼を通していたでしょうし、鎌倉時代以来、京都・鎌倉間の道路が整備されて交通量は飛躍的に増えましたから、街道沿いの歌枕についての知識はかなりあったと思われます。その詠まれ方も和歌史の伝統に則ったものです。

ついで篠原（野洲市大篠原）にさしかかります。野路（草津市野路町）はその南、十五キロ程離れています。野路は守山より都に近いですから、実際には通過しなかったはずなのですが、この二つの地名はしばしば「野路の篠原」と一体で和歌に詠まれています。それは「うちしぐれふるさと思ふ袖ぬれて行く先とほき野路のしの原」（『十六夜日記《いざよいにっき》』）など、主として鎌倉期の紀行文に始まったもののようで、野の縁で露を詠み込んだ歌が目立ちます。都を立った旅人が一両日のうちに通行する野路の地は、都を偲び旅愁の涙を流しはじめる場所でした。良基の歌は「涙で湿る私の袖の状態を想像してくれる人がいてほしいよ」というのですから、まさにそういう伝統通りの作です。

鏡山は野洲市と蒲生郡竜王町《がもうぐんりゅうおう》の境にある竜王山と星ケ峰のことです。良基の一首は「はるか将来までをかんがみる、ではないが、この鏡山では鏡をかけても曇りのない、あきらかな代であることが知られるよ」と、縁語仕立ての歌で、後光厳の治世を祝言するものです。「近江のや鏡の山をたてたればかねてぞ見ゆる君がちとせは」（古今集・神遊歌・一〇八六　大伴黒主《おおとものくろぬし》）によっていますが、「くもりなき鏡の山の月を見てあきらけき世を空にしるかな」（新古今集・賀・七五一「久寿二年大嘗会悠紀《ゆき》屏風《びょうぶ》に近江国鏡山をよめる」藤原永範《ながのり》）など、大嘗会の屏風歌によく似ています。

老蘇の杜は現在の近江八幡市安土《あづち》町東老蘇、奥石《おいそ》神社の森に比定されます。郭公・下草・朽葉などが詠まれる歌枕ですが、何といっても名から連想して老齢を歎く詠が多く、室町期の著名な歌僧 正《しょう》徹《てつ》の紀行『なぐさみ草』でも、田夫に土地の名を尋ね、老蘇の森と知り歎老の言葉を洩らすという、よく似たシーンがあります。良基はまだ三十四歳ですし、実際に老尼との会話はあったかも知れませんが、要するに老蘇の杜では、歎老歌を詠むのが一種の約束事であったといえるでしょう。なお底本は「里（ママ）問ふに」と、本文に欠損があります。他本はここを「里とふに」と詰めていますが、第Ⅱ種本だけ「里人よひ出てこととふに」としています。これは不審で、欠損を推定で埋めたと思われます。

次に野洲川を渡ったとありますが、附録の地図でご覧になれば分かるように、守山を出てすぐに越えるはずの川で、ここに現れるのはおかしいのです。和歌は「一体いつまで涙で袖をぬらしつつ、野洲川のやすではないが、この安からぬ世を渡りかねているのか」くらいの意でしょう。「やす」という地名が「安き」を連想させるので、それと対照的な旅路の難儀を詠むため、経路の矛盾をさしおいて、ここに置かれたものと思われます。

鳥籠の山と不知哉川は現在の彦根市正法寺《しょうほうじ》の辺りといわれますが、はっきりしたことは分かりません。「狗上之《イヌガミノ》　鳥籠山爾有《トコノヤマナル》　不知也河《イサヤガハ》　不知二五寸許瀬《イザトヲキコセ》　余名告奈《ワガナノラスナ》」（万葉集・一一・二七一〇）という古歌に詠まれ、『古今集』にもその異伝歌が収められています（墨滅歌・一一〇八）。「不知」というネイミングの面白さも手伝ってでしょう、「犬上は近江国の郡の名なり。とこの山、いささ河、彼所に在る歟」（『顕注密勘《けんちゅうみっかん》』）と、この地名は歌学者の関心を惹きました。鎌倉時代の歌人で古典学者であった、飛鳥井《あすかい》雅有《まさあり》の紀行『春のみやまぢ』でも「犬上といふ所にも、鳥籠の山、不知哉川など尋ぬれど、その渡りのたみしかはらやうの者も知らずとなむいふ」と、そのありかを尋ねているのです。こう記すことに目的があり、実際に質問したかどうかは、問題ではないように思います。

　老蘇の杜でもそうですが、自らが歌人のはしくれであることを確認しつつ旅をするのがこの時代の紀行文のスタイルであり、良基もそれを忠実に踏襲したのです。流麗な筆致で名所を描写し、和歌に詠まれる旅の苦しさは処世の困難にもぴたりとはまります。きまり過ぎているくらいです。ここはむしろ読者に対して著名な歌枕や歌学の知識を実地に分かりやすく解説する目的を持っていたのではないでしょうか。この作品の第一の読者として想定される後光厳天皇は十六歳で、伊藤氏がその「教育の具」として見られる理由も首肯されます。

賢俊との邂逅

　伊吹の嶽《たけ》とかやは、雲井のよそながら近々とふもとを行くやうにぞ見渡さるる。

　小野とかやいふ所にて三宝院《さんぼうゐん》僧正に行きあふ。近江の方《かた》へ急ぐ事ありて出で侍るよし申ししかば、杜の陰なる堂のかたはらに輿かき据ゑて、対面《たいめ》す。かゝるわづらひに鄙の長路《ながぢ》のおとろへ、事のほかに驚きたる気色《けしき》なり。やがて都の方へ過ぎぬ。この所のおなじ名は、古き歌などにもおほく侍れど、惟喬《これたか》の御子《みこ》のすみかならねば、思ひやるもの浅き心地ぞせし。
かくて行く程に、松の陰そびえたる岩根より湧き出づる水の流れ、いと清う澄みて、まことに世にしらぬ所と見ゆ。ここは小醒ケ井《こさめがゐ》なるべし。やがてまた懸け橋あり□小さき堂清げなるに、これも岩根より出づる水たぐひなし。ひさごといふもの召し出でて、手洗ひなどして過ぐ。いとめでたき水なり。

今よりやうかりし夢もさめがゐの水の流れて末を頼まん

伊吹山が姿を現すと、美濃と近江の国境が近づいたことを感じさせます。

これまでは歌枕を辿る、いかにも遁世者の旅のような記述でしたが、宿駅である小野（彦根市小野町）で、三宝院賢俊《けんしゅん》と出会い対面したというのが、アクセントを与えています。賢俊は権大納言日野俊光《としみつ》の男、醍醐寺座主《だいごじざす》・東寺長者《とうじちょうじゃ》を歴任し、かつて建武三年（一三三六）、後醍醐に反旗を翻した尊氏と光厳院を結びつける役割を果たしてより、武家政権の絶大な信任を得た政僧です。この時も後光厳天皇について小島まで参向していたのが、その頃近江に滞在していた義詮と連絡をとるため西へ向かっていたのでしょう。実際のところ、美濃と京との間には使者の往反がひっきりなしにあり、廷臣たちも各々の連絡ルートを持っていたことが『園太暦』などからも窺えます。良基も当然それらを駆使しての旅であったと思いますし、おそらく何人かの要人と連絡をとり、すれ違ったはずですが、それらをすべて捨象し賢俊との出会いを特筆していることが注意されます。

続いて醒ケ井（米原市醒井）に到着します。文明五年（一四七三）、奈良から美濃を旅した一条兼良の『藤河《ふじかわ》の記』には「醒ケ井といふ所、清水岩根より流る。一筋は上より一筋は下より流れて、末にて一つに流れあふ」とあり、大小二つの泉があり、『撰集抄』巻七などによれば一方を「小醒ケ井」と呼び慣わしていたようです。「今よりや…」の歌は「今からはこのつらかった夢も覚めて、ではないが、醒ケ井の流れていく水の末ならぬ将来をあてにしよう」との意で、沈んだ調子がここで少し明るくなってきます。

不破の関と関の藤川

不破《ふは》の関屋は昔だに荒れにければ、形《かた》のやうなる板庇、竹の編戸《あみ》ばかりぞ残りける。げに秋風もたまるまじう見えたり。

昔だに荒れにし不破の関なれば今はさながら名のみなりけり

関の藤川はその名もなつかしければ、わきて事とひ侍りし。名はことごとしけれど、さしもなきを川にて、よろづ代までのながれともわかれず。されど絶えせぬためしはいとたのもしくて、

さてもなほしづまぬ名をやとどめましかかる渕瀬の関の藤川

美濃の御山《おやま》とかやは、はやかの小島のあたり近く聞こえしかば、行く先も今は程あらじと、今日ぞ心地も落ち居《ゐ》侍りし。名にしおふ一松《ひとつまつ》なほそのままにて昔の跡かはらぬよし、このあたりの下人《しもびと》の語りしを、よくも尋ね聞かざりしぞ、後までくやしかりし。

うかりける美濃の御山のまつこともげにたぐひなき世の例かな

不破の関（岐阜県不破郡関ケ原町松尾《まつお》）は古代の重要な関所でしたが、早くに廃絶し、文学作品の中で荒廃のイメージをとどめるだけでしたが、良基の先祖、後京極《ごきょうごく》摂政藤原良経《よしつね》に「ひとすまぬ不破の関屋の板庇あれにし後はただ秋の風」（新古今集・雑中・一六〇一）という名歌があり、大変に人口に膾炙したので、中世には不破の関は良経の名と一体化したといってもよく、良基の詠でもそのことを回顧します。

そのすぐ西に伊吹山より南流する藤古川《ふじこがわ》という川があります。これが「美濃の国関の藤川たえずして君につかへむよろづよまでに」（古今集・神遊歌・一〇八四）という古歌で知られる、関の藤川とされています。何の変哲もない小川であったといいます。

「美濃の御山」は、不破郡垂井町・関ケ原町にまたがる南宮山《なんぐうざん》のことで、「おもひいづや美濃のを山の一つ松ちぎりしことはいつも忘れず」（新古今集・恋五・一四〇八　伊勢）という古歌によって知られていましたが、小島が目と鼻の先に迫ったので、行先を急いだとあります。

「うかりける…」の詠ですが、「まつこと」は「松」と掛詞で、近くは「いろかへぬ美濃の御山のまつことはこの世もすぎぬ関の藤川」（続後拾遺集・雑中・一一二三　西園寺実兼《さねかね》）など、「美濃の御山」とセットでよく詠まれており、だいたい俗世における期待とか希望を指します。ここでは関白職への希望でしょう。「散々につらい思いをしたこの身はようやく美濃の御山にさしかかった、その松ではないが、将来に期待することは本当に類がないことだよ」くらいの意でしょうか。

喚起される「藤氏」意識

歌枕は、古歌に詠まれて、歌人たちが知るところとなった地名ですから、実際の地形や風土とは関係ない観念の産物で、その地名の想起するイメージが大事にされました。ですから実際に杖を牽くことがあっても、既に持っている和歌史的な知識でしか鑑賞できません。「関の藤川」は先の古今集の歌によって臣下の忠誠を詠む材として用いられるようになり、とくに藤氏《とうし》の廷臣の心を惹く地名でした。

平安時代にはそう多く詠まれていませんが、院政期以後、摂関家の政治力が低下すると、逆に藤氏というアイデンティティが高まり、「関の藤川」を詠み込む和歌が急増しています。「関」は「関白」をも連想しました。後嵯峨院《ごさがいん》の歌合で二条良実《よしざね》（良基の曾祖父で、当時大閤と号して政治に関わっていた）の詠に「万代につかへてぞみむ月もなほ影をとどむる関の藤川」（文永二年九月十三夜歌合・二番左・三）とあります。「今左歌忠臣の趣を見るに、定めて右方作者の難を免るか」と良実は申し立て、無条件で勝を付けられました。良基と関白を争った道嗣も「忘れじな代々にもこえて君にわがつかふる道の関の藤川」（新千載集・雑中・一八七五）と詠み、歴代の執柄に自らの忠誠心や奉公の志と結びつける作品が目立ちます。

たとえば『藤河の記』（本によっては「関の藤川」と題する）によれば、兼良もまた藤川に立ち寄っていますが、旅程で重要な箇所ではなく、大きな扱いを受けてはいません。それにもかかわらず兼良の紀行にこの名が与えられたことは、藤氏の正嫡をうけた者だけに喚起された特別の意識によること、いうまでもありません。

良基の「さてもなほ…」という歌もこの系譜に属します。「渕瀬」は盛衰流転の様をいう語です。「それでも世に埋没することのない名を残したいものだ。こんな運命が上下すること激しい時節に臨んだ藤氏の流れの末の私でも」という意でしょう。「しづまぬ名」を留めるとは、具体的には後光厳の関白になることです。不破の関と関の藤川と、摂関家に深く係わる歌枕に立った時、良基がどのような感慨に襲われたかは百言を費やさずとも伝わり、旅の目的を語ってやまないのです。

小島の風景

かくて二日三日の道を五六日の程に、やみやみからうじて小島に参り着きぬ。見もならはぬ所の気色、左も右もそびえたる山に雲いと深うかかりて、さらに晴れ間なし。げにまたなうあはれなるものはかかる所なりけり。時しも秋の深山《みやま》のありさま、ただおしこめて、言ひしらぬもののあはれ、言はん方なし。鹿の音、虫の声も、かの松陰にて聞し《(ママ)》は秋はものの数ならずおぼえしは、ただ所がらの思ひなしにや。姨捨山《をばすてやま》ならねど、いと慰めかねぬべき旅の空も、あまりによろづたどたどしかりしかば、二条《(良冬)》中納言の立ち入りたる所へまづ落ち着きぬ。

この宿のありさま、茅《かや》が軒端、竹の編戸、まばらなる簀子より風もたまらず吹き上げて、一夜だになほ宿りがたし。いま一日もと急ぎて、今日ぞやがて小島の頓宮へ参りし。雨さへかきくれて直衣の袖もいとどしほれ果てぬ。冠かげの珍しきにや、山人《やまびと》めく者多く見侍りし。内裏のさまはこのあたりにはまれなる板葺きなれど、山はさながら軒端にて、雲霧の晴れ間なし。やがて御前の召しありて、この程の世の式《しき》など奏す。山よりの御道のわりなかりし事など、さまざまあはれなる事をぞ仰言《おほせごと》ありし。今夜は瑞岩（巌）寺とかやいふ寺尋ね出でてとどまる。

良基の一行は、不破の関から少し東に進み、赤坂宿（大垣市赤坂町）の手前から約一二キロ北上し、ようやく小島に到着します。『園太暦』によれば七月二十七日のことでした。

「二日三日の道を五六日の程に」というのですが、実際小島に最も近い東山道の宿駅の垂井や赤坂まではほぼ三日で踏破できたようです。同じルートを下った紀行と比較してみますと、仁治三年（一二四二）の作者未詳の紀行文『東関紀行』では、京都を出て第一日は武佐寺《むさでら》に、二日目は近江と美濃の国境に近い柏原《かしわばら》、第三日は垂井の東の杭瀬川《くいぜがわ》まで、弘安三年（一二八〇）の『春のみやまぢ』では、第一日が鏡山、第二日が番場《ばんば》、第三日が墨俣《すのまた》です。老女の旅であった弘安二年の『十六夜日記』でも、初日が守山、第二日が小野、第三日が杭瀬川に近い笠縫《かさぬい》となっています。さらに永享四年（一四三二）に駿河に遊覧した将軍足利義教《よしのり》の場合、随行した堯孝《ぎょうこう》法印の『覧富士記』によれば、初日が武佐寺、翌日には垂井に達しています。

『小島のすさみ』では、第一日・第二日は坂本、第三日はおそらく守山、第四日は老蘇、第五日は

「おこり日」で同地にとどまった可能性が高いでしょう。第六日は不明ですが、小島到着の前、美濃の御山で「今日ぞ心地も落ち居《ゐ》侍りし」とあり、老蘇と不破の関の間のどこかでもう一泊していると考えられます。「やみやみからうじて小島に参り着きぬ」というのに相応しい旅路で、遅々たる歩みが読者に強い印象を残します。

小島は濃尾平野の最も奥に位置し、眼前に揖斐川の支流粕《かす》川の流れを望み、背後には標高八六三メートルの小島山がそびえる、風光明媚な土地です。美濃の守護土岐氏はこの地に本拠を定め瑞巌寺を開きました。後に明徳元年（一三九〇）足利義満に反逆した時も、当主の土岐康行《やすゆき》は「小島城」によって抵抗したといいます。周辺には名所・歌枕も多いのですが、小島が脚光を浴びたことはこれまでなかったことで、この山間の寒村が歴史の一舞台となったのは全く擾乱の余波といえます。

「頓宮」は行宮と同じ、小島山の東麓、白樫神社がその跡と伝えられています（茂茂久岐禰《ももくきね》）。良基は頓宮に参上したその晩、南に約二キロ離れた瑞巌寺に宿泊していますが、ここも皇居と伝えられ、寺内に「小島頓宮之碑」が立っています。後光厳も約一ケ月前、垂井から小島を目指し、瑞巌寺を経て、白樫の頓宮に落ち着いたものでしょう。

良基は山深いこの地の様子を「左も右もそびえたる山に雲いと深うかかりて、さらに晴れ間なし」と叙しています。旧暦の八月ですから、雲霧深く物寂しい雰囲気が漂っていたと思われます。「げにまたなうあはれなるものはかかる所なりけり」とは、指摘される通り、『源氏物語』須磨巻の「またなくあはれなるものはかかる所の秋なりけり」にそのままよっています。海と山、西と東との差異はありますが、この旅を光源氏の須磨滞在になぞらえようとします。読者もまた『源氏物語』を重ね合わせて読むことを期待されています。

廷臣たちは近くの在家を割り当てられて祗候しており、良基はまず自分と同年の叔父である二条（今小路《いまのこうじ》）良冬《よしふゆ》の宿所に入りましたが、一刻も早く参内したいとせっかちに急ぎました。

頓宮も「山はさながら軒端にて、雲霧の晴れ間なし」という片山陰に建てられていて、ただちに天皇と対面となりました。比叡山から逃亡する時の辛苦を語ったというのもむべなるかなという気がします。践祚の経緯といい、天皇としての資格について不安と無聊を覚えていたとしても不思議ではないでしょう。

「床をならべし契り」

時光朝臣のさぶらふ所あけて、休所《やすみ》に給ひしかば、二日三日ありてぞ内住みの心地にてありし。賢俊僧正にて、世のありさま、身のさまざま奏ししかば、「これまで参りぬる上は、床《ゆか》をならべし契さらにかはり侍らじ」と仰言ありしに、

知らざりきならはぬ山の陰までも床をならべん契りありとは

神代をかけたるふるごとども取り出でたるも、いとをこがましくや。その後は朝夕馴れ仕へ侍る事、昔にたがふ事なし。鎌倉大納言のぼり侍るべきよし、勅書の請文《うけぶみ》申し侍るとて、ただこれを

のみまつ事にて、おほやけわたくし慰み侍りし。

ここで良基はかねての約束通り天皇から関白職を安堵されました。後光厳の言葉にある「床をならべし契」とは、『日本書紀』神代巻下に、天照大神が天忍《あめのおし》穂《ほ》耳命《みみのみこと》を地上に遣わす際、二柱の神に近侍・警護を命じたくだりに基づきます。

是の時に、天照大神、手に宝鏡を持ちたまひて、天忍穂耳尊に授けて、祝《ほ》きて曰はく、「吾が児、この宝鏡を視まさむこと、当に吾を視るがごとくすべし、與《とも》に床を同じくし殿を共《ひとつ》にして、斎《いはひの》鏡《かがみ》とすべし」とのたまふ、復た天児屋命《あまのこやねのみこと》・太玉命《ふとたまのみこと》に勅すらく、「惟爾二《これいましふたはしら》の神、亦同《とも》に殿の内に侍ひて善く防護を為せ」とのたまふ。（訓読は日本古典文学大系による）

この天児屋（根）命は藤原氏の祖神とされています。これが「天上の幽契」と呼ばれる神話で、天児屋命の裔孫である藤氏が、天照大神の直系の子孫である天子を輔佐することの本縁とみなされました。摂関家の政治力が衰退し、興福寺が春日社との一体化を進めた院政期に、摂関家は自らの存在理由をこの神話に求めていくことになります。たとえば慈円《じえん》の『愚管抄』は、藤原鎌足が天智天皇を助けて世を治めた史実を「天照大神、アマノコヤネノ春日ノ大明神ニ「同侍㆓殿内㆒能為㆓防護㆒」ト御一諾ヲハリニシカバ、臣家ニテ王ヲタスケタテマツラルベキ期イタリテ」（巻三）と解釈するなど、「二神約諾史観」とでもいうべき歴史観に貫かれています。「二神約諾史観」は何も摂関家だけが奉じたわけではありませんが、やはり藤氏の嫡流をもって任じ、摂関職を継承する家が最も強く意識しました。とりわけ九条流の人々は近衛流に対する劣等感の裏返しとして、自らの執政を観念的な思惟をもって正当化する傾向が強かったようです。

良基は九条流の一つ二条家の出身であり、慈円の著作からも影響を受けています。慈円は摂関家にとって未曾有の受難の時代に生き、「天上の幽契」は決して空文ではなかったと思います。その後摂関職はいよいよ形骸化しますが、この神話に基づいて自らの職責になお輔弼《ほひつ》の命を観念する人も多く、とりわけ良基には強烈でした。『小島のすさみ』を著述した目的の一つが、天皇に関白職の安堵を謝し自らの忠誠の証とすることであったのは伊藤氏が強調されたところですが、それは良基からすれば天皇と関白との水魚の関係を「天上の幽契」に沿って確認するものでした。

さて、後光厳天皇は頻りに関東の尊氏に上洛を命じていましたが、折しも謹んで承るとの請文（上の者の命に承諾の意志を伝える文書）が到来しました。関白として、また一個人としても帰京が現実的となった安堵から、「ただこれをのみまつ事にて、おほやけわたくし慰み侍りし」ということになるのでしょう。

ここに大きく区切りがあり、第一部の終わりとみなされます。

第三節　『小島のすさみ』を読む（二）

続いて第二部・第三部を読みたいと思います。第二部は小島でのわび住まい、第三部は足利尊氏に伴われての京都への還幸がその内容です。伊藤氏は第一部は個人的・物語的・褻の文学、第二・三部は公人的・記録的・晴の文学と述べています。なお、以下の第二部・第三部を中心とした作品の性格と執筆意図については、セミナー修了後に別に執筆した拙稿「将軍参内記としての『小島のすさみ』」（国語国文学研究37　平14・2）でも述べました。

深山の憂鬱

八月十日余りは、日数のみふる雨の中、いとど晴れぬ雲井は山高き心地してものむつかし。軒端さながら雲霧に閉ぢられて、嶺の松風あらましく吹きおろして、よろづすさまじかりしことのみぞ多き。かかる所を百敷《ももしき》とたのみたるもありがたき世の例なれど、昔の木の丸殿《まろ》など言ひけるもかくこそはありけめ。この国の行幸《みゆき》の例も元正天皇などたびたび跡ある事なれば驚くべきならねど、ならはぬ山の御住まひ、なほ世づかぬ心地して、都の恋しさぞ明け暮れの思ひにてありし。名高き半ばの月をさへ隔てがほなる雨雲はなほ晴れやらず、二千里の外の古人の心もかくこそはと、取り集めてものあはれなり。夜一夜吹きつる風明け方より静まりて、今夜の月はなほ忘るまじきにやとて、人々に短冊賜はす。殿上の御遊などにはあらで、目馴れぬ戎衣《えびすごろも》の上人《うへびと》どもの気色、もののふめきたれど、おのおの思ひの露をよすがにて、なほ言葉の花を争ふなるべし。夕風また吹き立ちて、程なく澄みのぼる月、山陰までも残りなうさし入りていと隈なし。曇りなき御代の例とかねて知らるる心地せしかば、行く末かけていと頼もし。

名に高き光を御代の例とや最中《もなか》の秋の月は澄むらん

小島行宮での日々はやはり気持ちの晴れない、鬱陶しいものであったことが分かります。わずかに詩歌の催しだけが君臣の無聊を晴らしていました。

須磨の光源氏の面影

「二千里の外の古人の心」は有名な「三五夜中新月色。二千里外故人心」（和漢朗詠集・十五夜・二四二）という白居易《はっきょい》の詩の一節で、宮中にあって卑湿秋陰の江陵に流された友人（元稹《げんしん》）を思いやったものですが、『源氏物語』の須磨巻では、

月のいとはなやかにさし出でたるに、「今宵は十五夜なりけり」と思し出でて、殿上の御遊恋しく、所どころながめたまふらむかしと、思ひやりたまふにつけても、月の顔のみまもられたまふ。「二千里外故人心」と誦じたまへる、例の涙もとどめられず。

と、逆に十五夜の宮中を思いやって涙にくれる光源氏の心中にあり続けた詩句となり、この巻の通奏低音をなします。また「取り集めてものあはれなり」も明石巻の「塩焼く煙かすかにたなびきて、と

り集めたる所のさまなり」により、「ものむつかし」とは、気味悪い。何となく鬱陶しいとの意で、やはり須磨巻「いとものむつかしう、この住まひたへがたく思しなりぬ」とあるところから帰納すべきです。荒涼感の意の「すさまじかりし」や、強い風の形容である「あらましく」も、どこの巻とも特定できませんが、この物語でよく使われてなじんだ語彙です。どこまでも源氏詞をさしはさんで文章が綴られていきますが、『源氏物語』という古典によって、辛うじて現在の境遇を受け容れられた、あるいは日々の生活を支えていた、とさえいえそうです。これは良基一人だけではなく、北朝の君臣にある程度は共通する傾向ではなかったでしょうか。

公家は都にいてこそのものですから、地方で鬱屈する自分たちの運命がまずは呪わしいものでした。「昔の木の丸殿」とは直接には「朝倉や木の丸殿にわがをれば名のりをしつつゆくはたが子ぞ」という古歌によります。この歌を『俊頼髄脳』や『新古今集』（雑中・一六八九）は天智天皇の作とし、外敵の襲来を恐れ筑前国朝倉宮（福岡県朝倉市）に行宮を営んだという説話を附すので、よく場面に叶ってはいますが、フィクションながら、須磨の光源氏こそ彼らには最も身近に感じられた存在ではないでしょうか。『源氏物語』の研究は、公家の手で営々と進められ、当時の古典学の中心となる体系を打ち立てていましたが、このような記事からは、『源氏物語』という作品が中世の王権と深く結びついていることがお分かりいただけると思います。

「戎衣」の廷臣

八月十五夜には歌会がありました。「人々に短冊賜はす」とあるように、あらかじめ題を書いた短冊をクジなどで配り、その場で歌を詠ませる、くつろいだ会です。なお歌を書く料紙として短冊が用いられるようになるのは南北朝時代のことです。

しかし、歌会に列した「上人《殿上人》」たちは「目馴れぬ戎衣」であったとあります。これは甲冑姿のことです。「殿上の御遊などにはあらで」というのは、須磨の光源氏が恋しく思いやったような優美な御会ではなく、とのことでしょう。『太平記』を見ると南朝の皇族・公家が武装することがよく見えます。彼らは実際に戦陣に身を置いた人たちですが、北朝の廷臣もそうであったことが分かります。「戎」「えびす」とは蛮人の意ですから、貴族である自分たちが鎧を着るのに、若干の気後れと自嘲を込めた表現でしょう。しかし、この「戎衣」という表現は当時の記録にもよく現れます。後醍醐の子で東国に転戦した宗良《むねよし》親王の「思ひきや手もふれざりしあづさ弓おきふし我が身なれんものとは」（新葉集・雑下・一二三四）という有名な歌も、ちょうどこの頃、関東で尊氏の軍勢と対峙していた時に詠まれています。

垂井へ遷幸

八月の末、鎌倉大納言すでに尾張に着きぬと奏ししかば、同じき二十五日小島の頓宮より垂井に行幸あり。そのありさま、つねの非常の儀にて腰輿《えうよ》に召さる。朝衣の人はなくて、戎衣とかやの姿珍しき事なり。思ひ思ひなりし出で立ち、なかなか見所もありしにや。鳳輦《ほうれん》の帷子《かたびら》を腰輿に

鳳輦図（『年中行事絵巻』）
（吉川弘文館刊『有識故実大辞典』より）

渡して懸けたりしぞ、初めたる事なれど、かくもありぬべき事なる。田舎の民どもさながら見まゐらせんも忝なき事なれば、かやうに申沙汰し侍りしなり。垂井の頓宮は当国の守護頼康（土岐）承《うけたまは》りて作り儲《まう》く。黒木の御所、小柴垣など結ひわたして、神々しく、廻立殿《くわいりふでん》、大嘗宮などの心地ぞせし。入御の程、物見る者ども、いづくよりか集まりけん、いと多し。実澄朝臣御劔にさぶらふ。その儀常の儀にたがふ事なし。休所《やすみ》は風もたまらねば、別《べち》の宿尋ね出でて、よに思ひなし隔たりたるやうにおぼゆ。

『園太暦』『鶴岡社務記録』などによりますと、尊氏は七月二十九日に大軍を率いて鎌倉を出発、八月五日には相模国の国府津《こうづ》で後光厳が派遣した勅使と会見、その情報が十日にはもう小島行宮にもたらされています。とはいえこの頃の軍隊は原則自己補給ですから（つまり沿道住民からの略奪）、それほど速くは進めなかったようです。八月二十五日、いよいよ尊氏が尾張まで来たというので、人々が小島から垂井へ出た時の様子が、かなり力を込めて描かれています。

初度行幸の記

天皇は「腰輿」に乗ったとあります。これは前後一人づつの力者が腰の高さで運ぶ手輿で、普通は手すりのみで屋形のないものです。一方「鳳輦」は、天子が晴儀の乗用とする大型の輿で（右図参照）、方形の台座に四柱を立て、上に鳳凰の金物を着け、屋蓋を加えて屋形とし、それを錦綾で覆ったものです。「鳳輦の帷子」とはこれを指し、腰輿に柱を立てて懸けたのでしょう。

「つねの非常の儀」というのは、奇妙な表現ですが、行幸とは天子のみならず朝廷そのものが移動することですから、大がかりな儀式であり、ことに初度行幸は晴儀とみなされました。一方、火事や戦乱などの緊急時、供奉人や具足を十分に用意できない場合を「非常行幸」と称したようです。鳳輦ではなく腰輿を用いるのは、当然非常行幸です。ところが朝廷が窮乏したこの時代は非常行幸の方が常態となってしまい、このようないい方をしたのでしょう。

天皇が垂井へ遷るのにいかなる行粧を整えるかは、関白良基の判断にかかりました。「鳳輦の帷子」で腰輿をくるむというのは、せめても行幸の威儀を保つため良基が案出した新儀でしょう。公家社会で新儀は非とされますが、そのことは自身よく分かっていて、初めての事であるが「かくもありぬべき事なる」と肯定さえするのです。一部の公家からは、良基のこういう計らいは非難嘲笑の的となりましたが、現実に対応しようとする姿勢をよく象徴する一件です。

さらに「田舎の民どもさながら見まゐらせせんも忝なき」といっていますが、生身の天皇が視線にさらされるのを避けているのであって、行幸そのものを見せまいとしているのではありません。見物人が蝟集していたとわざわざ書くのですから、むしろ敢えて目につかせたともとれます。たとえどんなに京都から離れていようと、行幸は行幸です。儀礼が立派に行われることこそが、北朝の王権回復の、おそらく唯一の手だてでした。周囲の状況がいかに厳しかろうと、このように書くことで、鳳輦の帷子でくるまれた粗末な輿のうちに、良基は王権の所在を確認したのです。なお宮廷行事の際に必ず書かれる見物人の存在については第三講で改めて話そうと思います。

垂井行宮は現在の垂井町の中心部に当たる、垂井宿の中にあったといわれています。守護の土岐頼《より》康《やす》が行宮を建造したのも、彼が国情をよく掌握していた証でしょう。このことが縁となってか、良基は後に頼康の女を室とし師嗣《もろつぎ》・経嗣《つねつぎ》の両息を儲けています。

摂関と儀礼

さて「黒木の御所」は、皮を着けたままの丸木の御所、「小柴垣」は雑木の小柴で作った丈の低い垣です。『源氏物語』賢木《さかき》巻「ものはかなげなる小柴垣を大垣にて、板屋どもあたりあたりいとかりそめなり。黒木の鳥居ども、さすがに神々しう見わたされて」によっているのでしょう。斎宮（後の秋好中宮）が籠った野宮《ののみや》の描写です。

それを「廻立殿、大嘗宮」のようだ、と述べているのは意味深長です。大嘗会の一連の行事の核をなす卯日の神事で、新帝は廻立殿に行幸して沐浴・更衣をなし、それから悠紀神殿に入り、神膳を祖神に供えることになります。良基が「廻立殿へは宮中の行幸の躰にて腰輿に召さるるなり。この廻立殿は昔はうるはしき殿舎にて侍れど、いまはかたのごとくのかりやにて侍るなり」（『永和大嘗会記』）

と記すように、当時の大嘗会では新帝は廻立殿へ腰輿に乗って行幸したのでした。つまり「垂井頓宮」へ後光厳が行幸するさまを大嘗会の廻立殿行幸に重ねるのです。

摂関は、あらゆる朝儀を監督総攬する立場にありますが、とりわけ即位儀礼に積極的に関与しています。大嘗会においては天皇の神膳供進を介助する役を勤めています。天皇が幼い場合には代わりに廻立殿の中に入って神膳を供えさえしました。神膳供進という秘儀中の秘儀で天皇を扶持することは、輔弼という使命を最高のレヴェルで象徴すると考えたのでしょう。

後光厳はまだ即位式・大嘗会を挙行していません。前年八月に践祚したので、本来ならばそれらの儀式はちょうどこの冬に挙行されるはずなのです（この状況ではもとよりそれは望むべくもないのです）。そういう天皇に対し、この感想めいた記述は、無意味に発せられたものではなくて、関白の輔弼の任に照らし、天皇の無聊を慰藉し、後光厳の正統性を保障しようとするものでしょう。この辺りから『小島のすさみ』は、関白として振る舞う良基の行動や意識を反映させ、北朝の王権回復の物語としての性格を漂わせるようになります。

恐怖の一夜

かくいふ程に、二十六日の夜、近江の凶徒、原・蜂屋とかや、この国へ討ち入るべしとてひしめく。都の道はこの程はやふたがりたると聞きしだに心細かりしに、今夜は苦々しくひしめきて、すでにはや近づきたるよし申しののしり侍りし程に、人々内裏へつどひ参る。いかなるべきにかといともの騒がしくて、かくて世をや尽くさんと心細さぞ言はんかたなき。されど暁方に別の事侍らぬよし、人々申し侍りしかば、夢のさめたる心地して、おのおのまかでぬ。馬ども用意し、「臨幸もいづかたへか」とまで沙汰ありし、その折の騒ぎ、申すばかりなかりしなどぞ、なかなか今の思ひ出でとも申し侍りぬべき。

八月二十六日、尊氏到着前の間隙をついてか、南朝方の武士、原氏・蜂屋氏が、垂井を襲撃するという情報が入り、行宮は大騒ぎになります。新大系は傍線部を「凶徒ばら、はちや」としていますが、原と蜂屋はともに土岐氏の一族で、『園太暦』七月三十日条にも「江州の辺又聊か蜂起の聞え有りと云々、原・蜂屋の党類の所為か」とあるように、共同して北朝・幕府へ対抗していたので「原・蜂屋」とすべきでしょう。

結局誤報で、一同胸を撫でおろします。そもそも原則武家は公家には手を出さないのですが、それでもこの頃、地方で戦闘に巻き込まれて凶刃に斃れる不運な廷臣もいたのは事実で、文章はゆったりとしているものの、やはり恐怖の一夜だったでしょう。ここは作品執筆時点、つまり京都に帰った後の回想として述べられていますが、この八月二十六日夜の原・蜂屋襲来の誤報は、次の九月三日、尊氏到着の描写を引き立てる効果を持つため、ここに置かれていることは否定できないでしょう。

これで小島・垂井での生活を綴った、第二部が終わります。

第四節　『小島のすさみ』を読む（三）

尊氏軍の到着

さて九月三日ぞ将軍垂井に着く。そのありさま、めでたういみじかりし事なり。まへ二三日は武士どもひますきまなく宿々《しゆくしゆく》に着く。もち連れたる旅の重荷ども、道もさりあへず布引に続きて、よろづ今ぞ心地ひろびろとおぼえ侍りし。大納言は錦の鎧直垂、小具足にて栗毛なる馬に乗る。先打《さきうち》、結城・小田・佐竹などいふものどもなり。色々の具足ども、水の垂るやうなる兜の鍬形、さきにきらめきて夕日に輝く。一日《ひとひ》の祭りなどの心地しておのおのきらきらしくぞ見えし。後陣には仁木兵部大輔・小山などいふ東国の武士数を尽くして残る物なし。将軍の馬の前には命鶴丸、心言葉も及ばず出で立つ。坂東第一と聞こえし黒き馬にぞ乗りたる。そのありさま見所多し。年たけたるあげまきの姿もすべてあしくも見えず。まことに物にあひぬべき気色人にすぐれたり。引き馬十疋、いづれもいづれも心もおよばぬ物どもなり。東国の名馬は残るなく上りたるよしぞ聞こえし。佐竹斑《ぶち》などいひし大馬ども、その数多し。

続々と進軍して来る尊氏の軍勢を目にした時の、新鮮な驚きがここにあります。

先陣を勤めた「結城・小田・佐竹」は、それぞれ結城直光《ゆうきなおみつ》・小田孝朝《おだたかとも》・佐竹義篤《さたけよしあつ》に比定され、常陸・下総に本拠地を持つ、鎌倉幕府以来の有力武士団の長です。一方後陣の「仁木兵部大輔・小山」とは、足利氏一門の仁木頼章《につきよりあき》と下野の大豪族の小山氏政《おやまうじまさ》です。いずれも北関東の武士であることから分かるように、尊氏の軍勢は関東の武士団を組織したものでした。山田邦明氏は「将軍の所在によってこの時期は鎌倉が政権の中心の観をなしていた。もしも安定した状況がつづいていたら、尊氏は終身鎌倉にいたかもしれない。しかし西の状況がそれを許さなかった」(『鎌倉府と関東』校倉書房　平7・8)と述べています。

尊氏の軍勢の中で人目を惹いたのが命鶴丸《みようづるまる》という少年でした。尊氏の寵童で、戦場でも常に側近く侍っています。文和元年閏二月、尊氏が関東で新田氏と戦った時には花一揆という少年団が結成され、命鶴をその大将としたと『太平記』にあります。「三番ニ饗庭《アイバ》ノ命鶴十八歳、容貌当代無双ノ児ナルガ、今日花一揆ノ大将ナレバ、殊更ニ花ヲ折テ出立チ、花一揆六千余騎ガ真前ニ懸出タリ」(巻三十一・武蔵野合戦事、流布本による)。この年十九歳、稚児としてはもうさかりを過ぎている、というより、とっくに元服している年齢ですが、良基はその美貌を褒め讃えています。ここには尊氏への阿諛追従が入っているといってよいでしょう。これは尊氏その人を直接賞賛するよりも、ずっと効果的で賢いやり方です。後年のことになりますが、良基が足利義満と、義満に寵愛された若き日の世阿弥(藤《ふじ》若《わか》)に対してとった態度と、全く同じであるのは興味深い一致です。

将軍参内の記

将軍やがてすぐに内裏へ参る。頓宮の外に召し具したる軍兵をばとどめ置きて、ただ一人庭上にいる。中門の前に立ちて、頭弁俊冬朝臣にて事のよしを申す。西園寺左衛門督出で会ひて引導す。弓矢を取りて堂上、御前の召しあり。程なくまかり出づ。宿所は垂井の長者が家なり。この所ははじめ内裏になり侍りし程に、畏れ申しけるを、ただ さぶらふべきよし仰言承りて、とどまりけるとぞ聞こえし。大方城外へ臨幸の後は寝殿を去りて、興遊物の音をもとどめて、深く畏れ申しけるとぞ聞こえし。いとありがたき事なり。げに仁義をもわきまへてこそ、これ程の運をばたもち侍らめと、返す返す頼もしくぞ承りし。鎌倉右大将、建久に初めて上洛せられけるも、ただかくこそはありけめ。都にてありしかば、主上昼《ひ》の御座《おまし》に出御、頼朝卿孫庇の円座に祗候のよし、日記に見え侍る。さやうの式も、御旅の御所なればにや、沙汰にも及ばざりしやらん。

本作品の中で、とくに重要な章段といえますので、詳しく述べることにします。

尊氏は単身行宮に入り天皇に謁します。二年前に関東に下った尊氏は、後光厳とは初対面であったはずです。良基が描いているのは、朝廷・天皇に対して非常に恭順な武将像です。垂井宿駅の長者の屋敷を宿所に賜ったのに、もと天皇の御座所であったために一旦は辞退した、といいます。

傍線部「大方城外へ臨幸の後は寝殿を去りて」の主語は尊氏と考えられますが、この「城外」を他本では「垂井」（扶桑拾葉集本・群書類従本）、「埵氷」（宮内庁書陵部蔵写本・瑞巌寺蔵写本）、「埵井」（元禄七年版本）、「清華の家」（第Ⅱ種の美濃行幸路記本）などとし、異文が多い箇所です。これまでは「垂井へ臨幸の後は」という本文で解釈されていますが、それでは八月二十五日以後のこととなり、しかもその時尊氏は上洛の途にあり、既に尾張まで来ていますので、「寝殿を去りて」の意が通りません。「城外」とは都に在るべき人・物が、特別な事情で平安城の外に出ている状態をいいます。つまり天皇が義詮に連れられて都から脱出した、六月十四日以後のことを指すとして考えれば無理なく理解できるでしょう。後光厳が蒙塵《もうじん》（天子が都を離れること）したため、尊氏も「寝殿」（鎌倉の邸における正殿）では起居せず、ひたすら謹慎の意を表したものなのです。この一事をとっても、三条西本の本文の優秀さは明らかです。ついでに「城外」から「埵氷」（第Ⅲ・Ⅳ種）に、さらに「垂井」（第Ⅰ種）へと転訛されていった過程、第Ⅱ種の本文の特異さも想定できます。

そうした尊氏の有様を伝え聞いて「げに仁義をもわきまへてこそ、これ程の運をばたもち侍らめ」と評価するのも見逃せません。良基にとって、武家政権の首長であることは「高運」であり、それは朝廷や天皇に対し仁義をわきまえて恭順であったからだ、という主張を読みとれます。

中世国家には、権門体制論《けんもんたいせいろん》といって、公家・武家・寺社などの独立した権門が、治天の君を国王と仰いで、それぞれ国家の権能―政務・軍事・祈禱などを分掌していた、と見る学説があって、現在でもかなり有力ですが、少なくとも鎌倉時代にはこういう考え方をすることは可能でしょう。公家は武家に蔑視と恐怖とを半々づつ抱いていたといわれるところですが、権門体制においては武家政権がきわめて重要な役割を担っていることは、当時もよく理解されていました。慈円や北畠親房の著作は源頼朝の功績をきちんと評価していますし、『増鏡』の「そのかみより今まで、源平の二流れぞ、時により折にしたがひて、おほやけの御守りとはなりにける」（新島守巻）という歴史観もそれと軌を一にします。

尊氏の上洛と参内を源頼朝のそれになぞらえるというのも、単なる先例探しのようですが、重要な意味がありました。頼朝の参内は二度ありますが、ここで意識されているのは建久元年（一一九〇）十一月の初度の方で、奥州藤原氏を滅ぼし文字通り東国の主となった頼朝は後白河法皇の召しに応じて入京、法皇と後鳥羽天皇に面会し、権大納言・右近衛大将に任ぜられています。これは治承四年の挙兵時より、東国の軍事政権として歩んできた（朝廷からすれば非合法の謀反人集団であった）鎌倉幕府が、国家体制の中に正式に組み入れられたことを示すセレモニーといえます。

尊氏が後光厳に対面したことは、たぶんに形式的ですが、武家政権の首長が国王である治天の君に恭順の意を示し、その傘下に入ることを意味しました。頼朝が後鳥羽に謁見した時の様子を『小島のすさみ』では、「主上昼の御座に出御、頼朝卿孫庇の円座に祗候のよし、日記に見え侍る」と回顧していますが、新大系の脚注の通り、頼朝の座は「相当末席」ということになるでしょう。これも武家政権の首長が朝廷を「深く畏れ申しける」例として出されており、ことあるごとに頼朝を理想としていた武家に対して、最も説得力を持ったのです。この時、頼朝を朝廷に引導したのは、時の摂政で、『玉葉《ぎよくよう》』を遺したことでも著名な、藤原兼実《かねざね》でした。摂関家と武家との結びつきはここに始まります。

良基の直系の先祖ですから、当然兼実の働きを意識していたでしょう。

なお、良基が頼朝の例を知った「日記」ですが、『玉葉』『吾妻鏡《あづまかがみ》』には一致する記事が見えず、具体的な書名は分かりません。時期的には中山忠親《なかやまただちか》の『山槐記《さんかいき》』の散逸部分の可能性があります。ここでは、こうした将軍の参内に際しては必ずといってよい程、公家側で詳細な記録が作成され、後世にも先例として参照されていた事実に注意したいと思います。現に南北朝期の三度の将軍参内を記録した『将軍参内参仕記』一冊があります（国立歴史民俗博物館蔵広橋家《ひろはしけ》本）。『小島のすさみ』もそういう将軍参内記の系譜に連なる書物といえるのです。

『源威集』での描かれ方

こう述べると、尊氏の後光厳天皇に対するきわめて恭順な姿は、良基の個人的な所感あるいは願望に過ぎないのではないか、とする考え方もあるかも知れません。正平一統の経緯がらすれば、尊氏の北朝に対する誠実さはたぶんに疑問の余地がありますし、守護大名には、土岐頼遠や高師直のように、治天の君の権威さえものともしない連中がいたことは事実です。しかし良基が描いた尊氏の姿が虚像に過ぎないかというと、そうでもなさそうなのです。

『源威集《げんいしゅう》』という軍記物語があります。これは先に尊氏の上洛の先陣を務めた武士として見えた、結城直光の老後の作です（佐竹師義《もろよし》作者説もあります。どちらにしても作者はこの時の尊氏の軍勢の中にいました）。文字通り「源氏の威光」、具体的には清和源氏・源頼朝そして足利氏の栄光と、作者の家がそういう武家の棟梁から代々にわたり受けた恩寵につき、孫や曾孫の問に対し語るという形式をとっています。序によれば嘉慶年間（一三八七〜九）の成立です。近年平凡社の東洋文庫に収録され（加地宏江氏校注）、読みやすくなりました。

本書は『太平記』とも多く重なる記事を持ちながらも、戦乱をかいくぐってきた南北朝期の武士たちがいかに自分たちの時代を評価したかを窺わせてくれる点でまことに興味深く、今川了俊《いまがわりょうしゅん》の『難太平記』とも好一対をなします。

『源威集』は、いくつかの重要な事件ごとに問答を立て、今東洋文庫本の章立てに従うと、「九　頼朝上洛ノ事」「十　頼朝再度上洛ノ事」「十一　尊氏文和上洛ノ事」という順に問答がならんでいます。「尊氏上洛は、幕政初期の公武間における重要な政治的意図を持つ、前段頼朝の建久の上洛になぞらえたものである」（東洋文庫本注）という指摘の通りだと思います。「十一　尊氏文和上洛ノ事」から引用します。

一、問ヒテ云フ、文和弐年〈癸巳〉御京上ノ事如何、

答ヘテ云フ、コノ御上洛ハ昔頼朝ノ文治・建久ノ路次ノ如ク、京入ノ儀式ヲ調ヘラル、（中略）禁裏《キンリ》弥仁垂井ニ御座、将軍九月始〈日限ハ知ラズ〉赤坂宿ヨリ御参内、（中略）内裏近ク成リテ遙カニ門ヲ隔テテ御下馬、扈従ノ軍勢前後同ジ、門内ニ入リテ弓ヲ置キ、矢ヲ解キ、劒ヲ帯ス、日野（坊城ノ誤リ）右少弁俊冬朝臣奏聞、即チ堂上シ拝礼ス、二条大殿良、西園寺殿実俊、参会ス、勅ヲ蒙リ、

関東ノ武威ヲ恐レテ洛中ノ敵徒退散ノ間、既ニ義詮朝臣入洛、大平ヲ致ス処ニ、亦武将尊氏長途ヲ凌ギテ参上、叡感再三、御盃ヲ下シ賜ハリテ頂戴懐中ス、敬屈シテ退出、遂ニ俊冬朝臣ヲ以テ龍泉ヲ下サル、是ヲ賜ハリテ三拝以後、旅館垂井駅長亭ニ入御、先ヅ仰ニ云フ、コノ参内ノ事鎌倉ニオイテ治定ノ間、用意ノ為、或ハ籠手臑当御尋シニ、(下略)

文和二年の尊氏の上洛は随従した一人の東国武士にも頼朝の例を自然と想起させたのでした。傍線部によれば、参内について鎌倉であらかじめ打ち合わせがあったというので、尊氏もその政治的な意味合いを十分に認めていたことが分かります。

尊氏が参内して恐懼する描き方は、『源威集』作者の視点からも非常に鮮やかです。それにしても『小島のすさみ』と『源威集』とは、同じ事件を扱っているから当然としても、記事内容がよく重なります。尊氏の上洛と頼朝の上洛とを重ね合わせて、武家政権のあるべき姿を論ずる、『小島のすさみ』のような見方がそれなりの説得力を有し、武家の間にも受け容れられたことを推測できます。

貢馬から見た武家政権の位置づけ

同じき五日貢馬《くめ》十疋内裏へ奉る。その外別して名馬などとて贈り給《た》びたりしかば、かひある心地ぞせし。十五夜に道にて詠みたりし歌とて点申されしかば、この道にゆるされたる事もなくて、憚りありしかど、いなみがたうて、おづおづ墨を付け侍りし。大方このたびの御旅のなぐさめは、ただ夜昼詩歌にてぞありし。田舎人は連歌などいふことを好むものにて、点など方々より多く申し侍りしかど、むつかしうて返しぬ。今は都の出で立ちならでは何事かあらむ。

九月五日には尊氏が天皇に東国の名馬を献上しています。これは貢馬御覧といい、鎌倉前期から行われた行事で、だいたい毎年の冬に幕府が朝廷に十疋の馬を献上、天皇・院が御所の庭でこれを覧じ、臣下に頒け与える儀式でした。

近年、中世社会における物品の贈答が人間あるいは社会集団同士の関係を象徴することに着目した研究が盛んです。「馬」という動物はおそらく太古の昔から、贈答品としての役割をも担い続けていました。中込律子氏が「人間の相互の社会関係を表現するシンボリックな意味合いをもつ動物でもあった。動物のなかでも美しくかつ貴重な馬は、様々な儀礼や貴族社会の社交のなかで政治的に大きな役割を与えられて活用された」（「摂関家と馬」服藤早苗氏編『王朝の権力と表象』叢書・文化学の越境4　森話社　平10・9）と述べられる通りでしょう。

さらに盛本昌広氏の「献上物を見ることで、それを産出する土地が自らの支配下にあることを確認する（中略）一種の統治行為」（「鎌倉期の馬献上の構造」『日本中世の贈与と負担』校倉書房　平9・9）という指摘を考慮すれば、「馬」を産する地域の支配者が中央にこれを差し出し受納されるのは、その支配権を認知して貰うためとみなされます。東国の馬を献上することは駒牽《こまひき》を想起させます。これは八月に甲斐・武蔵・上野・信濃の各国司が馬を朝廷に献上する宮廷行事で、和歌にも詠まれていますが、本来は西国の政権である朝廷にとり、東国から献上される「馬」は服属の証でした。十六日の信濃駒牽を除いて駒牽は院政期には廃絶してしまいますが、鎌倉時代に幕府から朝廷へ馬十頭を献ずる、貢馬御覧の儀式として残ったことになります。尊氏の貢馬もこういう鎌倉幕府の姿勢を継承したものなのです。

『小島のすさみ』でも尊氏・義詮のことを「鎌倉大納言」「鎌倉宰相中将」と記しています。義満の若い頃、康暦年間（一三七九～八〇）まで、将軍は「鎌倉」を冠して呼ばれていました。この場合の「鎌倉」というのは、武家政権の首長に冠した一種の符牒でしょう。

武家政権は、江戸幕府までそうですが、西国を治める公家政権に対し「東国政権」という性格をも併せ持っています。尊氏も初代の鎌倉殿である源頼朝の後継者をもって自認しましたし、尊氏を戴いた武士たちもそう見ていました。室町幕府は南朝と対抗する必要があるために、京都に置かれたに過ぎません。

当時の公武関係は依然鎌倉時代のそれを踏襲していたことを意味します。鎌倉幕府は朝廷政治に対し基本的に不介入の態度をとり続けました。実際には武家は公家内部での争いを仲裁・調停できる、一段上の実力を持っているのですが、鎌倉幕府のやり方はその辺りが妙に慎重でした（そのため天皇家が分裂して対立する、両統迭立のようなことが起こります）。こういう関係は朝廷政治の全権を掌握し皇位簒奪を企てたともいわれる義満の登場まで基本的に残っていました。義満の代になって初めて武家政権の首長は「鎌倉大納言」から、公武を超越した権力者である「室町殿」へと変貌するのです。

武家には公家とは別な領域で生きる、という意識が先天的に強かったと思います。将軍や執権は朝廷の官職を貰っていて、とくに頼朝・尊氏などは権大納言に任ぜられましたから、れっきとした上級廷臣なのですが、朝廷の儀式には全く出仕せず、公家として振る舞うことを意識的に避けたようです。京都に住んでいた尊氏でさえ、参内したことは数える程しかありません。

とすれば、将軍の参内は公武政権の首長が直接対面する数少ない機会として、まことに重大な意義を有したことになります。しかし鎌倉時代の将軍の参内は、頼朝の後には、暦仁元年（一二三八）の藤原頼経《よりつね》のただ一例しかありません。だからこそ武家政権は貢馬を行い、形式的ながらも東国に対する支配権を公家政権より承認されることを求めたのでしょう。

従って文和二年の尊氏の参内と貢馬は、こうした前代以来の公武関係の枠組みを確認し、後光厳との間にこれを構築するのに是非とも必要な儀礼でした。なお、この場に良基が祇候したのは後白河院・後鳥羽院と頼朝とを仲介した兼実に自己を擬したのでしょうが、これより以後も良基は尊氏・義詮の参内に際してはしばしば参会し、彼らを引導しています。こうした良基の行動は公武の融和を期し、かつ武家政権の首長を宮廷に抵抗なく招じ入れ、その場所を与えるための熟慮から出たものでした。義満の代になってそれはようやく実を結ぶことになります。

暴風雨

今日にてありしやらん、にはかに風いみじう吹き出でて暮れ行くままに物も見えず、おびただしく吹きまどはして、山の木どもも多く吹き倒し、四方の草むらはさらにもいはず、肘笠雨《ひぢかさあめ》とか降り出でて、神鳴り、ひらめき、落ちかかる心地して、いといみじ。雨の脚当たる所はみなとほりぬべう、はらめき、笠も取りあへずあはただしければ、「こはいかなる事にか」とまた心まどひ言はん方なし。すべて野も山もはや水になりはてて、内裏の道も閉ぢめ果てぬ。夜に入りてなほおびただしく吹きまさる風ただ事ならず。頓宮は黒きまろ木の柱なれば、強からず。かくて渡らせ給ふべきならねば、民安寺といふ所へ臨幸あり。三宝院僧正もとより宿り侍りけるをあけて、御所になさる。いとあはただしき事なり。

いよいよ還幸の日程が上ってきた矢先、垂井は暴風雨に襲われます。「肘笠雨」は、笠が間に合わず肘を笠とするにわか雨、「はらめき」は、雨などが物に当たってばらばらと音を立てることですが、ここは『源氏物語』の須磨巻の最後の場面、源氏一行を襲った暴風雨の描写を念頭に置いたもので、『源氏物語』との密着ぶりは、冒頭の一段とならび、本作の中で最も強いものです。

にはかに風吹き出でて、空もかきくれぬ。御祓もしはてず、立ち騒ぎたり。肘笠雨とか降りきて、いとあわたたしければ、みな帰りたまはむとするに、笠も取りあへず。さる心もなきに、よろづ吹き散らし、またなき風なり。浪いといかめしう立ちきて、人々の足をそらなり。海の面は、衾を張りたらむやうに光り満ちて、雷鳴りひらめく。落ちかかる心地して、からうじてたどりきて、

「かかる目は、見ずもあるかな」「風などは、吹くも、気色づきてこそあれ。あさましうめづらかなり」とまどふに、なほやまず鳴りみちて、雨の脚、あたる所とほりぬべく、はらめき落つ。かくて世は尽きぬるにやと、心細く思ひまどふに、君はのどやかに経うち誦じておはす。

この後、源氏の夢に故桐壺院が現れて、早くこの浦を立ち去るよう命じ、さらに雨をついて明石入道が迎えの舟をよこします。源氏たちは無事に入道の邸に迎えられ、後の展開はご存じの通りで、三年ぶりに源氏は京都に戻ることになります。貴種流離譚につきものの、主人公の流離の末に訪れる最大の試練として位置づけられ、これを乗り越えて主人公は再生し栄光を取り戻すことになりますが、垂井行宮で経験した暴風雨は、『源氏物語』に拠っていることで、帰京への契機でもあることが自然に理解できます。源氏取りの最も成功した例といってよく、『小島のすさみ』が、構造的にきわめて堅牢な作品であることが窺えます。

行宮は俄かづくりだったので、慌てて近くの民安寺という寺に移ります。現在、その跡と伝える場所が垂井町内に数箇所ありますが、全釈は現在の垂井の泉の側、専精寺の東としています。なお一二〇年後に垂井に立ち寄った一条兼良が「民安寺と云ふ律院にとまる。（中略）誠や文和の比、後光厳天子、南軍におそれましまして、小島に行幸ありしついでに、この寺にもわたらせ給けるとなむ。かり宮の礎など今にあり」（『藤河の記』）と記し、兼良も『小島のすさみ』を読んでいたことが分かります。

義詮の参内

この風のまぎれに、いとどみだり心地もわびしけれど、おさへて内へ参る。たぐひなき雨風なり。還幸遅くなる事あしき事なるよし、奏せしかば、「武家よりもやがてあす行幸あるべきよしをすでに申して侍る」と仰言ありて、人々急ぎ立つ。この程は晴の行幸とて都の人々召されしかど、これはまたにはか事なれば、もとの非常の儀にてと定まりぬ。思ひ思ひにひしめきて、次の朝もとの頓宮修理して還御あり。

鎌倉宰相中将（足利義詮）垂井に着くと聞こえしかば、都の道もあきて、めでたしともなのめならず。やがて今夜宰相中将参内す。そのしき将軍参りしにかはらず。今夜はことに月さへ曇りなくて、馬鞍物の具の飾りもいとど磨かれて見所多かりしとぞ、見る人々も語り侍りし。次の日御馬二疋まいらす。将軍いささか違例の事ありて、行幸延引す。

良基は病を押して後光厳のところへ駆けつけ「還幸遅くなる事あしき事なるよし」を奏し、一日も早い出立を勧めます。秋深くなる美濃では自然も厳しさを増し、風雨の危険を身にしみて感じたでしょう。ここでは自らの役割を桐壺院に重ねています。そしてその直後、義詮が垂井に到着して、いよいよ還幸の準備が整います。義詮はいわば明石入道に当たります。先に尊氏参内の直前には、一同が南党襲来の報におののく記事が置かれていました。王権が危機にさらされた時、武家の首長が力強く登場して危難を救う、という形が二度繰り返されていて、たいへん興味深く感じます。

「この程は晴の行幸とて…」とは、『園太暦目録』九月二日条に「濃州より頭右大弁《とうのうだいべん》俊冬《としふゆ》朝臣、来月還幸の事を相触る」とあり、八月末には京都に残った廷臣に招集をかけたことが分かります。良基は是非晴儀としたかったでしょうが、それに相応しい威儀、行幸の供奉を職掌とする近衛中少将を一定数揃えなければなりません。しかし、何といっても遠路ですし、公卿たちもその費用に事欠いたようです。たとえば小島にいた近衛道嗣も強く供奉を命じられましたが、大将を兼ねていない大臣が行幸に供奉した先例はない、と公賢から知恵を授けられて、辞退しています。こうして還幸は「もとの非常の儀」となってしまったと考えられます。

還幸の記と廷臣の功労

　おなじき十九日還幸あり。公卿どもは朝衣にて供奉す、松殿中納言忠嗣《つぎ》、四条中納言隆持、左衛門督実俊(西園寺)、仲房(万里小路)朝臣などなり。御劔隆右(鷲尾)朝臣、同じく衣冠にてさぶらふ。その外はもとの姿ども色々にまじりたる、珍らしく見所あり。御道の程、物見る山賤《がつ》、しばふる人さへ立ち混みて、所せきまでぞありし。権大納言(正親町三条実継)、今出川宰相中将(公直)などはなほ戎姿にて行幸には供奉せず。御泊り御泊りにぞ参り会ひける。これも二条中納言など伴ひて、今夜は近江の大覚寺といふ所にぞ参り会ひ侍りし。

　夜に入りて雨いたう降りて、次の日の朝もなほやまず。出御もいかがとおぼえしかど、鎌倉の宰相中将すでに先行のよし申し侍りしかば出御あり。今日は人々みな戎衣にて供奉す。今夜は敏《み》満寺《まじ》といふ寺にいらせおはします。

またの日は空も晴れて人々みな朝衣にて供奉、武佐寺《むさでら》に御着きあり。それより石山へぞ着かせ給ふ。本堂の前に御所を儲けたり。しほならぬ海ここもとに見えていと面白し。観音の利生方便もこの行幸にはいとど光添ふらんとめでたし。今日は洞院(実夏)大納言都より参り会ひて供奉人に加はる。近衛司どもも、雅朝(室町)・実時(徳大寺)・隆郷(四条)・隆家(油小路)朝臣、朝衣にて参り会ひて御輿の左右に供奉す。戎衣の次将どもは御後にうちこみたり。義詮朝臣小具足にて先陣つかうまつる。尊氏卿同じく御後に供奉す。その軍兵二三万騎もありつらん、二日ばかりは続きたるとぞ聞こえし。

この還幸の記からすると、十九日には大覚寺（中世の南近江には大覚寺が複数存在したらしく、きわめて紛らわしいのですが、小野宿に隣接した、現在の彦根市にあった寺でしょう）、二十日は敏満寺（犬上郡多賀町にあった寺）、二十一日に内裏に入った、と読めます。ところが『園太暦』その他の確実な資料によれば、実際は後光厳天皇の一行は十七日に出発しており、十八日は敏満寺、十九日は武佐寺（近江八幡市武佐町にあった寺）、二十日は石山に到っています。

つまり良基は出発をわざと二日遅らせていることになります。これにつき杉浦氏は二二頁前掲論文で往路の「二三日の道を五六日の程に」という部分を強調したかったのではないか、といわれています。つまり帰途も五日を要したのでは往路の苦難があまり伝わらない。そのためことさら帰途の日程を短縮して書いたのではないか、とするものです。

「しほならぬ海」とは琵琶湖のことで、『源氏物語』関屋《せきや》巻「わくらばにゆきあふ道をたのみしもなほかひなしやしほならぬうみ」によっていますが、ここが少し詳しいくらいで、たしかにこの還幸の記は総じてあっさりした印象を受けます。沿道に集まった多数の見物人の存在を記しとどめ（「しばふる人」については九六頁参照）、王権の存在を主張し、また尊氏が率いる軍勢が途切れることなく続いて、たいへんな壮観であったと強調してはいますが。

また『園太暦』九月二十日条によれば「伝へ聞く、関白・右府先づ京着すと云々」とあり、良基と道嗣は二十日に帰京しています。天皇と一緒に入京した様に書いているのは虚構です。行幸の供奉にはそれなりの威儀を必要とし、高官であればその負担はより重くのしかかってきます。体面を保つためには辞退するほかなく、道嗣がていよく供奉を断ったことは先に述べました。正親町三条実継《さねつぐ》も天皇の外舅に当たる重臣ですが、宿ごとに参上したとあります。つまり、供奉を辞退したために間道を通って帰京したのです。良基も同様であって、還幸の路次については、あまり書くべき内容を持たなかったというのが実情だったのではないでしょうか。

ただ、ここには数多くの公家の名が見えます。美濃に随行・供奉した廷臣は、重複がないよう一度は必ず作品中に名前を出しているようです。

当初小島に参向した廷臣は、持明院統の外戚ないし子飼いの近臣か、南朝祇候の一族との間に家門争いをかかえた者ばかりで、多くの廷臣は事態を傍観していたといえます。そのために、南朝は苛酷な処罰を下して見せしめとし、奉仕を強要しましたが、これは後光厳も同じでした。早くも『園太暦』の八月二十五日条に「伝へ聞く、昨日か、右中弁経方《つねかた》朝臣濃州に参る、不参の輩の所領悉く収公せらるるの故、人々多く参ると云々」とあります。持明院統の重臣勧修寺《かじゅうじ》経顕《つねあき》の息経方が小島に参ったのは、不参の者は家領を没収されるとの噂に怯えてであったと記されています。こうして北朝の廷臣も目に見える形での「報国の心ざし」を求められたのです。

供奉の廷臣の名を煩瑣な程に記すのは、その労をきちんと記しておく必要があったのです。なかなか召しに応ぜず、石山からようやく還幸に供奉した洞院実夏《さねなつ》（公賢の子）について「今日は洞院大納言都より参り会ひて供奉人に加はる」とだけ記していますが、この作品が天皇に献じられたと考えれば、それは一種の論功行賞の資料ともなるでしょう。

実際、以後の北朝の政務運営を見る時、小島に参向した廷臣、良基・道嗣とともに、正親町三条実継・日野時光・万里小路仲房らの面々が、常にその中枢として活躍しています。一方、京都を動くことのなかった洞院家や一条家は後光厳の信任を得られず、苦しい立場に追い込まれ、次第に没落していきます。以上のことからすれば、『小島のすさみ』を、内乱期に一変した君臣の関係を関白の手で証明した記録と読むこともできます。

土御門内裏に入る

やがてもとの内裏へ入らせおはします。宰相中将、陣中に敷皮《しきかは》しきて行幸待ち奉る。還幸の式は例にたがふ事なし。されどなほ戎衣の人々門外までは参りたり。南殿に御輿寄る。公卿朝衣の人々ばかり庭上に候す。雅朝朝臣御劔に候す。百敷も見しに変はらず、典侍・内侍、さぶらふ人々、ありしながらの面影、珍しといふもなほ世の常なり。この程うかりつる旅寝の夢残りなくて、今は言はん方なうめでたし。京にある人々も不思議の事にののしる。ありがたかりける聖運なれば、行末もいと頼もしかるべき事にこそ。

さても「九月の還幸いかが」と沙汰ありしに、元正天皇霊亀三年当国美濃国に行幸ありて、今の養老の瀧など御覧ありて、この瀧のめでたきゆゑに年号をさへ改めて、霊亀三年を養老になされて還幸ありけるも、九月の佳例と匡遠《ただとほ》の宿禰《すくね》勘《かんが》へ申し侍りし、この度の儀に叶ひたる勘例、ことにめでたしとぞ沙汰ありし。

さすがに入京する辺りは筆力がこもっていて、まる三ケ月ぶりに土御門内裏に入った後光厳天皇に対し、その治世の繁栄を予祝し、作品が締めくくられます。苦難を克服し、歓呼をもって迎えられたと描く筆致は、『増鏡』月草の花巻で、鎌倉幕府を滅ぼして後醍醐が伯耆から帰京する終幕の場面を連想させます。

ところで最後に天皇が九月の還幸を躊躇し、その例を勘申（先例の中から適当な事例を探し出すこと）させたところ、左大史（弁官局の下級職）の小槻《おづき》匡遠が元正天皇の事例を探し出し御感にあずかった、とあります。

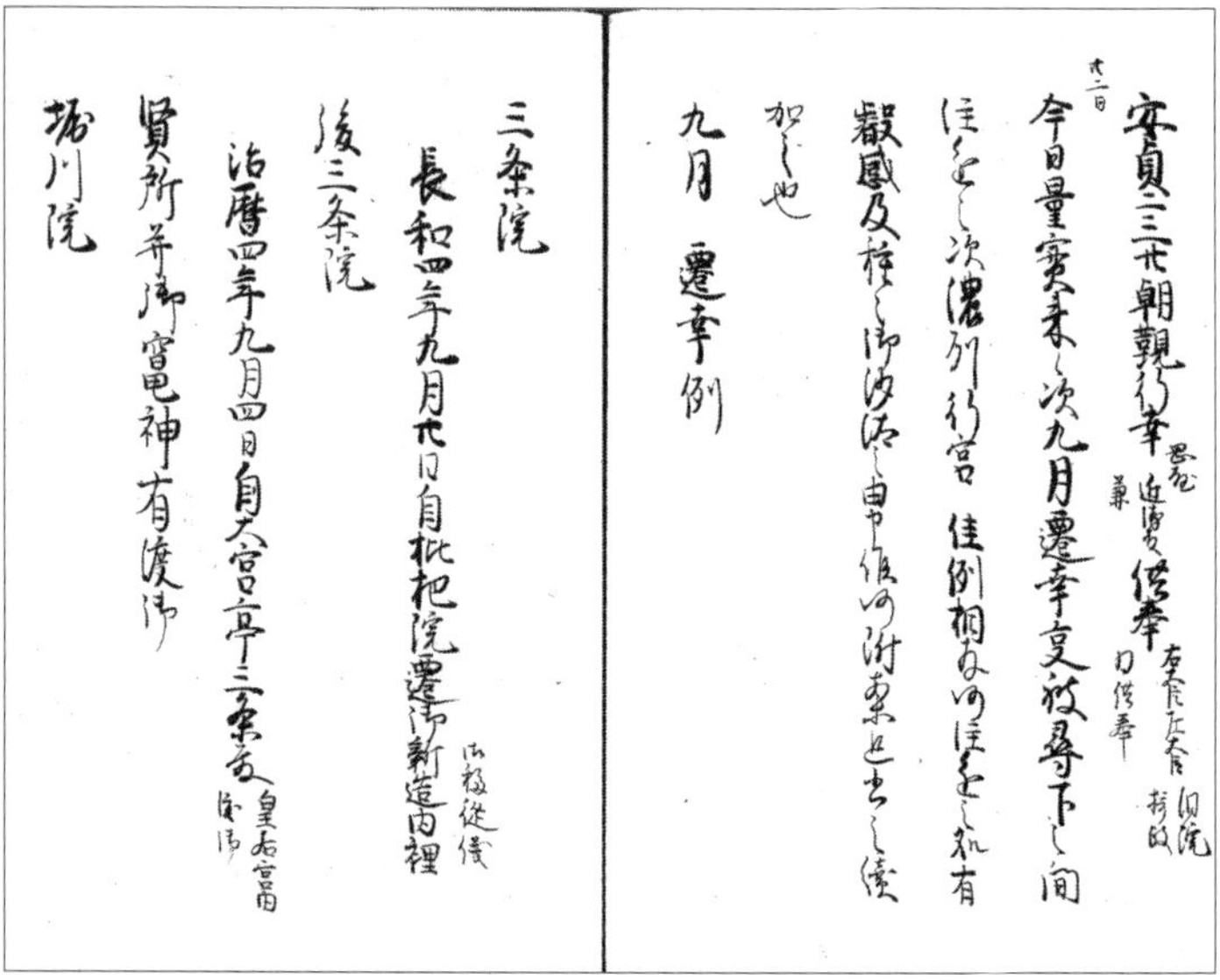

『園太暦』文和２年９月22日条（国文学研究資料館蔵）

「九月の還幸」先例勘申

九月には結婚や洗髪を忌む風習がありますが、行幸（還幸）を忌む考えは基本的にないようです。『園太暦』九月二十二日条に「今日量実来たるの次いで、九月遷幸の事尋ね下さるるの間、注進するの次いで、濃州行宮の佳例相存ず、仍て注進するの処、叡感あり、種々の御沙汰に及ぶの由申し候」とあり、匡遠の嫡子量実《かずみ》が持参した勘申案を写しています。これは三条天皇から亀山天皇までの、移徙《いし》や方違で御所を移った遷幸の六例からなり、さらに附案として元正天皇が霊亀三年（七一七）九月十一日に美濃国に行幸、二十八日に還幸した例を載せています。つまり垂井の行宮から土御門内裏へ遷ることを諮問したのであり、これならば九月を問題視する意味は理解できます。

しかし、これは後光厳が内裏に入った後で下された諮問です。あの状況下では、たとえ九月がいかに忌避すべきであっても、還幸ないし遷幸を遂げないわけにはいきません。公家の思考は先例に縛られていたとよくいわれるのですが、この時代にはとても先例では処理できない問題が続出します（後光厳の践祚そのものがそうでした）。結局新儀を開かざるを得ないのですが、そのことが決して拠り所がない処理ではない、ということを納得できるような、適当な先例を探して来て眼前の現実を合理化するのであって、これはただ過去に因循する姿勢とはかなり違います。

求められたのは、三ケ月にも及んだ美濃への旅路を、代々の初度行幸の先例空間のうちに位置づけられるような説明でした。天皇にとり初度行幸がいかに重要な儀礼であったかは既に述べましたが、平安期以後では父母の御所か石清水・賀茂のような近郊の神社に限られ、遠国に行くような例はまずありません。

公家政権で先例の有無を問う場合、平安前期を上限とし、奈良時代はふつう対象外です。老練な事務官であった匡遠は、右のような事情を斟酌し、元正天皇の例を附案として答申することで、「濃州行宮の佳例」を示し、後光厳天皇の初度行幸の不首尾を糊塗したのでした。それは初度行幸記としての『小島のすさみ』の締めくくりには、まことに相応しいものだったのです。「遷幸」を「還幸」と表記したのもおそらくはそういう初度行幸記としての性格に基づくのでしょう。

跋文

作品は次のようにして閉じられます。

かやうに例少かりつる世の式、後の物語にもと思ひて、ありのままのことを旅寝の徒然に忘れじと畳紙《たたうがみ》のはしなど引き破《や》りてかきつけ侍ることども、いと見苦し。過ぎ行く方は忘れがたき習ひなれば、かかる一筆のこと葉もおのづから忍ぶの草の種とはなどかなり侍らざらむ。

本文中の登場人物の官職表記によれば、帰京してから三ケ月ほどの間、文和二年暮までの間に執筆されたものと見られています。「旅寝の徒然」に書き付けたメモをもとにしていると述べ、さらに底本のほか、多くの諸本には「この草子は小島にて書きたりしままなり。あまりに言ふばかりなき事ども多し。歌など引き直すべし。銘は内の御方の御手《て》なり」という良基自身による識語があります。「内の御方」とは後光厳を指し、外題を宸筆で賜ったということでしょう。「小島にて書きたりしまま」とは、いささか不審ですが、第一部・第二部・第三部前半が小島でできていて、第三部の後半、還幸のことは簡単に記し、帰京後に継ぎ足したという成立事情を示唆するものでしょう。還幸の記が意外に内容に乏しいことは先に触れました。

もとよりこうした旅先での草稿、心覚えのままであるはずはなく、相当に推敲の手が入っていることはいうまでもありません。むしろ非常に緊密な構成力をもった一編の作品としてまとめられたことはこれまで述べてきた通りです。良基の歌道の弟子であった今川了俊の『道行きぶり』の本奥書にも

「都より筑紫に下り侍るほどの路の事を馬上にて書き付けたり」とあるように、旅の記は旅に在る時そのままの感慨を記すというスタイルをとることが、不文律であったのかも知れません。

後光厳朝の物語

『小島のすさみ』への評は既にかなりのものがあります。写本が多くある事実が読者を獲得したことの現れですが、明治期に入ってからも紀行文学として一定の評価を与えられたことが大きいと思われます。とりわけ文章の優美さを賞賛するものが目立ちます。石田吉貞氏「中世の日記・紀行文学」（『岩波講座日本文学史第四巻　中世』岩波書店　昭33・4。『新古今世界と中世文学（下）』〔北沢図書出版　昭47・11〕に再収）「源氏物語ばりの優雅で洋々たる文章はまことにみごとであるが、兵馬倥偬の世をうつしていかにも不似合である」のように否定的な意見もありますが、むしろ良基は良基なりに乱世に対処しようとしていたと認め、かつ典雅なたたずまいを失わないことを積極的に評価する論が多いように思います。「室町時代に成立したすべての日記の中で、最も感動的な作品の一つである」（ドナルド・キーン氏『百代の過客』朝日新聞社　昭59・8）との評さえあります。それは先学によって、『源氏物語』をはじめとする古典への深い理解に基づき、明瞭な意図をもって構築されていることが解明されて来たことと、大いに関係しています。良基自ら『小島のすさみ』を「物語」と称していることが注意されます。事実を記した日記と、フィクションである物語の別は現在でこそ厳密ですが、当時はその差はほとんどなく、物語も日記と同様、史実として享受されていたからです。他の人に読んで貰いたいという願望が謙遜を装った中にも窺えますし、天皇の教育の具・自己の忠誠の証ということが伊藤氏により指摘され、将軍尊氏も読者の一人に想定されています。

ところで第一部・第二部では良基の個人的な感慨が綴られていたものの、第三部では天皇や将軍に叙述の中心が移っていきます。伊藤氏は一貫性に欠けるとするのですが、むしろ第三部にこそ重点を置き、後光厳の治世における初度行幸および初度の将軍参内を記録した、朝廷行事を総攬する関白の記として読むべきではないかと考えます。内実はどうあれ、初度行幸は治世における一代一度の儀であり、時の関白が沙汰するものであったからです。伊藤氏が天皇の教育の具として書かれたとする点もその通りと思いますが、天皇の傅育も関白の職務の一つでした。北朝の天皇の治世を記念し、時の公武関係を規定する、王権の物語として読まれたのであり、その性格は朝儀や宮廷行事の有様を記録する他の仮名日記にも一貫しています。紀行の部分が含まれるからといって、『小島のすさみ』を他の仮名日記と区別すべきではないでしょう。良基の仮名日記は以後すべて見物人の視点に仮託した三人称をとるようになりますが、その徴候は既に『小島のすさみ』にも感じ取れるのです。

第二講　『さかき葉の日記』

続いて貞治五年（一三六六）に成立した『さかき葉の日記』を取り上げます。この年良基は四十七歳、三年前に後光厳天皇の関白に再任されています。幕府では尊氏が延文三年に薨去した後、二代将軍義詮の代となっています。

「さかき葉」とは春日社の神木のことで、この作品は奈良の三笠山の麓に住む老翁を語り手とし、興福寺の訴訟のため足かけ三年にわたり神木が都に留められたこと、その間都では様々な怪異が起きたこと、一転して訴訟が解決し、神木が藤氏の公卿や殿上人、衆徒・神人に守られて帰座する様子を描き、さらに南都の神官・寺僧の会話形式で、伊勢神宮・春日社の縁起を説く、という構成です。「神木帰座の状を語るすぐれた文献」（『群書解題』第六巻　続群書類従完成会、昭37・4）といわれますが、『小島のすさみ』が公武関係を定位した物語とすると、『さかき葉の日記』は権門体制の一角を担う寺社、とくに興福寺との関係がテーマとなっています。公武政権と興福寺との関係については永島福太郎氏『奈良文化の伝流』（目黒書店　昭26・2）以下数多くの論著があり、『さかき葉の日記』の内容に入る前に南北朝期の状況を少々説明しておきたいと思います。

略年表(2)

西暦	和暦	天皇	摂関	事柄	良基年齢
1362	貞治元	後光厳	近衛道嗣	4・21　後光厳天皇、内裏に還幸	43
				7・23　義詮、斯波義将を執事とする、父高経後見す	
1363	貞治2			5・11　内裏初度晴儀蹴鞠、良基『衣かづきの日記』	44
				6・7　『二条良基春日社願文案』　27　良基関白に還補	
			6·27 二条良基（Ⅲ）	10・29　中殿作文	
1364	貞治3			7・7　光厳法皇崩（52歳）	45
				12・1　良基行阿より『原中最秘抄』を伝授さる　19　興福寺、高経被官の寺領押妨を訴え春日神木を入洛さす	
1365	貞治4			10・7　良基、冷泉為秀・四辻善成・救済らと『源氏物語』の連歌寄合語を制定、『光源氏一部連歌寄合』	46
1366	貞治5			8・8　高経父子失脚、越前に逃れる　12　神木帰座　良基『さかき葉の日記』	47
1367	貞治6			3・29　中殿歌会、義詮参仕、良基『雲井の花』	48
				6・27　幕府、山城国内の寺社本所領回復令を制定	
				7・13　高経没（63歳）、義将幕府に帰参	
			8·27 鷹司冬通	11・25　義詮、細川頼之を管領とする	
				12・7　義詮薨（38歳）、号宝篋院贈左大臣	
1368	応安元			3・10～16　内裏法華懺法講（後伏見院三十三回、および義詮百箇日）	49
				6・17　幕府、応安半済令を制定	
				8・29　延暦寺衆徒、南禅寺の破却を訴え日吉神輿を奉じ入洛	
1369	応安2			4・20　衆徒、日吉神輿を奉じて入京、内裏に乱入	50
				7・28　幕府、延暦寺の要求を容れ南禅寺楼門を壊つ	
1370	応安3		11·4 二条師良	7・3～7　内裏宸筆法華八講（光厳院七回）	51
1371	応安4	3·23 後円融		3・23　後円融天皇受禅、後光厳院院政	52
				9・26　院評定で政道興行を議し雑訴法を制定	
				12・2　興福寺衆徒、一乗院実玄と大乗院教信の罷免を訴え、神木を奉じて入洛、伝奏らを放氏	
1372	応安5			7・11　幕府、神輿造替の料として諸国に段銭を課す	53
				12・25　この頃良基、神木帰座につき南都と頻りに交渉	
				この頃？　良基『思ひのままの日記』	
1373	応安6			8・6　興福寺、良基を放氏す	54
1374	応安7			正・29　後光厳院急死（37歳）、良基『後光厳院崩御記』？	55
				6・20　日吉神人ら、造替を訴え神輿を洛中に振り捨てる、朝廷、神輿を祇園社に安置	
				11・5　光済・宋縁配流　8　良基続氏	
				12・17　春日神木帰座　28　後円融即位式	
1375	永和元			6・3　後円融、政務上の良基の後見を拒否	56
				7・26　幕府の沙汰で日吉神輿造替事始あり	
				11・23　後円融大嘗会、良基『永和大嘗会記』	
1376	永和2		12·27	正・1　良基、准三后	57

第一節　貞治の神木入洛

神木と嗷訴

興福寺はいうまでもなく藤原氏の氏寺《うじでら》で、氏社の春日社とともに朝廷貴族の崇敬を集めました。院政期に春日社との習合を進めた結果、両者はほとんど一体化し、多数の僧兵を擁し、神人を組織して大和国一国を実力支配するまでになりました。

世俗の権力が少しでも自らの権益を侵した時には激しく抵抗するのが常で、いわゆる嗷訴《ごうそ》に出ることも度々でした。この時、威を振るったのが神木で、榊の葉に神鏡を付けて、御神体に擬したものです（次頁図版に掲げた『春日権現験記絵』は、大和国の悪党に奪われた神体が帰座する場面を描いていますが、袋に入れられた神体が榊の枝に付けられる様子が分かります）。

嗷訴の時は神木が本殿から出され、境内の移殿に安置されました。これを遷座または動座といいます。神が安置場所から遷ることとは強い示威行動になります。それで解決しなければ金堂の前に引き出され、さらに衆徒・神人がこれを奉じ、朝廷の対応をにらみつつ北上し、木津・宇治を経て、入洛となります。

神木を使った嗷訴は前後七十回にも及んだといいますが、入洛まで至ったのも寛治七年（一〇九三）

『春日権現験記絵』巻19（東京国立博物館蔵）
（中央公論新社刊『続日本の絵巻』14より）

以来、十四回を数えます。遷座・動座というだけで異常事態でありますのに、入洛となれば藤氏出身者がほとんどを占める朝廷にとっては、たいへんな圧力となり、無条件で要求を呑み恐懼して御帰座を願うのが通例でした。

興福寺は、以後もしばしば神木を入洛させますが、鎌倉期となると、武家が交渉相手として登場してきます。武家は公家と違って容易に妥協しなかったため、交渉が長引き、裁決が下るまで半年ないし一年以上にもわたることがあります。しかし、一番困るのは公家でして、この間藤氏の廷臣は謹慎を強いられて出仕できず、神木は朝廷の儀式・政務の正常な遂行を甚だ阻害したのでした。

ところが、南北朝時代には、この異常中の異常というべき神木入洛が四度も起きています。暦応三年（一三四〇）・貞治三年（一三六四）・応安四年（一三七一）・康暦元年（一三七九）です。鎌倉時代を通じても四度ですから、神木が最も威を振るった時代といってもいいかも知れません。しかも訴訟が長期化する傾向にあり、短くて一年、長い時には足かけ四年にもわたり都に留まっています。

良基は四度の神木入洛をすべて経験しています。貞治・応安・康暦の三度は朝廷を代表して交渉に当たっています。摂関職と氏長者は一体のものと考えられていたために、嗷訴の時に摂関は朝廷と興福寺の間で板挟みとなってしまいます。『さかき葉の日記』は貞治三年の神木入洛の記録ですが、そういう良基の立場を色濃く反映させていることはいうまでもありません。

興福寺と斯波高経

この時の神木入洛の発端は、興福寺領越前国河口荘《かわぐち》（福井県坂井市・あわら市）を朝倉高景《あさくらたかかげ》（戦国大名朝倉氏の遠祖）が押領したことにあります。高景は守護斯波高経《しばたかつね》の被官《ひかん》（家人）であるので、興福寺の非難は高経に向けられました。

この高経は尊氏以来の幕府功臣、入道して導朝《どうちょう》と名乗り、当時は四男の義将《よしゆき》を執事（管領の前身）とし、幕政の実権を掌握していた大名です。

『太平記』巻三十九「神木入洛事」には、高経の失政の一つとして興福寺の問題が挙げられ、「さる程に越前は多年守護の国にて、一国の寺社本所領《じしやほんじよりやう》を半済して家人どもに分け行ひけるに、南都所領河口庄をば一円に家中の料所にぞなしたりける」とあります。斯波氏は越前・若狭両国の守護ですが、被官が国内の寺社本所領を蚕食するのを黙認していたようです。

寺社本所領とは大寺院・皇室・摂関家などを領主として戴く荘園のことです。通常地頭が設置されないので、荘園領主の支配が貫徹しやすかったといわれていますが、これとて南北朝期に入れば、在地に根を張った武士（国人《こくじん》）の蚕食するのにさらされ、ほとんど実を失ってしまいます。河口荘は隣接する坪江《つぼえ》荘とあわせて七百町にも及ぶ大荘園でしたので、興福寺にとってはまさしく死活問題となったのです。

朝倉氏の押妨はこの時に始まったことではなく、興福寺は何度もその非法を取り締まるように訴えていますが、一向に聴かれなかったため、衆徒・神人が憤激して神木を奉じて入洛、高経の宿所に神木を放り込んだといいます。随分乱暴なことをしますが、訴えの相手に対する最大の嫌がらせです。神木はついで長講堂《ちょうこうどう》（もと後白河法皇の御所六条殿の持仏堂）の仮殿に安置されます。

興福寺が斯波氏を呪詛すべき仏敵として糾弾したのは、高経のライヴァルであった佐々木導誉が、山門（延暦寺）の仇敵であったのと同じ構図です。導誉は南近江に勢力を張った武士ですが、近江国内に最も多くの荘園を持つ延暦寺と対立抗争するのはほとんど宿命的なものでした。

寺社本所領をめぐる問題

中世の公家・武家は、それぞれ訴訟を受理する機関を有し、その整備に努めていましたが、寺社本所領に関する訴訟は朝廷の法廷が審理することが鎌倉時代以来の慣習でした。

朝廷には治天の君の下で国政の大事を審議する評定《ひょうじょう》（親政の場合は議定《ぎじょう》）という会議が設置されています。メンバーは公卿のうちから有識者を選抜し、後光厳院の議定衆には、良基以下、近衛道嗣・正親町三条実継・勧修寺経顕・西園寺実俊・日野時光・柳原忠光《ただみつ》・万里小路仲房らがいます（多くは『小島のすさみ』に登場する）。この人たちが公家政権の中枢であったとしてさしつかえないでしょう。

議定は南北朝時代にも依然機能していて、実際神木が入洛した時の公家政権の対応はかなり素早かったようです。しかし、いかに公正な裁決を下しても、当事者を判決に従わせるだけの強制力を持ちませんから、武家の協力がなければ荘園支配の実効は一つも挙がらない有様でした（興福寺のような権門さえそうなのですから、まして一般の廷臣の窮乏は言語に絶するものがありました）。こうして公家は武家への依存をますます強めていくのですが、幕府も治天の君の下で権門体制の一角を担う以上、寺社本所領を保護する方針を掲げてはいるので、朝廷の要請を受ければ一応の措置は講じます。しかし実際に兵を動員するための兵糧や恩賞を確保する以上、武士たちが寺社本所領を略取することを黙認せざるを得ません。『太平記』巻二十六には、高師直が恩賞の少なさを嘆く配下の武士に対し「何ヲ少所ト歎キ給フ。ソノ近辺ニ寺社本所ノ所領アラバ、堺ヲ越テ知行セヨカシ」といい放ったという逸話があるくらいで、まして執事の父の斯波高経が相手の訴訟では容易に進展せず、興福寺も神木を入洛させる程の嗷訴を始めた以上は引っ込みがつかず、結局神木は足かけ三年にもわたり京都に留まることになりました。

貞治五年七月になって、幕府と衆徒との間に妥協が成立し、神木の帰座が決定します。ところが八月八日、高経が突然失脚する事件が起こりました。かねて高経と対立していた佐々木導誉が諸大名をかたらって義詮に讒言し、人の意見に左右されやすい義詮は簡単に信じ、京都からの退去を命じたためです。春日神木と高経の失脚には直接の関係はないのですが、当然神木の祟りとの印象を与えたようです。こうして八月十二日、神木が氏の公卿と衆徒に供奉され、帰座することになります。それでは『さかき葉の日記』の解題に入ります。

諸本と系統

『さかき葉の日記』には単行の板本はなく、『扶桑拾葉集』巻十四下に収められたものの他は、写本で伝えられています。現在までに所在が確認された写本は、十数本に上ります。いずれの本も内外題を「さかき葉の日記」ないし「榊葉日記」としています。大中臣能宣《おおなかとみのよしのぶ》作と伝えられる『榊葉日記』がありますが、別の作品です。

ところが、これらの写本はすべてといってよいほど、『扶桑拾葉集』（以下扶本と略称）、ないし『群書類従』巻第十七所収本（これも『扶桑拾葉集』の系統）の転写本でして、それ以前に遡る本文を伝える完本は、事実上彰考館蔵（江戸前期）写本（以下彰本と略称）しかない状態です。

彰本は、「山のかすみ」「さかき葉の日記」「二条殿御消息詞」「雲井の春」「小嶋口号」などを合綴しており、奥書によって元禄七年（一六九四）水戸藩の小野沢内記という人物が京都で書写したことが分かります。このうち「二条殿御消息詞」は「さかき葉の日記」の余白に附録のような形で書写されていますが、福田秀一氏「世阿弥の幼少時代を示す良基の書状」（『中世和歌史の研究』角川書店　昭47・5）によって紹介され、能楽史の重要な資料となっていることはご存じでしょう。「二条良基のラブレター」などとしてしばしば引用されるものですが、手紙の形をとっているとはいえ、あくまで他の仮名日記と同じく規範とすべき雅文の類として写し留められたものです。なお、福田氏は彰本の『さかき葉の日記』の本文にも触れ、「扶桑拾葉集や群書類従に収めるものと殆んど相違はないやうである」と述べられています。

吉田本について

そんな中で注目されるのが、天理大学附属天理図書館吉田文庫蔵本です（以下吉田本と略称）。この本の持つ価値と、本文の優れている点については、先年に拙稿「二条良基『さかき葉の日記』について」（慶應義塾高等学校紀要27　平9・1）に記しましたので、詳しくはそちらをご覧いただきたいのですが、この本は室町時代から神道長上として権威を振るった吉田（卜部《うらべ》）家歴代のコレクションに含まれ、南北朝時代の当主兼豊《かねとよ》・兼熙《かねひろ》・兼敦《かねあつ》らは良基の信頼厚い家司であり、おそらくそのうちいずれかの手になるものと推定される古写本です。

書誌を簡単に記しますと、函架番号、吉三五・五七。巻子一軸、九紙継ぎ、第一紙から第五紙は暦応四年（一三四一）六月から十月にかけての、兼豊とおぼしき人物の具注暦《ぐちゆうれき》（季節・月日の吉凶を詳

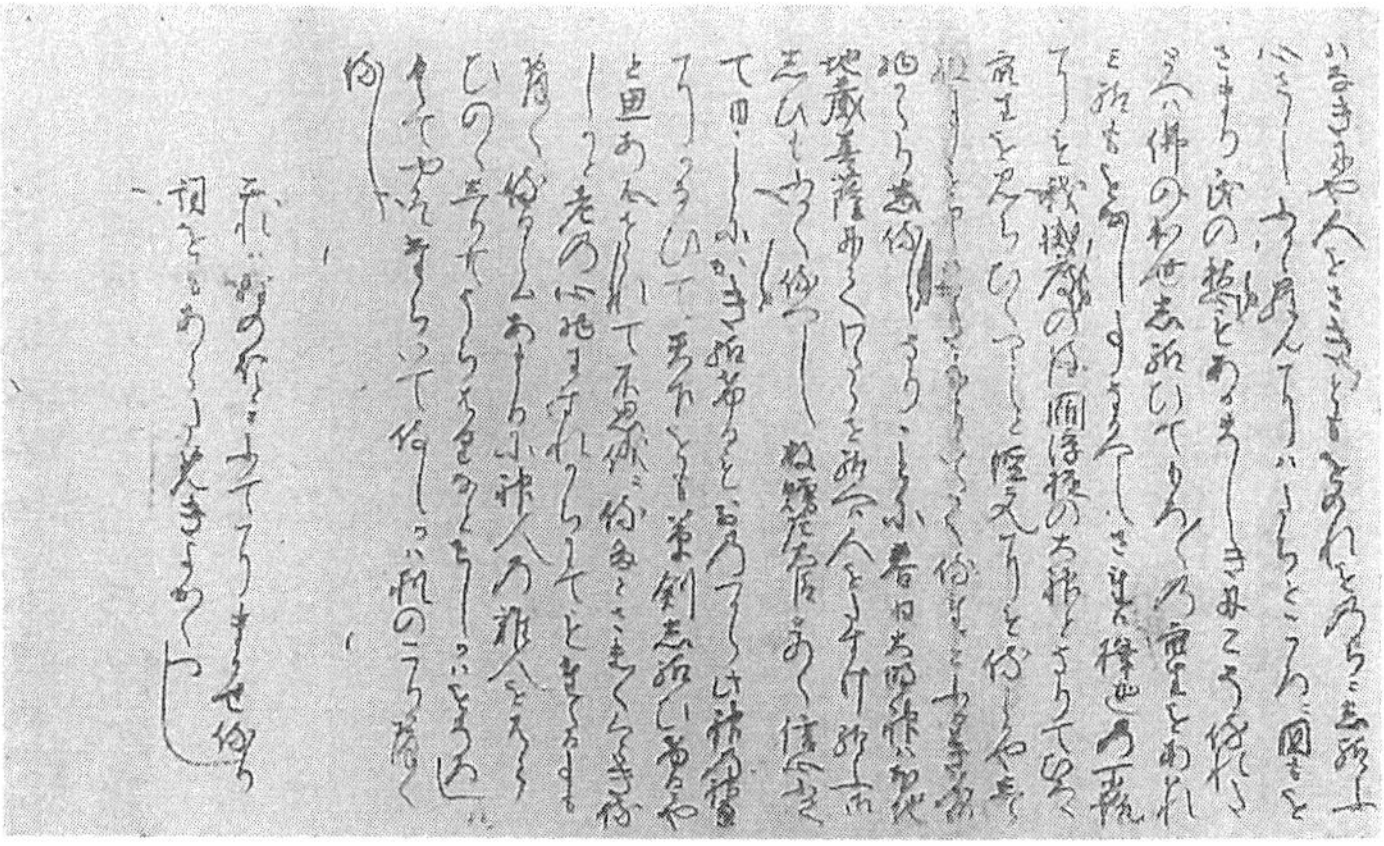

『さか木葉の日記』最後の一紙（天理大学附属天理図書館蔵）

記した暦）の裏面に書写されています。また本文の末には他本に見られない「これは□〔そカ〕のほどにふでにまかせ侍り、詞をもあらためきよがくべし」という跋があります。これは良基自身の言と見られます。

　彰本・扶本など現在流布している本文は、細部でかなりの異同があり、良基が「きよがくべし」と予告していた、改稿した清書本に相当するようです。しかし流布本には誤写やさかしらによる改竄と思われる箇所も多いことも吉田本との比較で初めて明らかになります。詳しくは先に挙げた拙稿をご覧いただきたいのですが、岩佐美代子氏が『中務《なかつかさ》内侍《ないし》日記《にっき》』『十六夜日記』の本文批判を通じて明らかにされた通り（『宮廷女流文学読解考　中世編』笠間書院　平11・3）、中世の仮名日記は江戸期に入り国学者によって雅文として尊重されたために流布し、大きな影響を及ぼすのですが、公刊される際に本文に少なからぬ改変の手が加えられているようです。良基の仮名日記も例外ではなかったのです。

吉田本は良基の一気呵成に記した草稿本の面影をそのまま伝えており、仮名日記の創作過程を知る上でもいろいろなヒントを与えてくれますので、以下この本によって読んでみたいと思います。惜しむらくは途中、帰座に供奉する公卿の行列次第のところに欠落があり、その部分は扶本により掲げました。

ところで、この作品が良基の作であることは当時の人々もよく承知していました。宮内庁書陵部蔵写本（藤波本）には次のような某人の奥書があります。

> 貞治五年〈丙午〉八月十二日神木帰座の御日記と云々、二条関白家の御作なり、後日武家よりの所望に依りこれを出ださると云々、仍て或る仁の本を以て書写せしむる者なり、

成立からさほど隔たらない頃の情報と考えられます（ただ本文は『扶桑拾葉集』と同じ）。後日に足利義詮の希望により執筆したことは、先に名を挙げた兼煕の日記である『吉田家日次記《よしだけひなみき》』からも確認できます。吉田本が草稿であるのに対して、義詮には改稿した本を送り、それが流布したものと考えられます。

第二節　『さかき葉の日記』を読む（一）

語り手の翁の登場

それでは冒頭部を掲げます。

奈良の京、春日の里、佐保のわたりにしるよしして年へたる翁侍り。そのかみよりみかさ山をたのむよすがにて、北の藤波かけまくもかしこき代々をなむへたりける。ならの葉の名におふふるさとは、さらぬだに物さびたるに、をとゝしの冬つかたより御さかき都にわたらせ給へば、神だにすませ給はぬ御山の秋の月、いとど身にしむ心地して、はやしにたたずむしかのね、こけにむせぶ水の声までも、今年はうらみがほなるも、聞きなしからにや。

語り手の翁が登場する、三人称での書き出しは物語的な印象を強く受けます。『伊勢物語』第一段、「むかしをとこうひかうぶりして奈良の京、春日の里にしるよしして、かりにいにけり」、それから「神無月時雨ふりおけるならの葉の名におふ宮のふるごとぞこれ」（古今集・雑下・九九七　文屋有季《ふんやのありすえ》）といった古典の一節をちりばめています。

この翁がいかなる人物かが語られます。「北の藤波かけまくもかしこき代々をなむへたりける」とは（「波」と「かけ」は縁語）、ただちに「ふだらくの南の岸に堂たてていまぞさかえむ北の藤波」（新古今集・神祇・一八五四　榎本明神）という古歌が想起されます。平安初期、藤原冬嗣の興福寺南円堂の建立にまつわるもので、いうまでもなく冬嗣の子孫、藤原北家の嫡流である摂関家の繁栄をことほいだ歌です。

語り手の翁は作者良基の分身であり、この引き歌表現によって、春日の神恩によって、代々の帝に執柄として仕え、国政を輔けたことが示されます。「北の藤波」という語は摂関家を導き出すコードのようなもので、良基に続いて関白となった九条経教に「春にあふ北の藤波かけまくもかしこき御代にいまやさかえん」（延文百首・一二一九・藤）という同工の表現があり、摂関家出身者の、「北の藤波」という言葉に込めた意識を汲み取れます。

また先の「ふだらくの…」の歌は、「或人云ふ、是は南円堂の壇を築くの時、翁出来《しゅったい》してこの壇を築くとてこの歌を誦す、春日明神の変化と云々」（袋草紙・上　希代歌）という伝承を背後に持っていました。なお『春日権現験記絵』巻一でも春日明神は「春日山の辺に侍る翁なり」と名乗っていますから、つまり『さかき葉の日記』の翁は大明神を寓しているともいえます。とすると、関白たる良基と春日明神も重なって来てしまいます。

こういう、藤氏に生を享けた者としてのアイデンティティは、良基のような人物の業績を考える際には無視し得ないものでしょう。第一講で見たように、それは「関の藤川」に対してさえ高揚を見せましたから、興福寺＝春日社に対して最も生々しい形で表明されるのは当然でしょう。

春日明神と摂関

『春日権現験記絵』は、鎌倉後期の延慶二年（一三〇九）、政界への復帰を謝すために時の左大臣西園寺公衡《きんひら》が、前関白鷹司基忠《もとただ》・摂政冬平《ふゆひら》父子の協力で製作した絵巻で、歴代の執柄が春日明神の擁護をこうむった話が多く載せられていますが、たとえば巻二・第三段に、二条関白と呼ばれた藤原教通《のりみち》のエピソードがあります。

二条関白殿、出仕の時、剣を忘れさせ給たりけるに、女房かへり入りてとりてまゐらせむとしければ、関白殿もとのごとくおはしまして、剣を御ひざの下にをきてほほえみて給はず、女房おどろきあやしみて帰りまゐれば、御車のうちより、「など剣をばもちてまゐらぬぞ」とおほせられければ、あさましと思ひてかへり入れば、又ただささきのごとし、これは春日の大明神のかげのごとくしたがひまもり給ひて、かやうに現じ給ふとぞ時の人申しける。

ある時、教通が牛車に乗って出仕しようとし、剣を室内に忘れたので、女房が取りに戻ると、室内に教通が座っている。車に戻ると本人がいてどうして取って来ないかといわれ、慌てて戻るとそこに同じく教通がいた、というドッペルゲンガー現象です。ただ、教通がとくに春日社に尊崇が厚かった人であるせいもあるでしょうが、ここにも春日明神＝関白という等式が考えられるでしょう。

『さかき葉の日記』では、良基は自らを佐保に住む翁に仮託し、さらに春日大明神に擬したのも、単純な自己顕示ばかりではなく、こうした背景を持つ自らの信仰を踏まえたものと見れば分かりやすいものと思います。

良基本人の春日信仰を窺う資料としては、自筆にかかる『貞治二年六月七日春日社願文案』（もと春日社の坊官の家に伝わり、現在天理図書館蔵）が最上のものです。幕府が良基の関白還補の執奏を決定した日に神恩を謝して再任後の決意を述べた願文の草稿と考えられます。冒頭では、

夫れ大明神は、我の祖神なり、他国よりは我国の衆生は結縁厚く、我国の衆生の中には藤氏に生を受けたる輩は他の氏よりは縁深く、藤氏に生を受けたる輩の中に藤原氏長者を継ぎたる輩は利益猶甚深なるべし、しかれば良基既に長者を経て数年ありき、無始爾降《むしじこう》、我大明神に結縁を結びし道理又掲焉《けちえん》なる者か、

と述べています。自分が春日の神恩が最も厚い者であること、藤氏長者はとくに選ばれた者であることを殊更に強調しています。これは自分が長者であるならば春日明神もさらに利益を与えてくれていいのだ、というより与えるべきである、という確信へと容易に変わっていきます。願文の末では「しかれば代々敬信の余慶に身は不信懈怠□□□〔つるとカ〕いふも、大明神冥助を加へて心底を照覧し給ふ者なり」と、神恩厚き者という自意識から、たとえ自分に不信懈怠の振る舞いがあったとて、大明神は冥加を加えてくれる、というらしいのです。草稿として思い切ったことを書いたともとれますが、むしろこういうものこそ摂関の春日信仰の本質ではなかったかとも思えるのです。ともかく他の藤氏の廷臣の信仰とは随分質が違うものです。

なべて世の人の夢見もさはがしく、この夏比は世もけしからず、おどろおどろしき様に聞こえしかば、心あるたぐひはこの御祟りにやとぞ歎き侍りし。鹿のかしらなど道大路にちろぼひ、また目も鼻もなきかしら、六条殿の庭にもいづくよりともなく現じなどせし事、誠に不思議なりし事にや。おほかた神々の御心も人にたがはぬことにて侍るとぞ。この春日のおほん神は一はやくたちどころに罰を当てなどし給ふ事はなけれども、昔より神慮にたがひぬるものの、つゐにそむぜぬはなき事にてあるとかや。されば徳治にも大覚寺の法皇、「御さか木をふせぎたてまつれ」と仰せられしに、かむなぎに託宣ありて、不思議の御歌などありしにや。げにもいく程なくてそのしるしも侍りけるとや。いまもいかなる事かあらむずらんなど申しあひ侍りしに、導朝禅門が事、けふあすかかる事あるべしとは思ひより侍りきや。いかにもわたくしのありてかかる難にもあひ侍るにやと世語りにもささめきあひたれば、げにもさもやとぞおぼえ侍る。

冒頭部分は彰本・扶本では「この春の比は世の中の人多くわづらひて人の夢見もさはがしかりしかば」とあって、疫病の流行など吉田本には見えない事実が語られます。「おどろおどろしき様に」が略される流布本の方が文章を整えた印象を受けます。「鹿のかしらなど道大路にちろぼひ」とありますが、いうまでもなく鹿は春日明神の使です。『吉田家日次記』七月十九日条にも「今月の始め、管領修理大夫入道々朝禅門の宿所三条高倉の前に鹿の頭三四出現、又洛中所々に於いて鹿の頭これを見る」と記しており、「目も鼻もなきかしら」の怪異の方は『春日若宮神殿守記』によれば六月十四日のことで「六条殿御神木ノ御前エ、アマダレヨリ三丈バカリノキテ、ナマカウベコクウヨリ下、参人見付ケ候間（中略）目ハナヲトガイナシ」とあります。

これらの怪異は、要するに時の為政者が春日明神の神慮に背く恐ろしさを印象づける効果を持っています。「徳治にも大覚寺の法皇…」とは、後宇多《ごうだ》法皇が院政をとっていた徳治二年（一三〇七）十二月二十日に神木が入洛し、翌年七月十二日に帰座した事件を指しています。しかし「げにもいく程なくてそのしるしも侍りけるとや」とあるのは、神木帰座の直後の八月二十五日、後宇多院の皇子であった後二条《ごにじょう》天皇が急逝したことを指し、原因として後宇多院が神の怒りに触れたことが囁かれたのでしょう。さすがに帝の崩御に係わることですから、露骨には書かないのですが、大覚寺統＝南朝の衰運を結びつけていたとも考えられます。

高経の失脚は先に申しました通り、導誉の陰謀によるものですが、『太平記』とは違いその詳細には触れていません。ただ春日の怒りが高経に向けられていることだけは記しています。

在洛中の神木の有様

この翁も老の坂くるしきみちに出でて、さいつころ長講堂へまうでたりしに、ならはぬ御旅の御すまひ思ひ続け侍りしに、さらに涙も押さへがたく侍りき。本社にてはさしもにぎはしくいみじくこそみたてまつりしに、あれはてたる所がらここかしこやぶれくづれて、月だにたまらぬ軒の板間に、忍ぶ草おひしげりて、うらがれわたる庭の浅茅生に鳴きよはれる虫の音、所々に聞こえたるも、かの野の宮の秋の夕べの物がなしさも、かくこそはとあはれそふ心地ぞし侍りし。かたの様なるかり屋、きりかけだつ物などのうちに、神つかさ四五人十人ばかり所々にむれゐて、「あはれやうやう夜さむにもなりぬ」、「いつとなき御旅所かな、神の御うれへだに三とせまでかなひ侍らねば、まして人のなげき、いつの世にか民の心もひらけ侍るべき」、「このほど南円堂の本尊につきてていのり申す事侍るべし」、「さやうならば一事なき様はよもあらじ」などつへ《（ママ）》はらくろげに申しあひたりしに、はたして口うらもむなしからぬ御ちかひなりけり。

　ここでは翁の見聞のように書いてありますが、良基自らの神木参詣の経験を記したものなのでしょう。神木の在洛中は、春日の神官も随行して来て、ここに描かれているようにお守りをするのですが、何より時の氏長者がこれを管理し、毎日ここに参って神供を備える義務がありました。もちろん神が安置場所を遷されたことに対する陳謝を込めていましたが、心理的・経済的にかなりの負担となったようです。神官たちの洩らすつぶやきも、みな良基の心象を託したものとなります。つまりは自らの無力を神に謝し、自らの敬神の念を示す姿勢であり、そのことは『さかき葉の日記』という作品そのものについてもいえることです。

　ここは『源氏物語』からの影響が指摘できるところです。まず「かの野の宮の秋の夕べの物がなしさ」は、斎宮の野宮《ののみや》での潔斎を描いた賢木巻の描写を下敷きとしています。

はるけき野辺を分け入りたまふよりいとものあはれなり。秋の花みなおとろへつつ、浅茅が原もかれがれなる虫の音に、松風すごく吹きあはせて、そのこととも聞きわかれぬほどに、物の音ども絶え絶え聞こえたる、いと艶なり。

同じく「神つかさ四五人十人ばかり所々にむれゐて」も、賢木巻の

黒木の鳥居ども、さすがに神々しう見わたされて、わづらはしきけしきなるに、神官の者ども、ここかしこにうちしはぶきて、おのがどちものうち言ひたるけはひなども、ほかにはさま変りて見ゆ。

という場面と重なります。賢木巻のシーンを前景として書かれているような感さえあります。「きりかけだつ物」は夕顔巻の「切懸だつ物に、いと青やかなる葛の心地よげに這ひかかれるに、白き花ぞ、おのれひとり笑みの眉ひらけたる」が踏まえられています。この「切懸だつ物」とは衝立めいた垣根のことですが、中世の源氏学者を悩ませてきた、いわゆる難義の一つです。

ところで「あれはてたる所がら」を彰本・扶本が「あれはてたる古寺の」と作るのは、直截に過ぎ、せっかくの賢木巻のシーンによる描写とはそぐわない感じです。良基ではなく、後人が改めたものではないでしょうか。また「きりかけだつ物」を彰本が「きりかけたる物」としているのも非でしょう。

見物人六条殿に群参

続いて、訴訟が急展開して解決、神木帰座が決定した後、衆徒・神人が上洛し、群衆が六条殿に参

集した場面に進んでいきます。

　されどもた□《だ》一夜の中に、都の騒ぎしづまり、いささかの触穢などいふこともなくて、奈良の訴訟のこりなく眉をひらきたるにて、八月十二日帰座とて世にもめでたき事とののしり侍れば、今はあまつ空にただよふ雲霧もはれ、胸のうちにしげりたる八重葎ものこりなき心地ぞし侍るなり。まへ二三日の程は衆徒神人一二万人も布引にのぼりあつまる。道もさりあへぬ程なり。物見る者の、あやしのしばふる人、をさめ、みかは、たびしかはらなどまで、あしをそらにて六条殿へとはしる。衆徒どもは六条の院を衆会の所にしてあつまる。夜より雨ふりていかがとおぼえしに、弘安・正和にもかくこそありけれども、まことの神行の時にのぞみてはことにめでたくこそはれたりしに、けふもさこそ□《は》あらんずらめとぞ、心ある人は申し侍りし。げにも公卿着座して装束もうるほふばかりなりしが、雲ははれずして雨のやみたりし、まことに神慮と、いとたふとくぞおぼえ侍りし。

　ここでも『源氏物語』の語を多用しています。「あやしのしばふる人」は、彰本・扶本では「あやしのしはふるひ人」となっていますが、『小島のすさみ』でも「しはふる人」として用いられていましたので、こちらでよいでしょう。『源氏物語』の賢木巻「このもかのものに、あやしきしはふるひとどもも集まりてゐて」および明石巻に「このもかのものしはふる人ともも」と二例あります（なお河内本の本文では両例ともに「しはふるひ人」となっています）。中世には「皺古る」「柴振る」などといろいろに解されて、難義の一つとされています（寺本直彦氏『源氏物語受容史論考　続編』風間書房　昭59・1）。「物語面賤躰なり、老人とは見えざる歟」（『河海抄』）というように、身分の低い人々という理解でよいでしょう。

ついで「をさめ、みかは」ですが、「長女」は宮中で雑用をする下級の女官。「みかは」は「御厠人」（みかはやうど）の略で、便器の清掃に当たった身分の低い女。須磨巻の「まして常に参り馴れたりしは、知りおよびたまふまじき長女、御厠人まで、ありがたき御かへりみの下なりつるを、しばしにても見たてまつらぬほどや経むと、思ひ嘆きけり」によるのでしょう。この表現も良基はよく用いていて、『思ひのままの日記』に「いやしきみち大路なるをさめ、みかはやうの者」、『さかゆく花』にも「あやしの山がつ、をさめ、みかはやうのものまでも」とあります。

そして「たびしかはら」も、物の数ではない卑しい者、「たびいしかはら」（礫瓦）の略といわれます。蓬生巻「たびしかはらなどまでよろこび思ふなる御位改まりなどする」とあります。なお「あしをそらにて六条殿へとはしる」も、『源氏物語』の夕顔巻「殿の内の人、足を空にて思ひまどふ」が想起されます。

『源氏物語』の難義語

たんねんに拾っていけば、まだまだ多くの源氏の語彙があります。既に『小島のすさみ』でも、そうした書法を完全に身につけていたわけですから、今更驚くには価しないかも知れません。ただ良基の文章における『源氏物語』の受容を探っていきますと、先に触れた「きりかけだつ物」「しばふる人」「をさめ、みかは」「たびしかはら」など、特定の語が繰り返し用いられています。良基自ら「古き物語、源氏などいふにも、その頃、人の常に用ゐたる言葉の、いたく末代にはなきを、ありのままに書きたる事どものあれば、それが難儀などにもなり侍るなり」(『僻連抄《へきれんしょう》』)と看破しているように、いずれも『源氏物語』に用いられて著名になったものであり、物語の当時は日常語であったのが次第に難解になり、後世の注釈書でいろいろと詮索されたものです。

物語の秘事難義を集めた、河内流の注釈書である『原中最秘抄《げんちゅうさいひしょう》』が、『弘安源氏論義《こうあんげんじろんぎ》』を引いて「又太上天皇(伏見院)〈持明院殿〉の坊の御時、かの物語論談を行はるるの時、親行(源)の説をもって難儀の支証に用ゐらるる事在り、所謂わかむとほり・たみしかはら・しはふるひ人など是なり」と述べるように、『源氏物語』の奥義そのものといってもよいものです。河内流の人々は、こういう秘説を勿体ぶって貴紳に授ける、ペダンティックな姿勢をとるのですが、『さかき葉の日記』に先のような語が頻出するのは、良基がこの頃河内流の源氏学に触れた結果なのではと想像されるのです。

良基の源氏学の展開

良基の『源氏物語』研究は生涯にわたり続くのですが、この少し前には源光行・親行以来の源氏学を継承する知行(行阿)を招き、秘説の伝授を受けています。『原中最秘抄』奥書に、

殿下(良基)の仰により原中最秘鈔上下二巻伝受(授)し奉る所なり、

　貞治三年十二月一日　行阿判、

とあります。ただし良基は、その地位からすれば、学派の説の違いにはさして神経質にならずともよかったはずです。行阿の説も一応尊重はするものの、それは伝授を受けたという事実だけで十分であったようです。

一方、『河海抄』の著者四辻善成は順徳院の曾孫に当たりますが、良基の猶子《ゆうし》（名目上の養子）となって臣籍降下し、北朝に仕えており、官途を保障して貰うかわりに、二条殿に出入りして家政に奉仕する、いわゆる家礼《かれい》をとった公卿であったようです。善成が『河海抄』を著して将軍義詮に献じたのも貞治初め頃です。良基は当代の源氏学者を庇護し後見する立場にあって、その面での功績も大きいものですが、その研究成果を自由に参考にできたことになります。

貞治年間は良基周辺での古典研究が活況を呈しています。同じ頃に良基が周辺の連歌師と、『源氏物語』から連歌で付合をなす言葉、いわゆる寄合語《よりあいご》を制定したものといわれるのが、『光源氏一部連歌寄合』です。近年、国文学研究資料館蔵本を加藤洋介氏が翻刻紹介され（「二条良基周辺の源氏学」国文学研究資料館紀要18　平4・3）、たいへん使いやすくなりましたが、その奥書には、

　貞治四年十月七日、面々会合し、談儀〔義〕をもって用捨せられ了んぬ、
　貞治四年十月の比、二条関白殿下に於いて御談儀〔義〕の時、用捨せらると云々、努々他見あるべからずと云々、

時に参集の人々、
内大臣殿（二条師良）　四辻宮二位中将（義成）　冷泉中納言（為秀）
為邦朝臣（冷泉）　高秀（京極）
救済法師　周阿等なり

とあり、『さかき葉の日記』の成立した約一年前、良基が自邸で冷泉為秀・善成・京極高秀（導誉の子です）・救済・周阿らを集めて制定させたものと判明し、従来の想定が裏付けられました。どういうものか、論より証拠、賢木巻を開いて見ますと、

野宮　秋の花をとろへて　あさぢが原　枯野の虫　物のね
松風　小柴垣　板屋　くろ木の鳥居　をほかき
しめのうち　火たき屋　物思はしき　すのこ　榊

などと、物語の中の語（必ずしも原文通りではない）が列挙されています。ここでは「野宮」という語と割書で記された「秋の花をとろへて」以下十四語が寄合を形成することが示されています（一〇二頁図版参照）。いってみれば、最も『源氏物語』らしい雰囲気を醸し出す、効果的な表現を探しパターン化する試みでしょう。すると先の長講堂の神木の場面は、こういう選別された詞をもとに構成されたともいえます。

やはりこの頃になって、『源氏物語』のあらすじを簡易に記した梗概書が多数現れるのも、同様に物語の世界を手っ取り早く理解して連歌や和歌の実作に生かそうとしたものと考えられています。こ

うした梗概書は多く連歌師の手になるようでして、室町中期の歌人、花山院長親（子晋明魏）の作と伝えられる『源氏小鏡《げんじこかがみ》』は代表的なものですが、その異本である『光源氏一部連歌寄合之事』は良基の周辺で製作された可能性が高いといわれています。

こういう寄合語への関心は、とりあえずは連歌会で役立つことを目指したものですが、やはり『源氏物語』に対する理解が深くなっていくことに関係しています。既に藤原俊成《しゆんぜい》が『六百番歌合』枯野・十三番判詞で「花の宴の巻はことに艶なるものなり。源氏見ざる歌よみは遺恨の事なり」と述べた通り、『源氏物語』は、和歌の世界を限りなく豊かにする古典として価値を認められ、次第に本歌にも取られるようになりました。その際、たとえば歌論書の『後鳥羽院御口伝《ごとばいんごくでん》』に「源氏等物語の歌の心をばとらず、詞をとるはくるしからずと申しき」とあるのは、ほんらい題詠の手ほどきなのですが、南北朝期には「物語の中の歌の心（内容）は本歌取りせず、歌の詞を本歌にする」という教えだと受け取られ、「物語の中の歌は本歌とせず、詞（地の文章）を本歌にとる」と誤解されていきました（伊井春樹氏『源氏物語注釈史の研究』桜楓社　昭55・11）。これは単純な誤解というより、『源氏物語』への関心が、物語の詞（地の文）にまで及んだことを示すものなのでしょう。そのように見ると、『さかき葉の日記』は、『源氏物語』の難義とされた言葉をふんだんに用いた、実験的な作品といえるのかも知れません。

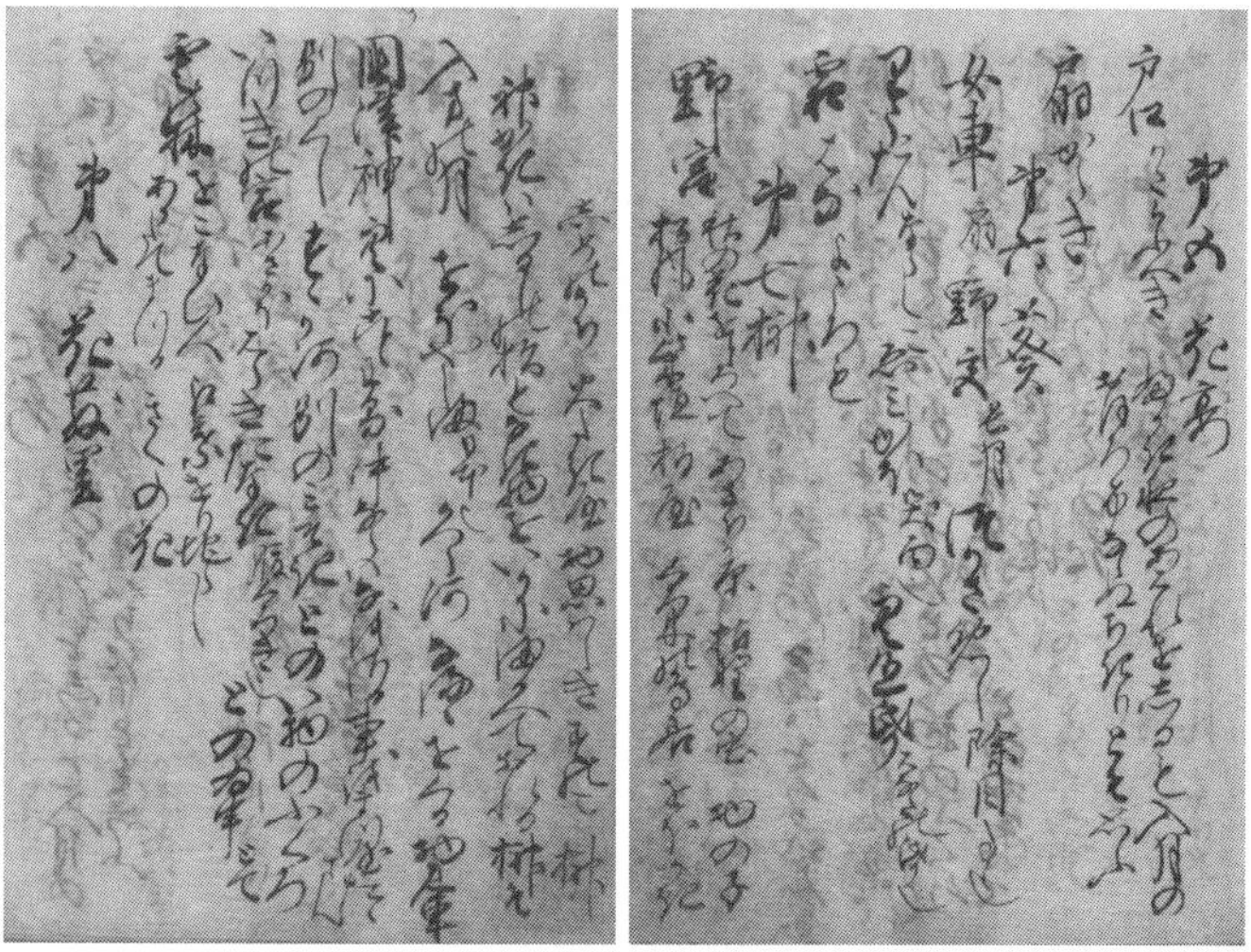

『光源氏一部連歌寄合』（国文学研究資料館蔵）

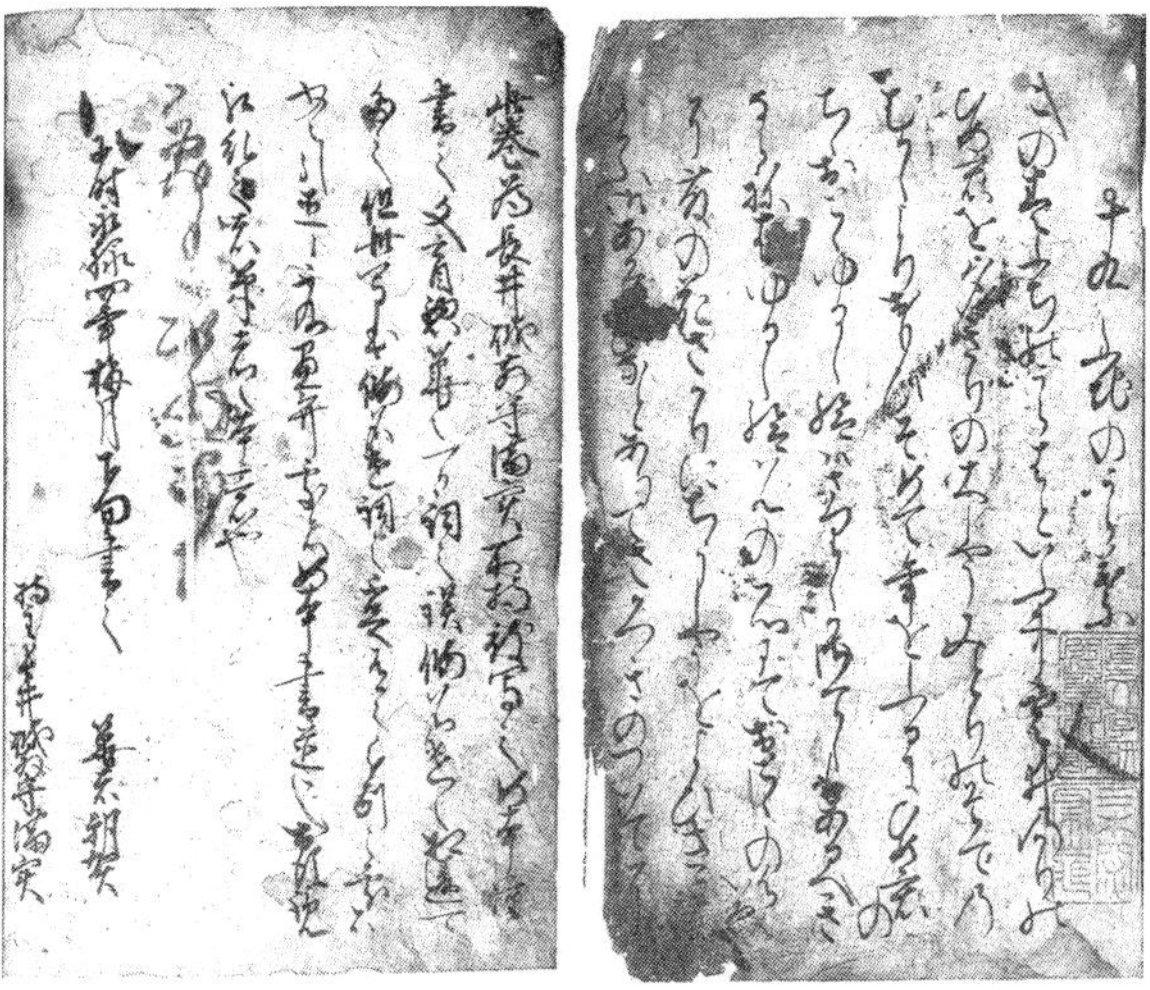

『源氏物語注（光源氏一部連歌寄合之事）』（国文学研究資料館蔵）
永禄4年（1561）写。『源氏小鏡』の異本的な位置にある。

第三節　『さかき葉の日記』を読む（二）

神木の帰座

神木が南都へと出立する場面となります。ここではとくに吉田本との違いを示すため、異同箇所を左傍点で示し、右脇に異文と（ ）内に「彰」「扶」の略号を示しました。

やうやうことなりぬれば、関白殿の《ナシ(彰扶)》座につかせ給ふ。ならの僧綱以下座の前におりて礼をいたしたてまつる《その礼をいたす(彰扶)》。これ時の長者のしるしにや。大臣以下の座は高《唯アリ(彰扶)》麗の畳一帖なり。殿《執柄(彰扶)》の御座は二帖かさねたり。これも長者のけぢめにやとぞ見ゆる《見え侍りし(彰扶)》。この殿は暦応の御帰《ナシ(彰扶)》座にも内大臣にて供奉せらる。又この《今(扶)》度御《ナシ(彰扶)》当職にて、申御沙汰《申沙汰ある事(彰扶)》いとありがたしとぞ、きぬかづきなどは《は(彰)ナシ(扶)》申し侍りし。その後大乗院の《ナシ(彰)》僧都まゐらせ《り(彰)》給ふ。上童などきらきらしくみゆ。

出御の期にのぞみて衆徒僉議《等アリ(彰)》の事あり。神訴ことごとく眉をひらく上、関白以下氏の人々神行にしたがふ。我神の威光《の(彰)》世にことなり、朝家もしづかに《ナシ(扶)》武運も長久なるべきおもむきなり。みな一同す。そののち楽人北の方よりすすみて乱声《ありアリ(彰扶)》。神人数百人まゐりてまづ布留をいだし奉る。布留の神宝はし《東のアリ(彰扶)》をくだり給ふ程、関白以下の人々座のまへにくだりてみなひざまづく。布留すぎさせ給ひて後、本社の御《ナシ(彰)》さ木《榊(彰扶)》、五所の御正躰いでさせ給ふ。神つかさども覆面して持ち奉る。この時楽《ナシ(彰)》人還城楽を奏す。神人《ナシ(扶)》警蹕《けいひち》のこゑ《ナシ(彰)》ごゑ《ナシ(彰扶)》いとかうがうし。関白以下僧綱までかうべを地につけて平伏す。中門の辺にいらせ給ふ時、公卿もとのやうに座になほり《着き(彰扶)》て次第に神行にしたがふ。

総じて流布本の本文は助辞の類を省く傾向があるようで、文章を短く切って、乾いて堅い男性の文章らしくするための改変の手が加わっているように思いますが、如何でしょうか。

良基が登場するところでは、語り手の老翁、さらに「きぬかづき」（衣を上からすっぽりかぶった見物人のこと。一六六頁参照）の口を借り、関白としての自らの権威を印象深く焼き付けようとします。しかも、この場面は、比較すれば分かるように、吉田本では「礼をいたしたてまつる」「御当職にて」「中御沙汰」などと、良基の行為にいちいち尊敬表現が用いられています。一方、彰本および扶本では、それらがすべて改められています。

自らにこのような表現を使うことは、良基が自己顕示欲の強かったことの一証とされ、私もずっとそう考えていましたが、吉田本で程度がより甚だしいのが気になります。その背景に、摂関はいわば春日明神の代理人であり、摂関への尊崇は大明神への信仰と等値である、との考えがあるのでしょう（まことに突飛なたとえですが、世俗権力との対決の中で、キリストの代理人を称することで自らの不可謬性・不可侵権を主張した、中世のローマ教皇を思い出します）。もとよりそれも摂関家が現実的な政治力を失った結果にほかならないのですが、ふつうの感覚では理解しにくい、摂関たる我が身に対する自画自賛も、春日の神威を称揚するというこの作品の主題に叶うものであり、その意味では吉田本の本文こそむしろ良基の真意を伝えているといえます。

午の刻に供奉の公卿たちが集まり、ついで興福寺権別当の松林院《しょうりんいん》懐雅《かいが》僧正に率いられた僧綱たち（官位を持ち、寺院の監督運営に当たる僧）、別当の教尊《きょうそん》（孝尊）が現れ、ようやく興福寺関係者が勢揃いします。衆徒たちが「我神の威光世にことなり、朝家もしづかに武運も長久なるべき」との決議をし、いよいよ神木の出発となります。まず「布留の神宝」、つまり石上《いそのかみ》神宮の神宝である神剣が通り、それから息をかけないよう覆面をした神官に捧持されて本社の御榊、神木が出御します。これに「五所の御正体」、つまり五体の鏡を付けたのです。

春日の神体はふつう四所と考えられ、それぞれ第一殿＝武甕槌《たけみかづち》命（鹿島）、第二殿＝経津主《ふつぬし》命（香取）、第三殿＝天児屋命（枚岡）、第四殿＝比売神《ひめがみ》（度会）となります。中世にはこれに若宮（祭神は天《あまの》押雲《おしくも》命）を入れて第五殿とすることが多かったようです。

供奉の行列次第

神木に供奉して藤氏の公卿・殿上人たちが歩むさまです。ただ吉田本は三行目の「次に又黄衣の神人数百人」以下を欠落しますので、この段のみは扶本によって引用しました。

御道の行列はいつもおなじ事なれど、この度見及び侍りしやうを注し申すなり。先づ赤仕丁二行に数十人白杖をもて前行す。次に白衣の神人数百人榊の杖をもつ。次布留の大明神の神宝に神人数百人相従ふ。次に又黄衣の神人数百人あり。次御正体。神司ども束帯を着し覆面をたれて持ち奉る。神人数百人随ひ奉る。楽人道すがら楽を奏して供奉す。次関白殿柳の御下襲に絲鞋を着し給ふ。随身十人御さき追はず。神行に恐れ奉らせ給ふ故なり。殿上人二人、一人は御裾を持つ。前駈四人御後にあり。次右大臣殿、衛府長・殿上人一人、前駈二人なり。次今出川大納言。次花山院(兼定)大納言、行粧きらきらしく見え侍り。次九条(忠基)大納言殿。一条大納言殿。次坊城(俊冬)中納言。次四条(隆家)中納言。次別当(柳原忠光)、例のことながら供の官人など□(ゆ)ゝしきさまに見ゆ。次西園寺(公永)中納言。次四条(鷲尾隆右)宰相。次洞院(公頼)宰相中将。この後は殿上人どもなり。忠頼(鷹司)朝臣、関白殿御裾を取る(彰本は割書とする)。季村(一条)朝臣、左大臣殿の御供にあり。親忠(法性寺)朝臣、関白殿の御供。嗣房(万里小路)朝臣、南曹。基信(園)朝臣、一条大納言殿御供。宣方(中御門)。資康(裏松)。仲光(広橋)。宗顕(葉室)。為有(二条)。兼時(楊梅)、九条大納言殿御供にあり。次聖僧。次権別当已下僧綱。大乗院僧都御房もこの内に歩み給ふ。御行粧ゆゆしくぞ見え侍りし。次衆徒一二万人、螺を吹きつれて充満たり。さしたる事もなき物とがめをし、石にて桟敷を打ちなど、いとおどろおどろしくむくつけし。されどもこれは衆徒の定まれる振舞なるにや。車は立ててみる例もおのづから侍れども、しかるべからぬ事となむ沙汰ありて今度も使庁に仰せられたるに、今日あしく車二三両立てたりけるを、衆徒散々に打ち破りたりと聞こえしは、いかなる人にてか侍りけん。いと不便なるわざなり。

ここは参加者とその行粧を列挙していくもので、退屈を覚えるところです。しかし扶本と彰本との間でも異同が多いところで、読者の関心を惹いた箇所であることを意味します。

行列の先頭に立つ「赤仕丁」について、彰本では「二行に数百人」としますが、吉田本は「まづ赤仕丁二人、数十人しろき杖をもちて先行す」となっています。当日の帰座の模様を記した史料は他にも数点残っていますが、興福寺による記録『東金堂細細要記』を参看しますと、

一、第三　十二日御帰坐行烈〔列〕次第
　白杖仕丁二人已下、仕丁合二十余人、二行、
　次布留神人白人、黄衣、
　次同神躰　　次同神主　　次本社白人神人、
　次黄衣、、　　次御躰　　次神主氏人
　次楽所　　次氏諸卿〈二条殿当殿下ヲハジメテ〉（以下略）

とあり、吉田本と扶本が正確な記述であることが察せられます。

一方、「白衣の神人」のところは、吉田本と彰本が「白人の神人」と作り、右の記録とも照応するのですが、村岡幹生氏「中世春日社の神人組織」（立命館文学521　平3・6）によると、「白人《しらうと》神人」

とは、字義通りに幼少でいまだ正式な身分に達していない神人のことで、白張の浄衣を着す等の意ではなく、しかも春日神人に関する記録では、中世において、当事者や身近な関係者が白衣神人と称したことはなかった、との指摘があります。このように扶本・彰本とも一長一短があって、古写本である吉田本の価値が断然光って来るところです。

ところで、扶本では御正体と神司の後に「神人数百人随ひ奉る」とありますが、彰本にはありません。おそらく単純な誤写ではなく、神事の場面だけに、後世になって行列の規模を誇張しようとしたのではないでしょうか。ともかく流布本の本文は後世の人間の手による改変が加わっており、現在も扶本の本文をもとにした群書類従本が使われるのですが、歴史的な資料として利用する際には十分な注意が必要です。

終わりのところでは、公卿たちの後に続く衆徒が、道すがら乱暴狼藉を働く、傍若無人の有様が描かれています。検非違使庁の警告を聞かずに沿道で車を立てていた人が散々な目に遭ったと記しますが、これも毎度のことであったらしく半ば諦念をもって描かれています。

将軍の見物

申時ばかりより空も晴れて、さか木葉にうつる夕日影、かご山の神代の鏡もさながらあらはれ給ふたふとさもいはん方なし。神人どもの警蹕の声かうがうしく、御輿などのあざやかなるをこそ、祭などの時は拝み奉るに、これはそことなく青みわたれるさかきの木ずゑ、はるばるとみかさの杜の心地して、けうとく、身の毛もよだつやうにぞ見え給ひし。御道すがらの楽のこゑごゑ、あやしのしづのめまでも涙を落とし、手を額にあてて、ゑみの眉をひらきてぞ今日は拝み奉る。時の関白・大臣などのかやうに大路をさながら歩ませ給ふ事も、げにいとありがたき事にや。この度は院の御桟敷もなくて、さうざうしかりしに、将軍（足利義詮）六条わたりに桟敷をかまへてしのびて見物し給ひしかば、人々心しらひしてぞわたり給ひし。物のはえある心地して、いよいよめでたかりし事どもなり。今日かやうに事ゆゑなく申沙汰ある事、武運もいよいよたのもしく侍るとぞ、例のきねがねぎ事どもにはし侍りし。

神木は、入洛の時には葉を落とした枯榊《かれさかき》を、帰座の時に葉の着いた青榊《あおさかき》を捧げ持ったといわれています。「青みわたれるさかきの木ずゑ」とは後者を指します。訴訟が解決し、生命を取り戻した榊に、強い神威を感じ取り、厳かな気分になったことを巧みに表現しています（瀬田勝哉氏『木の語る中世』朝日新聞社　平12・11）。

以下、神木を沿道で見物する人々が、神威にうたれ、ひれ伏す様子を描き出します。「あやしのしづのめ」「手を額にあてて」は、『源氏物語』葵巻の「今日はことわりに、口うちすげみて、髪着こめたるあやしの者どもの、手をつくりて額にあてつつ見たてまつり上げたるもをこがましげなる。賤の男まで、おのが顔のならむさまをば知らで笑みさかえたり」によっています。

神木帰座には良基以下、摂家の当主をはじめとして、二十名を越える藤氏の公卿・殿上人が参列しており、あくまで公家の側が主体となって企画しているように描かれていますが、どうもその内実は違ったようです。

この八年後のことですが、応安七年の神木帰座と公卿の供奉について、前内大臣であった三条公忠《きんただ》の日記『後愚昧記《ごぐまいき》』同年十二月十四日条に、

神木帰座にても、大礼にても、出仕有るべき人々、武家より御訪《おとぶらひ》を進らすべきの由治定す、御当家同じく進らすべきの由、管領〈武蔵守頼之朝臣〉申さる、

という記事があります。当時既に義詮は亡く、幼少の義満を管領細川頼之《よりゆき》が補佐していました。公忠は息の実冬を供奉させるつもりでしたが、三条家に対して、幕府から「御訪」（好意に基づく献金の謂）を献ずる用意があるとの申し出があったといい、神木帰座に供奉する公卿に幕府が金銭的な援助をしていたことが分かります。公家社会の窮困はかように深刻であり、事情は貞治も同じであったと考えられます。

『さかき葉の日記』では、将軍足利義詮が「しのびて」神木帰座を見物したことを記し、「人々心しらひしてぞわたり給ひし」とあります。例によって、『源氏物語』葵巻の「思ひやり深く心しらひて」によれば、配慮してとか気を配って、といったところでしょう。ところで、なぜ帰座に供奉する公卿たちが将軍の見物を意識したとわざわざ書くのでしょうか。おそらくは、この日の彼らの出立や行粧が幕府の支援を受けたからに違いありません。ここには、公家が企画主催するべき儀でありながら、

武家が「申沙汰」した事情を明らかにして、義詮に対する謝辞と追従とを込めたのです。なお、流布本では「しのびて」が欠けていますが、これは吉田本の形でなくてはなりません。そのことも絡めて次に説明しましょう。

「武家御訪」

義詮が桟敷を構え、「しのびて」神木帰座を見物する、その様子は当時の幕府の朝廷儀礼への関与をよく象徴しています。同じような例として、毎年四月に行われる賀茂祭を挙げたいと思います。当時、賀茂斎院はもう廃絶していましたが、それでも朝廷からは近衛使や女使、山城介・内蔵寮などの綺羅を尽くした使者が賀茂の上下社に派遣されて、貴賤を問わず見物人が群参するのが常でした。義詮は貞治年間、毎年のようにこの行列を見物しています。たとえば外記局の官人であった中原師守の日記『師守記《もろもりき》』貞治六年四月十五日条に「今日賀茂祭なり、（中略）□□〔鎌〕倉前大納言（義詮）見物せらる、桟敷は一条町と西洞院との間南頬《つら》に新造と云々、（中略）□□〔賀茂〕祭の御訪四万疋進らすと云々」とあり、二十二日条に「内蔵寮使、長世朝臣沙汰し立て候か、御訪は是も五百疋に候や」とあります。義詮はこのパレードをやはり桟敷で眺め、毎年一定の金額（四万疋）を朝廷に献上していました。そして、これが行列の参仕者に費用として下行《げぎょう》（分与）されています。つまり、事実上は幕府の献金で賀茂祭が行われていたといえるでしょう。

義詮には賀茂祭の費用を負担するいわれはありません。この献金はやはり「御訪」で、どんなに朝廷が幕府に経済的な依存を強めようと、タテマエとしては朝廷が儀式の経費を調達すべきであって、幕府はそっと見舞金を差し入れるという形で行われた、といってよいでしょう。この辺にもいまだ鎌倉時代の公武関係をひきずっている感を強く受けます。

そもそも幕府がどこまで朝廷の政務・儀礼に関与すべきなのか、線引きがはっきりしないのです。森茂暁氏の『南北朝期公武関係史の研究』(文献出版　昭59・6)には、幕府が朝廷に経済的援助を行った事例が挙がっていますが、即位・大嘗会、崩御・諒闇あるいは周忌法会など、いってみれば国家的な行事に限られています。こういう大儀は既に鎌倉時代から幕府が諸国に賦課された段銭《たんせん》の徴収を肩代わりしたり、あるいは「関東御訪」を献上することで執行されていたもののようですし、即位や大嘗会に出仕する公卿には援助を送っています。

それでは恒例の朝儀や年中行事の費用は朝廷で自弁していたかというと、それも難しく、見かねた幕府が拠出して辛うじて執行される、というのが実情でした。しかも、廷臣の個人的な窮乏にさえ、援助の手がさしのべられたようです。洞院公賢の息子の実夏は左大将拝賀《はいが》の費用に事欠き、ある禅僧に屋敷を一万五千疋で売却し、まさに建物が破壊されようとした時、幕府が全額を弁済して洞院家に取り戻させました(『後愚昧記』貞治二年正月一日条)。近衛道嗣の日記『後深心院関白記《ごしんじんいんかんぱくき》』応安元年正月一日条によると、関白鷹司冬通《ふゆみち》は同じく拝賀の費用を幕府から助成して貰うはずのところ、当日に拒絶されてしまい、出仕もできないまま辞退に至っています。貞治年間には「武家御訪」の範囲がなし崩し的に拡大していったのでしょう。このような面からも、公家社会は幕府なしには一日たりとも存続できなかったといえます。

神木の帰座に供奉する公卿にまで、幕府が面倒を見る義理があったとは思えないのですが、国家的儀礼といえばいえなくはないですし、もとはといえば斯波高経に原因がありましたから、幕府も渋々援助せざるを得なかったのでしょう。義詮の見物はその辺りの整合性をつけるためのものでした。それがまさに「しのびて」の一語に集約されています。『さかき葉の日記』は神木帰座という公家政権が本来自らの責任で執行すべき儀式の記録なのですが、良基には武家の協力を取り付ける仕事も課せられており、義詮の「御訪」に対する謝意を是非とも表明する必要があったものと思います。

寺官の僧の語り

神木の行列を見送った後、老翁は朝早くから参った疲れから、六条殿の後戸でしばし休息しますが、この時、興福寺の「寺官」と思われる八十余りの老僧が、「とし九十ばかり」の神人と、春日社の縁起を語っているのを耳にします。以下、寺官の僧の語りの中で、この神木帰座の記録がいかなる目的をもって書かれたのかが明らかにされることになります。ところで、翁はそこには加わらず、また会話の相手である神人も全く発言せず、寺官の僧の一方的な語りが続きます。おそらく良基は『大鏡』のような対話体を意識していたのでしょうが、不完全なものに終わっています。

ここで良基は、摂関家の立場から、国政における天皇・摂関・将軍の定位を試みます。「この日本国をば当社の御成敗ある事に侍り」という命題を証明するために、天照大神と天児屋命の縁起を語り出します。ここでも「床をならべ殿をひとしくしてたすけまもれ」という、例の二神約諾神話が詳しく語られており（四二頁参照）、まずは「国をまもり君を輔佐し奉るいはれ」、つまり王家を摂家が輔佐する理由を述べます。

良基の著作としては珍しく政治的な主張が開陳されていますが、「二神約諾史観」により国政には摂関による輔佐が必要とした点を除くと、「されば代は末になりたれども、伊勢大神宮の皇孫ならぬ人の位につく事は一度もなし、又春日の神孫ならぬ人の執柄になることもなき事なり。これこそ神国のいみじきしるしにては侍れ」などと、万世一系である故に日本は神国であるという、ごくありふれた言説が展開されているに過ぎません。ところで鎌倉後期には、支配構造の変化に対する危機感から、公家の間でもこういう王権神授説的な考え方に疑問を抱く者があり、たとえば花園院が皇太子時代の光厳院を教訓した『誡太子書《かいたいししょ》』や、後醍醐天皇への意見状である吉田定房《さだふさ》の『吉田定房奏状』からは、当時の公家知識人が王たる者の資格について省察を行っていたことが窺えます（村井章介氏「易姓革命の思想と天皇制」『講座前近代の天皇』第五巻　青木書店　平7・11）。それらに比較すればいささか平板な感を拭えませんが、良基の真骨頂は、伊勢と春日の神約に基づいた王家と摂家との関係のうちに、武家をどのように定位するかにありました。さらに続けて読んでみます。

王家・摂家・武家―摂関家の国家観

されば我国の賢王賢臣をもとりわきめぐみ給ひ、不直不教の乱臣をしりぞけ給ふ事も、ひとへに春日の御計にて侍るぞかし。鎌倉の右大将、寿永に宝剣西の海にしづみて後、彼の替におほやけの武の御まもりとなりて、国の朝敵をしづめられし始にも、先づ治承四年に義兵をあげられしきざみ、神宮に御厨を寄せ奉る。その後所願成就のため、大和国一国をさながら地頭をだにすゑずして春日社に寄進せられし心ざし、神代の事をわきまへ、行末をかがみられけるなるべし。八幡も春日も正直の頭にやどらんとちかひ給へば、よく国をしづめられん人をぞ、行く末遠くまもり申さるべき。

大かた聖人などいはるる分際は中々申すに及ばず、賢人などいはれ給ふほどの人のわが名利をさきとする事はなきにや。人を先とも、己を後にし給ふ心ざし深からんには、たちどころに国も治まり、民の愁もあるまじきにこそ侍れ。たとへば仏の出世し給ひてもろもろの衆生をあはれみ給ふも同じ事なるべし。されば釈迦の所説にも「我滅度の後、閻浮提の大神となりてひろく衆生を導くべし」と経文にも侍るとかや。知らぬ事を申すはかたはらいたく侍れど、ふるき人の物語りし侍しなり。

ことに春日大明神は本地地蔵菩薩にてわたらせ給へば、人をたすけ給ふ御慈悲も深く侍るべし。故贈左大臣殿の信心深くて日ごとにかき給ひけるも、おのづからこの神の神慮にかなひて、天下をも草創し給ひけるにやと思ひ合せられて不思議に侍ると、さまざまくどき侍りしかど、老の心物わすれがちにてもれたる事もおほく侍るらん。
あまりに神人の、雑人をはらひののしりて、うちはりなどせしかば、おそろしくて、やがてたちいで侍りしかば、猶のこりおほく侍りし。

まず最初のところ、三種の神器のうち宝剣が安徳天皇と一緒に海に沈んだ後、頼朝が「おほやけの武の御まもり」となったとするのは、『愚管抄』に見える有名な歴史解釈です。これは摂関家の国家観に基づいて武家政権の登場を合理的に解釈しようとしたものですが、良基をはじめとする九条流の人たちにも継承されていきます。のちに良基は『永和大嘗会記』でもこのことを「件の宝剣は崇神天皇の御代つくられたる剣なり。ただし、頼朝大将宝剣にかはりて武将の威をふるひ、四海をしづめたりき」と再説しています。

良基が武家を「おほやけの武の御まもり」、朝廷を守護し、軍事・警察を担う権門とする考え方を採っていたことは、第一講で詳しく述べました（五七頁）。『増鏡』新島守巻の「そのかみより今まで、源平の二流れぞ、時により折にしたがひて、おほやけの御守りとはなりにける」との一致も注目されるところですが、『さかき葉の日記』は、伊勢（王家）・春日（摂家）の協力する神学的な国家構想のうちに、武家の席を与えようとするのです。こういう国家観を表明し得るのは、やはり摂家ならではのことでしょう。

ところで『平家物語』巻五・物怪《もっけ》之沙汰《のさた》には、平清盛の亡くなる少し前、源雅頼《まさより》の青侍の見た夢として、神祇官の議定のような場面で、厳島明神が退席させられ、八幡大菩薩が替わって節刀《せつとう》（出征する将軍などに天皇から賜る刀。権力を委任することのシンボル）を賜ったが、春日大明神がその後は自分の子孫に預からせてくれ、と述べたという話が載っています。源氏将軍から摂家将軍への移行を予言したもので、『増鏡』新島守巻にも、藤原頼経が源実朝の後に将軍職を継承したことに触れて「かの平家の亡び方近く、人の夢に、頼朝が後はその御太刀預かるべし、と春日大明神仰せられける」と『平家物語』を踏まえて引用するのですが、春日をはじめとする神々の沙汰によって武家の棟梁が決定されるという観念であり、それは広範な影響を持っていたと見てよいでしょう。

こうして、源頼朝は伊勢・春日への敬神の念を怠らなかったので、それ故に天下を治めることができたのだとして、具体的な事実を述べています。鎌倉幕府が大和国に地頭・守護を設置しなかったのは有名です（ただし興福寺への懲罰として一時的に置いたことはありました）。さらに「神宮に御厨を寄せ奉る」というのは、頼朝が石橋山の合戦に敗れて安房国で再起を図っていた頃、治承四年（一一八〇）九月十一日、清和源氏とゆかりの深い丸御厨《まるのみくりや》（同国朝夷郡、現在の安房郡丸山町の丸山川流域）を訪れて、当地を伊勢神宮に寄進した故事を指しています。以上のことは『吾妻鏡』に見えます。おそらく武家政権の歴史に興味を抱いた良基が、まだ世の中にさほど流布していなかった『吾妻鏡』をいち早く繙いていたことがここからも分かります。

さらに足利尊氏（没後左大臣を贈られる）も地蔵信仰が厚く、毎日のように地蔵像を描いたといいます。これは事実で、現在でも尊氏自画賛の地蔵画像は八種が知られています（八木聖弥氏『太平記的世界の研究』思文閣出版　平11・11）。いうまでもなく春日明神（第三殿）の本地は地蔵であり、明神は尊氏の信仰を嘉したので、彼が「天下をも草創し給ひける」と続けてくれば、現在の武家の棟梁である足利義詮に対し、興福寺・春日社の訴えに真摯に耳を貸すように、とのメッセージを込めたことは明らかでしょう。興福寺の訴訟の成否は武家の対応に係っており、義詮に対し寺社本所領の保護に力を尽くすように求めたのが、すなわち国政上で武家の果たすべき責務をより強く自覚するよう促したのが、『さかき葉の日記』執筆意図なのです。神木帰座という儀式の記録ではありながら、きわめて明確な意図をもった一篇というべきでしょう。

応安半済令の背景

義詮の晩年、幕府が寺社本所領を保護する姿勢はかなり明確になって来ています。たとえば貞治六年六月二十七日には、武士が知行する山城国内の寺社本所領を本主に返付するよう命じ（『師守記』同年七月四日条）、翌年にはいわゆる応安の半済令《はんぜいれい》へと拡大されました。

半済令は戦時体制下で武士がやむをえず寺社本所領の年貢の半分を兵糧に充てることを認めるもので、結果的には荘園制の崩壊を早めたのですが、立法の精神はそれと全く逆でして、当時の武士の荘園押領は半済どころの話ではなく、どの地域でもきわめて深刻なものがあり、それがほとんど既成事実となっていたため、むしろ半済という枠を設置することで、寺社本所領の復興を目指したものといわれています。また応安の半済令には禁裏仙洞御料所・寺社一円仏神領・殿下渡領《でんかのわたりりよう》（摂関職に附属して相伝される荘園群）には一切半済を認めないという附帯条例があります。

もとより『さかき葉の日記』で謳われたことなどはあくまで良基の願望に過ぎず、直接の読者であった義詮本人の施政に関係があったとも思えません。しかし、戦時体制を抜け出て、ようやく安定期に入った武家政権が、公家や寺社との関係を重視するようになる、そうしたきっかけをとらえて書かれたと見ることくらいは許されるでしょう。公家政権の零落ぶりは「今日朝家の政大略無きがごとし」（『春日社願文案』）と述べるように、良基自身が最もよく承知していて、関白として嗷訴の解決に取り組まなければならない良基の立場からは、単純に阿諛追従といえません。

しかし良基のこういう姿勢は妥協的と見られて、少なくとも興福寺の意に沿うものではありませんでした。それはこれから数年をおかずに起きた、応安四年の神木入洛で明らかになります。

神人たちが蝟集する見物人を罵って「うちはり」（殴打）などの暴行に及んで、我に返った老翁は慌てて六条殿を立ち去り、『さかき葉の日記』は閉じられます。

『太平記』との関係

『さかき葉の日記』は、『小島のすさみ』に比較すれば、作品としての魅力には乏しいものかも知れません。しかし、ここで扱われた問題は決して小さなものではなく、むしろ王家・摂家・武家の三者の提携からなる国政の枠組みを論じたものであり、良基自らが筆を染めた意義はやはり重大といわなければなりません。

この作品は人に読まれることを強く意識していました。実際に非常に早く公武の人々に広まったようです。その明徴は二つあります。

一つは『吉田家日次記』です。貞治五年の記は兼熙の筆になり、この兼熙は吉田本の書写に係わってもいたとも考えられるのですが、『さかき葉の日記』から一〇六頁に掲げた行列次第の記事をそのまま転記し、後日日記に貼り継いだことが明らかにされています。これについては橋口裕子氏の「吉田兼熙の歌壇活動―『吉田家日次記』貞治五年の記録を通して」（国文学攷131 平3・9）という論文があり、拙稿でも触れました。この記事の末に、

後日これを記す、この御帰座の記録、武家より殿下に尋ね申すの間、和字をもって注し出さる、縁起と云ひ当日と云ひ残る所無し、後鑒の為にこれを続き加ふ、

とあります。「後日にこれ（帰座行列の次第）を記した。この御帰座の記録は、将軍から殿下に尋ねられたので、仮名で執筆された。縁起といい、当日の儀といい、余す所がない。後々のためにこれを日記中に貼り継いだ」といった意味でしょう。

良基の仮名日記の第一の読者が兼熙のような出入りの殿上人であったのはよく分かりますが、もう一つは『太平記』巻三十九の「神木御帰座ノ事」です。いま流布本によって一部を掲げてみましょう。

関白殿御著座アレバ、数輩ノ僧綱以下、御座ノ前ニシテソノ礼ヲ致ス。是時ノ長者ノ験ナリ。

出御ノ程ニ成リヌレバ、数万人立チ双《ナラ》ビタル大衆ノ中ヨリ、一人進ミ出テ僉議有リ。音声雲ニ響キ、言語玉ヲ連ネタリ。僉議終レバ幄屋ニ乱声ヲ奏ス。翕如《キフジヨ》タル声ノ中ニ、布留ノ神宝ヲ出ダシ奉ルニ、関白殿以下卿相雲客席ヲ避ケテ皆跪キ給フ。ソノ次ニ本社ノ御榊・四所ノ御正躰、光明嚇奕《カクヤク》トシテユスリ出デサセ給ヘバ、数千ノ神官共、覆面ヲシテ各ノ捧ゲ奉ル。両列ノ伶倫、道々還城楽ヲ奏シテ、正始ノ声ヲ調べ、神人警蹕ノ声ヲ揚ゲテ非常ヲ禁《イマ》シム。赤衣仕丁、白杖ヲ持チテ御前ニ立チ、黄衣ノ神人、神宝ヲ頂戴シテ次々ニ順フ。ソノ外ノ神司束帯ヲ著シテ列ヲ引ク。白衣ノ神人、数千人ノ国民等歩ミ列ナル。時ノ関白良基公ハ、柳ノ下重ニ緌鞋ヲ召シ、辺リモ耀ク許リニ歩ミ出デサセ給ヘバ、前駆四人左右ニ順ヒ殿上人二人御裾ヲモツ。随身十人有リトイヘ共、態ト御サキヲバヲハズ。神幸ニ恐レヲ成シ奉ル故ナリ。ソノ次ニハ鷹司左大臣・今出河大納言・花山院大納言・九条大納言・一条大納言・坊城中納言・四条中納言・西園寺中納言・四条宰相・洞院宰相中将、殿上人ニハ、左中将忠頼・右中将季村・新中将親忠・左中弁嗣房・新中将基信・蔵人右中弁宣房(ママ)・権右中弁資康・蔵人左中弁仲光・右少弁宗顕・左少将為有・右少将兼時、行装ヲ整ヘ、威儀ヲ正クシテ、閑カニ列ヲナシ給ヘバ、供奉ノ大衆二万人、各ノ貝ヲ吹キ連ネテ、前後三十余町ニ支ヘタリ。盛ナル哉、朝廷無事ノ化、遠ク天児屋根ノ昔ニ立チ返リ、博陸具瞻《グセン》ノ徳、再ビ高彦霊尊《タカミムスビノミコト》ノ勅ヲ新ニシ給ヘリ。誠ニ利物ノ垂迹、順逆ノ縁ニ和光シ給ハズハ、今斯《カカ》ル神幸ヲ拝シ奉ルベシヤト、岐《チマタ》ニ満ツル見物衆ノ、神徳ヲ貴バヌハ無カリケリ。

と、たとえば一〇三、四頁の引用と比較していただければ、『さかき葉の日記』の、おそらく流布本を用いて記されていることが、すぐにお分かりになるでしょう。

そもそもこの記事が『太平記』という作品が形成されていく、その最終に近い段階に執筆されたことは確かであり、『さかき葉の日記』を使っているからといって『太平記』作者が良基の思想に共鳴していたとはいえず、両者の関係からあまり多くのことを引き出すのは危険でもありますが、貞治の神木についての最新の記録として作者の関心を惹いたのでしょう。ここには、いつもの『太平記』らしいシニカルな受け取り方はなく、ほぼ『さかき葉の日記』の主張通り興福寺の威光を称え、また王家と摂関家との結びつきを追認しているのも注意されるところです。なお『太平記』諸本の間でも行列次第のところの異同が最も大きく、やはりこの箇所が関心を集めたということであり、『さかき葉の日記』から受け取るものが何であったのかを示すものといえましょう。しかも、傍線部のように、行列の中心にいる良基に対し、辺りを払うような威厳さえ潤色しているのです。それだけこの日記の影響力が広く速かったことになるでしょう。

「さかき葉と申し候物語」

一世紀ほど後になりますが、晩年の一条兼良の自筆書状（河合正次郎氏旧蔵、某年六月十七日）に「さかき葉と申し候物語□□公方より御尋ね候、その方□□所持の仁候はば、御伝借候ひて給はるべく候」とあります。兼良が息尋尊に「さかき葉と申し候物語」の借用を依頼した内容です。応仁の乱後、兼良は十年に及んだ南都滞在を切り上げて上洛、将軍足利義尚《よしひさ》の教育を任されていました。「公方」とは義尚を指します。義尚にこれを見たいといわれたので、寺中を管理する尋尊に対して探し出して欲しい、と依頼したのでしょう。

これは良基の『さかき葉の日記』と断じてよいと思います。兼良を通じ将軍の読書に供されたことからしてもそうですし、『さかき葉の日記』が興福寺の蔵儲にかかることもきわめて自然です。ここからは、『小島のすさみ』と同様に、良基の仮名日記が室町時代の公武の間で、政治的な主張を込めた「物語」として読まれていたことが確かめられます。良基の仮名日記を物語と称した明徴は他にもいくつかあって、たとえば『衣かづきの日記』が「衣被物語《きぬかづきものがたり》」と呼ばれています（『綱光公記《つなみつ》』享徳二年〈一四五三〉三月二十七日条）、「日記」と「物語」とが等値であることは注意してよいでしょう。現在では事実の記録であることを建前とする「日記」と、虚構を前提とする「物語」とは截然と区別されていますが、当時の読者は「物語」を実際にあったこと、現実のこととして受け取っていたといわれ、「日記」と「物語」の差異を明確にするのは困難なことです。『太平記』にそのまま取り込まれてもなんらおかしくはなく、良基の仮名日記は事実の記録であるから文学作品ではないという見方は果たして妥当なものか、再考の余地があると思います。

第四節　応安の神木入洛

代始の嗷訴

応安四年（一三七一）三月二十三日、後光厳天皇は第一皇子の緒仁《おひと》親王（後円融《ごえんゆう》天皇）に譲位し、院政を始めました。後光厳の在位は二十年にも及び、北朝では最も長きにわたりますが、この時も相当熱意をもって院政を始めたようです。ところが、新帝の即位式挙行を目前とした十二月二日、興福寺衆徒は、一乗院の実玄《じつげん》（近衛経忠の子）と大乗院の教信《きょうしん》（九条経教の猶子）の両門跡の処罰を要求して、またも春日神木を捧げて入洛します。興福寺に属する子院のうち最大の一乗院・大乗院は、鎌倉期より摂関家の子弟が入室するのを慣習としていましたが、この頃大乗院門跡の後継をめぐる抗争があり、摂関家の思惑もからんで容易に解決せず、そこに一乗院が介入して別の院家を巻き込んで度々合戦に及びました。こうした上層部の私闘にたまりかねた衆徒は、両人の追放と配流を要求したのでした。

この時の嗷訴は相当計画的で、即位式の直前を狙った辺り、公家政権にゆさぶりをかけようとした意図が感じられます。後光厳院は神木をひとまず大原野神社に遷し、即位式を挙行しようとしますが、衆徒はこれに憤激し、氏社に不敬を働く張本として、院の側近であった柳原忠光・広橋仲光《ひろはしなかみつ》・中御門《なかみかど》宣方《のぶかた》・万里小路嗣房《つぎふさ》らを次々と放氏《ほうし》します。

放氏とは文字通り氏から放つこと、藤氏身分の剝奪であります。これを喰らうと、一切の公的な活動ができなくなります。長寛元年（一一六三）、園城寺の戒壇設置問題をめぐる延暦寺と興福寺の対立で、延暦寺を支持した藤原（四条）隆季《たかすえ》が放氏されていますが、これが放氏の第一号で、さほど古くからあったことではありません。放氏された廷臣はとにかく侘びを入れて、氏神の許しを得て続氏《しょくし》して貰うまでは、ひたすら謹慎するほかありません。先の四人はいずれも日野流と勧修寺流出身の有能な伝奏《てんそう》（院に諸人の訴えを伝達する公的な連絡役）でした。放氏は春日明神への絶対的な信仰を背景に興福寺がとった伝家の宝刀というべきですが、弁官や伝奏といった実務官僚たちが、たとえば興福寺に不利な内容の院宣や綸旨を書いたというだけで放氏のターゲットとされているのは、公家政権の機能停止を狙ったものでしょう（清水英恵氏「興福寺による放氏をめぐる一考察」ヒストリア135　平4・6）。

神木入洛中、朝廷の儀式は源氏や平氏の公卿でほそぼそと行われますが、藤氏の公卿なしに即位式を挙行することは到底不可能でした。こうして「南都の神訴等倍増、以ての外の事に候か、代始の公務陵夷《りょうい》す、無念の事に候か」（『後愚昧記附帯文書』応安四年十二月二十五日洞院公定《きんさだ》書状）といわれ、即位式・大嘗会も行われないまま空しく年月が過ぎていく、前代未聞の事態となります。

衆徒の要求

再び興福寺との交渉が再開されたのは翌応安五年十二月で、応安二年から関白は良基の男師良《もろよし》でし

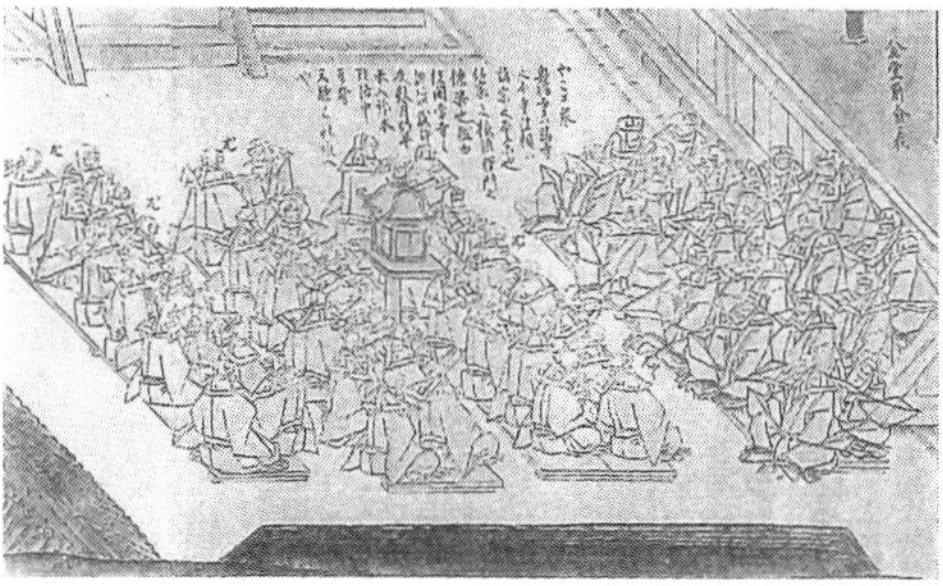

『天狗草紙』興福寺巻（東京国立博物館蔵）

たが、後光厳院の意を受けて交渉を進めたのは良基でした。

衆徒は頑強に神木帰座を拒み、新たな要求を突きつけています。国立公文書館蔵大乗院旧蔵『寺訴引付日記《じそひきつけにっき》』に載る事書から順に挙げてみますと、

(1)日吉社段銭停止の事（興福寺領には日吉神輿造替のための賦課を免除すること）、

(2)前大乗院（教信）、先度申すが如く配流の実有るべき事、

(3)清水寺敷地の替所、実儀を見奉るべき事、

(4)両僧正（光済・宋縁）の勅勘幷びに所職改替、新補の躰注し下さるべき事、

(5)摂州神人刃傷殺害の肥前入道（赤松性準）・兵庫助（赤松範顕）悪行の事、早く施行有るべき事（春日社神人を殺傷した摂津守護代両名の配流）、

(6)諸関の事（興福寺が設置した諸関過料の一部免除措置の撤廃）、

(7)諸国寺社領、目録に任せて南都雑掌申請するが如く施行の実儀有る様、武家に仰せらるべき事（諸国興福寺領に対する侵害を取り締まり一円支配を貫徹できるよう幕府に働きかけること）、

という七ケ条で、当初はなかった要求を含んだ理不尽なものです。

将軍義満は幼少であり管領細川頼之が幕政を指導していたので、頼之の同意を得る必要がありまし

た。頼之は後世名管領として仰がれる人物ですが、興福寺との交渉には公家政権ほどは真剣になれないところがあります。右の七ケ条についてもすべて約束はするのですが、本当に遵行（実行）するかを興福寺は強く疑います。そこで、神木の帰座を決定した上での遵行か、遵行を見てから神木帰座を決定するかで、良基と興福寺は交渉を続けるのですが、遂に折りあえないのです。

とくに(4)の「両僧正の勅勘幷びに所職改替、新補の躰注し下さるべき事」というのが最大の障害となりました。興福寺は三宝院光済《こうさい》・覚王院宋縁《かくおういんそうえん》を、勅勘の上、所職を奪う処罰を要求したのです。その理由はこの両人が一乗院から賄賂を取り一乗院を処罰させないよう公武の要人に働きかけている、というものでした。これは配流にエスカレートします。

光済・宋縁は第一講で触れた賢俊の弟子で、頼之をはじめ幕閣の要人と深いつながりを持っていました。幕府が両人の流罪を承認することはありえず、交渉は全く埒があきませんでした。

果てしない交渉

『寺訴引付日記』は、応安五年十二月より六年二月までの間、良基と大乗院僧綱との間に交わされた問答、交渉の条件に対し幕府から寄せられた回答などの関係文書三十通あまりを収めたものです。良基は神木帰座の日時を確定するよう何度も宥め賺しましたが、衆徒は帰座の日時を決定するより、要求の実現が先だとして頑として譲りません。十二月二十五日の良基の奉書案を見てみましょう。

帰座の事、ただおなじことを申され候程に、いまは御退くつあるやうに候。沙汰ことごとくその実を見候はば、正月上旬帰座あるべきよし、まづ申し候はば、年のうち一々の沙汰不日に候べく候。なにと領状して候とも、武家の沙汰万一なほのこり候はば、帰座又いか程も延引さらにくるしみあるべからず候。前々又一両度延引は毎度の事に候歟、分明に左右を申さず候、なにともすべて御心えも候はず候、なほなほ高秀も判形を載せてつかはされ候しうへは、なほ不審も散ずべく候に、かやうに候へば、またむざむざとなり候べく候、あさましく候、ちからなき神慮にてこそ候らめとおぼしめし候。先々にもほねをられ候しに、ただこの瀬ばかりは、何ともみちゆき候やうに申沙汰候べく候、両条しるされ候、このぶんたちかへり御返事を申され候べく候よし、大殿の仰事候。御即位三年になり候へども、ちからなく帰座以後になされ候は、ずいぶんの公家の御けい心にて候に、なほかやうにおさへられ候へば、あまりに礼儀にもかけ候なり。

良基は大乗院の新門跡に宛て、帰座の日時を決定することこそ衆徒の要求実現の早道である、もし約束が一項目でも実現されなかったら、延引してもよい、とにかく早く日時を決定して欲しい、幕府からも一筆をとったから疑問はないであろう、このままでは「むざむざ」となってしまう、それでは神慮もかたなしだ、即位を足かけ三年にわたり延期したこと自体、朝廷は春日明神に対し強い敬神の念を払った証拠であるが、それでもまだ神木を抑留するのでは、あまりに礼を失するものだろう、と強い調子で述べていて、相当な焦燥感に駆られていたことが分かります。なおこれは「大殿の仰事候」とあるように、良基の意を側近の者が奉じた、奉書形式をとっていますが、実は良基自らが筆を執ったと考えられます。この文面からも良基のせっかちな性格と、絶対に譲歩を見せない衆徒の頑固さがまことに対照的ですが、その間に立つ僧綱たちはさぞかしたいへんだったことでしょう。こうして年末に予定されていた即位式はまたも流れてしまいます。

良基の放氏

さて応安六年秋、今度は後光厳院自らが興福寺の僧綱を召して交渉しようとしますが、衆徒たちは僧綱の上洛を阻止した上で、八月六日、詮議の上、良基を放氏しました。同じく前関白であった近衛道嗣は「放氏の事等、丞相以上は未だ聞かざる事なり。況んや摂関の臣の放氏、前代未聞の珍事なり」（『後深心院関白記』）と驚愕しています。

この時点における、良基の放氏の意味を考えてみたいと思います。

即位式は十一月〜十二月、二月〜三月のいずれかの期間に行われるので、神木帰座の日程をにらむと、毎秋に交渉が活発になってきます。僧綱を京都に召して交渉しようとしたのが憤激を買い、良基はその張本と目されたわけです。

衆徒は良基に対し、かねてより氏寺のために働かない者として強い憎悪を抱いていました。しかし良基が伝奏や弁官などと違って、ただちに断罪されなかったのは、何といっても関白経験者であったからです。先に述べた通り、摂政・関白とは春日明神の直系の子孫、時には大明神そのものという、特別な存在です。だから摂関を放氏するとは、単に身分の尊貴の問題ではなく、興福寺が自らの権威のよりどころを冒瀆したこととなり、大いなる自家撞着といえます。道嗣が驚いたのもその点にかかります。

その後、良基はどのような態度をとったのでしょうか。放氏の憂き目にあったそれまでの廷臣と同様、深く謹慎の意を表したのでしょうか。その辺りの消息が知られる資料は多くないのですが、「去年より放氏し奉る、しかれども先例無きにより、御承引に及ばさるの由、その説あり」（『保光《やすみつ》卿記』応安七年正月二十七日条）という証言があります。これによれば、良基は恐懼するどころか通常の如く振る舞い、摂関の放氏などあり得ない、とうそぶいていたらしいのです。とても『さかき葉の日記』を書いた人とは思えませんが、これも凡百の廷臣とは異なるところでしょう。神木の問題にはほとほと頭を痛めていたでしょうし、放氏なら勝手に放氏にすればよい、神の祟りもさもあらばあれ、といった心境ではなかったのでしょうか。

ところが祟りは良基には向かいませんで、翌応安七年正月二十九日、後光厳院が疱瘡にかかって急死してしまいます。自然、春日の怒りに触れたものと噂されました。ここに至って、幕府も事態を放置してはおけなくなり、最後まで光済・宋縁の配流に難色を示したようですが、遂に折れて、朝廷は両人を還俗させた上で、十一月五日にそれぞれ播磨・備中へ流罪にしました。十一月八日には良基も続氏されます。こうして十二月十七日に春日神木は四年ぶりに南都に帰座し、十日後、後円融天皇はようやく即位式を挙げたのでした。

神木・神輿・神宝

この応安の神木入洛が、公家・武家に与えた深刻な影響、そこに生じた政治的空白は、貞治の比ではありません。稲葉伸道氏が「四年間にわたって王城に鎮座し続けた春日社神木の存在が、後円融天皇の即位式を延期させ、後光厳院政を混乱におとしめ、かつ後光厳上皇の突然の死を引き起こしたことは、王朝と幕府の共同統治という鎌倉時代以来の体制を崩壊させ、義満による一元化への道を開いた」（「南北朝時代の興福寺と国家」名古屋大学文学部研究論集史学44　平11・3）との見通しを述べておられますが、私もこの神木の影響をもっと重視すべきかと思います。

後光厳院の死をうけて、十七歳の後円融天皇自らが政務を執る、親政が始動しますが、公家政権が対応しなければならなかったのは、神木だけではありませんでした。

まず、伊勢豊受《とようけ》大神宮（外宮）の遷宮の問題があります。北朝では貞和元年（一三四五）十二月二十七日に正遷宮が行われたのが最後で、式年は十九年のところを、既に三十年以上を経過してしまっています。ここまで遅れた理由として、伊勢が南朝の勢力圏にあったこともあるでしょうが、むしろ遷宮の度に新造される神宝を調進する費用に不足したからでした。例によって幕府の援助を期待するのですが、遅々として進まず、場所が場所だけに公家にとってはまことに頭の痛い問題でした。

さらに延暦寺が日吉神輿《ひえじんよ》を奉じ執拗な嗷訴を繰り返していました。日吉神輿は、春日神木とならんで、寺社勢力の横暴を象徴する存在です。比叡山の地主神である日吉山王権現の御神体は、ふだんは東坂本の上七社の御輿のうちに安置されていますが、延暦寺が朝廷に嗷訴をしかける時、これを奉じて入京、神威を畏れて抵抗されないのをいいことに乱暴狼藉を働きました。

事の発端は南禅寺が粟田口《あわたぐち》に設置した関の通過料をめぐるいざこざで、それが禅と天台との一大抗争に発展し、応安元年七月、山徒は南禅寺の破却を要求し、聞き入れられないと知ると八月二十九日、日吉神輿を奉じて入京します。翌年四月にも再び神輿が入京、幕府は大名たちを市街に配置して防ぎましたが、神輿一基に数千の日吉神人が従い、内裏に放火するなど狼藉の限りを尽くします。後光厳天皇は身一つで逃げ出す程でした。かくして幕府は全面的に山門の要求を容れて南禅寺を破却することになり、管領となったばかりの細川頼之は大きな失点を残します（辻善之助『日本仏教史　第四巻　中世篇之三』岩波書店　昭24・12）。

輝かしい山門の勝利です。ただ、嗷訴に使われた神輿はすべて造り替えられるのが慣例でした。もとはといえば山徒が勝手に持ち出したものですが、神慮を悩ませたことへの謝意を込めて、治天の君の沙汰で朝廷が費用を負担することになっています。たとえば保安四年（一一二三）七月の嗷訴の時、七社の神輿がやはり内裏に振り捨てられましたが、白河法皇はただちに神輿の造替を命じ、二ケ月を経ずに新造の神輿を本社に納める、奉送の儀を行っています（『一代要記《いちだいようき》』）。

神輿はとりあえず日吉社に戻され、新しい神輿が奉納されるのを待つことになりますが、朝廷には例によってその費用がなく、応安四年七月には祇園社が造替の遅延に抗議し閉門しています。このため幕府は翌年になって朝廷にかわって諸国に段銭を課し、造替の費用を徴収することを了承します。ところが幕府は真面目に取り組まず、七年六月には三たび神輿が入京、造替の速やかならんことを訴えるという異例の嗷訴を行います。かつての公家・武家が共同して重要案件に当たる国政の枠組みが全く機能していない有様が窺い知れます。その後も造替は遅々として進まず、神輿はその後実に足かけ六年間も洛中に留め置かれ、無言の圧力を与え続けました。

後円融朝の荒廃

公家政権はこうした課題を解決すべきことを忘れているわけではなく、毎年のように議定において対応を議しています。『後深心院関白記』康暦元年（一三七九）二月九日条に、この時たまたま良基は参加していませんが、後円融天皇の臨席のもと、議定始（その年最初の議定）の記事があって、

今日議定始なり、（中略）即ち出御。予（近衛道嗣）・関白（九条忠基）・万里小路一品（仲房）・万里小路中納言（嗣房）等着座す。嗣房卿目六《もくろく》を書く、事了りて各退出す。

篇目、

一、神宮神宝以下調献の事、重ねて武家に催促せらるべき事、

一、石清水臨時祭今春行はるべき事、

一、日吉神輿造替遅々の事、重ねて武家に仰せらるべき事、

外宮の神宝調進・石清水《いわしみず》臨時祭《りんじさい》の復活・日吉神輿の造替という、三ケ条が議題となっています。

この議定始の審議内容は、公家政権が徴税・裁判・警察などの実質的な権能を次第に武家によって収奪されていき、遂には宗教・祭祀などに限定された姿を示すものといわれていますが、どれも後円融の即位以前からの懸案です。それにもかかわらず、この年になっても何一つ解決できていないのです。神木や神輿による政務の停滞が何よりの悪影響を与えたことは明らかですが、議定始でいかに「神事興行」を決議したところで、もはやどうにもならないところにまで、事態は深刻化していたものと思います。憑みとするのはすべて幕府なのですが、細川頼之は守護大名との抗争に疲れ果て、到底これを顧みる余裕はありませんでした。

応安・永和年間は、良基の五十代に当たります。その頃には『連歌新式（応安新式）』の制定をはじめ、多くの連歌論を執筆し、文学者としてはたいへん稔り豊かな時期でしたが、興福寺をはじめとする寺社の嗷訴の矢面に立たされ、自身も放氏とされるという苦い経験を嘗め、公家政治家としてはかなりの蹉跌を経験したものと思います。

良基は関白師良の父でもあり、後円融天皇のもとで政務を後見することを期待されたようです。ところが後円融は良基が朝廷政治の主導権を握ることを嫌っていました。頼之から「政道の事、一向申し計ひ御沙汰あるべき」（『保光卿記』応安七年二月二十一日条）という一筆を得た良基は相当に意欲的であったようですが、後円融は政務を自ら親裁することを宣言し、これを許しませんでした（『後愚昧記』同年六月三日条）。なお関白も翌永和元年十二月に師良から九条忠基《ただもと》に交替します。

かといって後円融が朝廷政治のイニシアティブをとろうにも、その実は惨憺たる様相を呈していました。だいたい応安・永和年間（一三六八〜七九）を境として、御斎会《ございえ》・女叙位《にょじょい》・踏歌節会《とうかのせちえ》・石清水臨時祭・灌仏《かんぶつ》・最勝講《さいしょうこう》・乞巧奠《きっこうでん》・例幣《れいへい》・神今食《じんこんじき》・京官除目《きょうかんじもく》といった儀礼が中絶しており、朝儀の衰退は著しいものがあります。

神木入洛の後遺症といえますが、この時期の廷臣の無気力にも驚くべきものがあります。たとえば永和元年に後円融が二条為遠《ためとお》に下命した勅撰集（のちの『新後拾遺和歌集《しんごしゅうい》』）が、いつまで経っても完成しなかったのは、撰者である為遠の怠惰によるのですが、おそらくは後円融朝の弛緩した雰囲気もいくらか関係しているのでしょう。朝廷政治は確実に衰滅に瀕していました。

こうした状況で、良基の頭の中に、ある政治的な計画が浮上してきたのでしょう。それは良基のこれまでの軌跡からすればごく自然なものだったと思いますが、そのことは第三講で引き続いてお話しします。

第三講 『雲井の御法』

『雲井の御法』は、良基六十一歳の康暦二年（一三八〇）、内裏法華懺法講《ほっけせんぼうこう》の有様を記した仮名日記です。純然たる宮廷行事の記録であり、『小島のすさみ』あるいは『さかき葉の日記』と比較すれば、生気に乏しくやや退屈な作品ですが、治天の君の父母の周忌に修される追善法会は時の王権にとって最も重要な儀礼で、そのことを記した意義は強調しておく必要があります。また当初は法華八講《はっこう》として計画されたものが急遽法華懺法講に変更されており、その経過には注意すべきものがあります。かつ良基の配慮で将軍足利義満が公卿として参仕したことは公武関係史の上での画期となっています。こうした点を具体的に読み取っていきたいと思います。

第一節 宮廷行事としての法会

法華八講の盛行

北朝は先皇の周忌にいつも安楽光院《あんらくこういん》（持明院殿の跡地に建てられた寺）に命じて法華八講を行わせるのですが、後光厳院の七回忌も迫った康暦元年の暮、後円融天皇は内裏での宸筆法華八講を企画しま

略年表(3)

西暦	和暦	天皇	摂関	事柄	良基年齢
1378	永和4	後円融	九条忠基	3・24　足利義満権大納言 8・27　義満右大将 10・4　良基、光済の坊にて義満と会し、右大将拝賀の習礼をなす 10・9・　興福寺衆徒、十市遠康の討伐を求めて嗷訴、神木を金堂前に動座さす 10・16　義満、二条殿に参る 11・9　良基、室町殿に招かる、以後両者の交遊さかん	59
1379	康暦元		8・25 二条師嗣	正・7　白馬節会、義満参内して見物、後円融天皇御前の酒宴に加えらる 4・28　義満参内、泉殿で酒宴あり、良基『右大将義満参内饗讌仮名記』 ④・14　細川頼之失脚　28　斯波義将管領（康暦の政変） 6・18　義満参内、この日内裏舞御覧 7・25　義満、右大将拝賀、内裏に慶を奏す 8・14　興福寺衆徒、春日神木を奉じて入洛　25　義満、良基の関白還補を執奏するも後円融拒絶　29　伊勢外宮神官上洛、粟田口に神宝を振り捨てる 11・22　幕府、十市遠康討伐軍の陣容を決定 12・2　等持寺にて法華懺法講（義詮13回）、義満笙を吹く	60
1380	康暦2			正・5　義満従一位　20　義満直衣始　27　後円融、宸筆法華八講の開催を断念　29～2・5　内裏法華懺法講（後光厳院七回）、良基**『雲井の御法』** 3・3　御遊始、義満参内 6・29　日吉神輿造替終り奉送の儀を行う 9・8　伊勢外宮遷宮 12・15　春日神木帰座	61
1381	永徳元			正・7　白馬節会、義満参仕、外弁上首の作法賞賛さる 3・11　後円融、義満室町殿に行幸、良基『さかゆく花』 7・23　義満内大臣、良基太政大臣	62
1382	永徳2	後小松	4・11 二条良基(Ⅳ)	正・1　元日節会、義満初めて内弁を勤仕　26　義満左大臣 4・11　後小松天皇受禅、良基摂政、後円融院政、後円融と義満の対立激化	63
1383	永徳3			2・1　後円融、上臈局三条厳子を打擲　15　後円融、義満の使者に驚き自害せんとす 3・1　義満、後円融と和解　28　後円融院評定始 6・26　義満准三后	64
1384	至徳元			10・28　崇光院、伏見殿で転経供養（陽禄門院三十三回）、義満参会、良基『陽禄門院三十三回忌の記』	65
1388	嘉慶2			6・13　良基薨	69

した。まずは宮廷行事としての法華八講の沿革について簡単に述べておきます。

『法華経』の講説や読誦を目的とする法会は数多くありますが、一日を朝夕の二座に分け、一座に一巻づつ、四日ないし五日間で講説する法華八（十）講は最も著名なものでしょう。

毎座教義の理解を深める問答を行い、学僧が論議するのが人気を集め、一種のアトラクションの様相さえ呈しましたが、とくに第五巻（提婆達多品《だいばだつたほん》第十二と勧持品《かんじ》第十三を含む）が講じられる第三日は、悪人正機説や女人成仏談が説かれていることもあって、「五巻の日」と呼ばれて結縁の衆がつめかけたことはよく知られています。しかも、この日には「法華経をわがえし事はたき木こりなつみ水くみつかへてぞえし」という法華讃歎歌（行基《ぎようき》の作と伝えられる。提婆達多品で釈尊が前世で『法華経』を習得したことを説く経文に基づき、要するに『法華経』を学び持する姿勢をいう）を唱え、僧衆と参列の俗人とが、用意した捧物を奉じて、行道《ぎようどう》することになっていました。この「薪の行道」が八講最大のもので、主催者の威光や参列者との関係をそのまま映し出すことから、文学作品でもしばしば取り上げられています。

天暦九年（九五五）には、時の村上天皇が生母の中宮藤原穏子《おんし》の追善のため自ら『法華経』を書写し、内裏弘徽殿《こきでん》で八講を行ったことが知られています。これが宸筆法華八講の初例です。『法華経』は受持・読・誦・解説・書写の功徳を重視したため、宸筆経（実際には天皇・関白以下の多くの皇族・廷臣の寄合書き）を用いたのです。

しかし、その後の宸筆八講の開催は、鎌倉末期までで十回程度に過ぎません。内裏は本来仏事を避ける場であったこともあるでしょうが、宸筆八講は国家的な規模で開催される宮廷行事であり、公家社会全体から捧物を募るわけで、そこにかかる莫大な費用を思えば、容易には行い得なかったというのが実情でしょう。なお宸筆法華八講では、母后を追善する例が目立ちます。これは女人成仏を説く『法華経』への関心によるものでしょう。

応安の宸筆法華八講

ところで、当の後光厳院が、譲位直前の応安三年（一三七〇）七月三日から五日間にわたり行った宸筆法華八講は、いろいろな意味で注目されてよいものです。これは光厳院の七回忌に内裏で修されたものですが、南北朝期唯一の開催例であること、珍しく母后でなく父院の追善であること、また天皇日常の居所である清涼殿《せいりょうでん》を初めて会場に用いたことなどが挙げられます。

光厳院は、やむを得ない仕儀であったとはいえ、後光厳院の践祚を不快に感じており、生前ほとんど交際しなかったと伝えられていますが、後光厳院にしてみれば北朝唯一の正統な皇位後継者であることを世間に示す必要がありました。正平一統の時、光厳院とともに南朝に拉致された崇光院は光厳院のための周忌供養を別に行っており、自分こそ正嫡であるとの誇りを棄てなかった兄院を後光厳が強く意識していたことは間違いありません。

神木と神輿の嗷訴《ごうそ》の間隙を縫う形で、決して社会情勢が安穏とはいえない時節でしたが、後光厳は良基に何度か意見を求めつつ、初日と結願日に舞楽を奏し、五巻の日の行道の時の捧物を省略せず挙行することに決しました。これは北朝の実情を考えればかなり思い切った規模というべきでしょう。法華八講は多くの見物人を集めながら、大きな混乱もなく終了し、『後愚昧記』は「邂逅の御願、厳重の盛儀、無為無事に結願せしむるの条、天の善に与するか、感悦極まり無き者なり」と記しつけています。こうした評判は宮廷の外にも及び、『太平記』が巻三十九で（最終記事は応安元年のことなので、わざわざ三回忌のこととして）この宸筆法華八講を取り上げています。宮廷行事の社会的な影響はなかなか大きく、また戦乱の世の終息近きことを告げる出来事として受け止められたのでしょう。

康暦の政変と神木入洛

後円融天皇もまた、このような後光厳の先蹤に倣って、内裏宸筆法華八講の開催に強い意欲を抱いたのですが、康暦元年八月十四日、興福寺がまたも春日神木を捧げて入京してきました。神木を留め置いた衆徒は、神木在洛中の宸筆法華八講の開催など言語道断として反発し、興福寺僧の参仕を拒否し、藤氏公卿も出仕を控えるよう警告しました。

この嗷訴の発端は前年の永和四年冬に遡ります。大和国の国人領主十市《とおち》遠康《とおやす》が寺領を押妨したため、興福寺は朝廷・幕府に討伐を要求しました。細川頼之は土岐氏・斯波氏・富樫氏などの守護大名からなる軍勢を差し向けますが、遠征軍は戦意に乏しく、頼之への反感を増大させただけで、戦果を挙げないまま瓦解してしまいました。

この軍事作戦の失敗が頼之の命取りとなり、諸大名は結束して頼之の罷免を要求、将軍義満も承認せざるを得ませんでした。康暦元年閏四月、頼之はもはや抵抗せず一族と讃岐に退去し、管領には斯波義将が返り咲きます。いわゆる康暦の政変です。幕政の混乱はそのまま沈静に向かいますが、一向に派兵問題が取り上げられないのにしびれを切らした衆徒が神木を入洛させたものです。こうして良基は再び朝廷・藤氏を代表して興福寺と交渉することになりました。

その具体的な経過は、二条家の家礼であった文章博士東坊城《ひがしぼうじょう》秀長《ひでなが》の日記『迎陽《こうよう》記《き》』によって、ある程度窺うことができます。十月二十二日、良基は興福寺寺務である法雲院実遍《じつへん》僧正と、一乗院・大乗院の両僧綱を召し、直接訴えを聴取しました。今回、良基にとって派兵その他の約束を幕府からとりつけることは比較的容易であったらしく、斯波義将は即日義満の命令を施行することを返答しました。「今度の寺訴、早々に御伝達、随ひて大樹(将軍の唐名)厳密に下知す、併《しか》しながら殿中(良基)の御籌策《ちゆうさく》による、寺門定めて眉を開くべきか」とある通り、すんなりと事が運びます。

十一月二十二日には討伐軍の陣容が発表され、秀長は「沙汰の次第厳密、珍重々々、併しながら准后(良基)より仰せ驚かさるるの故なり」と、良基の働きかけが実を結んだと述べています。

ところが、興福寺はずるずると帰座を延ばし、結局これから一年以上も神木は洛中に鎮座しています。あれ程速やかな派兵を要求していたのにもかかわらず、十二月二日には良基に派兵はとくに急がない、と言上しています。おそらく前回応安の入洛で味をしめた衆徒は入洛の機会をとらえて公家・

武家に揺さぶりをかけ、少しでも多くの成果を得ようとの計算を働かせたのでしょう。

宸筆法華八講はこうした混乱の最中に企画され、十二月二十一日に上卿《しょうけい》・伝奏・奉行職事《しきじ》（蔵人）が決定、二十七日には証義《しょうぎ》・講師・聴衆以下の参仕僧の交名が発表されています。二十三日に後円融天皇は幕府を通じただちに神木を帰座させるよう命じています。衆徒が大人しくいうことを聞くはずもありませんが、後円融も強硬で、明けて正月二十日になっても「宸筆御八講の事、なほ行はるべきの由沙汰あり、しかれども南都の承諾太だ不審」（『後深心院関白記』）と開催にこだわり、ついには藤氏以外の公卿のみで挙行しようとしました。そんな形で行ったところで法会の体をなさないのは目に見えています。しかも、天皇のいらだちに廷臣はきわめて冷ややかであったらしく、たとえば道嗣は嫡子の右大臣兼嗣《かねつぎ》が八講の上卿を命じられると、火中の栗を拾うのを恐れて、ただちに辞退させています。

こじれた事態を収容したのは良基でした。良基は宸筆法華八講にこだわる後円融をなだめ、安楽光院において恒例の法華八講を行わせるにとどめさせました。それは正月二十七日のことで、いかに後円融を翻意させるのに時間がかかったかが察せられますが、内裏では急遽法華懺法講が行われることになりました。次に法華懺法講について説明しておきます。

法華懺法講の開催

法華懺法とは天台大師智顗《ちぎ》が『摩訶止観《まかしかん》』のうちで組織した懺悔（悔過《けか》）法のことで、普賢菩薩を本尊とし、『法華経』安楽行品《あんらくぎょうほん》第十四などに基づく偈を唱誦しながら、散華行道を行って、六根の罪障を懺悔し滅罪を願う法会です。天台宗の日誦作法となり、故人の追善のために修められることもあります。雅楽の演奏をはさむ場合を懺法講といいます。法華懺法については天納傳中《あまのでんちゅう》氏に『天台声明　天納傳中著作集』（法蔵館　平12・6）、「宮中御懺法講に於ける声明と雅楽の関係について」（天台学報20　昭53・11）以下の論攷があり、実演録音も『聲明大系三　天台』（法蔵館　昭58・9）や『CDブック　声明』（春秋社　平11・2）に収められています。

法華懺法では、単に経文を読誦する切声《きりごえ》懺法と、独特の旋律を付けて唱誦する声明（引声《いんぜい》）懺法との、二つのやり方がありますが、声明懺法を省略した形で行った後で切声懺法を略さずに行うのを早《はや》懺法《せんぼう》といいます（しばしば「早懺法二巻」と記される）。この頃は七日間にわたって行われ、一日を朝座・夕座に分けて（初日は夕座のみ）、声明懺法と早懺法を交互に行っています。俗人が散華行道するのは声明懺法の時だけで、雅楽（講）が入るのは第一（初）・四（中）・七（結願）日だけとされています。懺法講の次第構成を表に示しました。

		朝座（日中）	夕座（初夜）	講（楽）
正/29	第一日	——	声明懺法	有
正/30	第二日	声明懺法	早懺法	無
2/1	第三日	声明懺法	早懺法	無
2/2	第四日	声明懺法	早懺法	有
2/3	第五日	声明懺法	早懺法	無
2/4	第六日	声明懺法	早懺法	無
2/5	第七日	早懺法	声明懺法	有
2/6		（御精進解）		

康暦２年内裏法華懺法講の次第

声明懺法の時は、参列者が意匠を凝らした葩《はなびら》を持参し、『法華経』に基づく偈を唱誦しながら僧衆と参列者が散華・行道します。規模こそ小さいとはいえ、法華八講における「薪の行道」によく似ています。懺法の各種の偈は法華讃歎歌に、葩は捧物の替わりとみなせないこともありません。このようなところから懺法講が企画されたのでしょう。

ただ、懺法はどちらかといえば個人的な動機で行われるものであり、内裏で行われた例も稀でした。良基の実子である一条経嗣《つねつぐ》が「懺法は保元以来臨時の勅願なり、仍て官・蔵人方殊なる沙汰無し、又綱所《こうしょ》(僧綱の官を持つ僧)を召すに及ばず、近代も厳儀に非ず、(中略)宸筆御講と尤も差異あるべきか」(『荒暦《こうりゃく》』応永十三年〈一四〇六〉正月二十六日条)と述べているのが参考になります。八講が朝廷の官僚機構挙げて運営に携わる「晴儀」だとすると、懺法はあくまで天皇の私的な願望によって行う「内々」の性格を帯びていたと考えられ、このことによって良基は興福寺との妥協を見出せたのでしょう。

諸本と系統、底本

それでは『雲井の御法』の内容に入っていきます。

「雲井」は禁中、「御法」は『法華経』を指します。良基の命名と見て不自然ではありません。別名を「康暦二年御懺法講記」といいます。

その成立について直接物語る資料はありませんが、他の仮名日記と同様に、懺法講が終わってから余日を経ずに執筆されたものと見られます。これまで研究らしい研究もありませんが、法会と音楽の関係を考える資料としても興味深いものです。

『扶桑拾葉集』巻十四下所収本、『群書類従』巻第四二九所収本のほかにも、写本が十数本が知られていますが、ほとんどすべての伝本が文亀二年（一五〇二）九月一日、東坊城和長《かずなが》（一四六〇〜一五二九）の長文の奥書を持っています（次頁図版参照）。

この奥書には、後土御門《ごつちみかど》天皇の三回忌のために、やはり内裏で懺法講が企画されたため、内侍であった女和子の参考とするために「もとより仮名にて侍る上を、なほ仮名を仮名にとこまやかに」書写したとの旨が記されています。

本文に大きな誤脱などはないと認められますが、和長が述べた通り、たとえば斯波義将を「左衛門佐よしゆきの朝臣」、歌人の冷泉為尹を「ためまさの朝臣」などと仮名で表記していて、中世の人名の訓みが知られる点は興味深いのですが、原本からはかなり隔たった本文といわなくてはなりません。現在のところ、和長が改変する以前の姿をとどめているのは、宮内庁書陵部蔵古写本（伏・三〇五、以下伏見宮本《ふしみのみやぼん》と略称）だけなのではないかと思われます（補論参照）。

この本の書誌について簡単に述べておきます。内題はなし。外題は「御懺法記　雲井御法と号」。同じく表紙に貼紙をして、

この一冊は、禁中御懺法講の仮名記なり、二条准后後福光園院制作、かの御亭に於いて馳筆す、時に永禄第十二〈己巳〉歳仲□〔秋〕　八旬有二（花押）

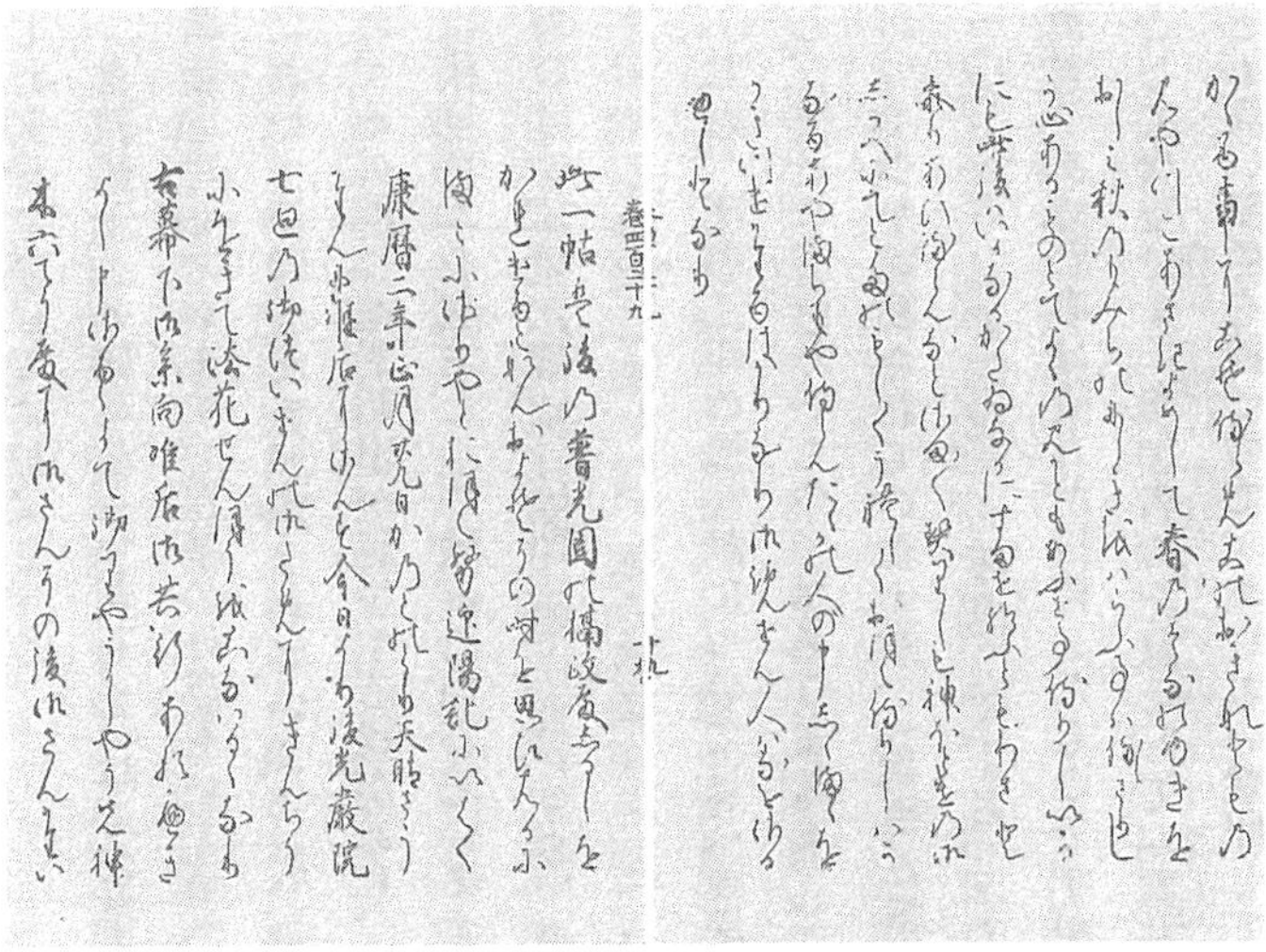

『雲井の御法』末尾と東坊城和長奥書（東京大学附属図書館蔵群書類従版本）

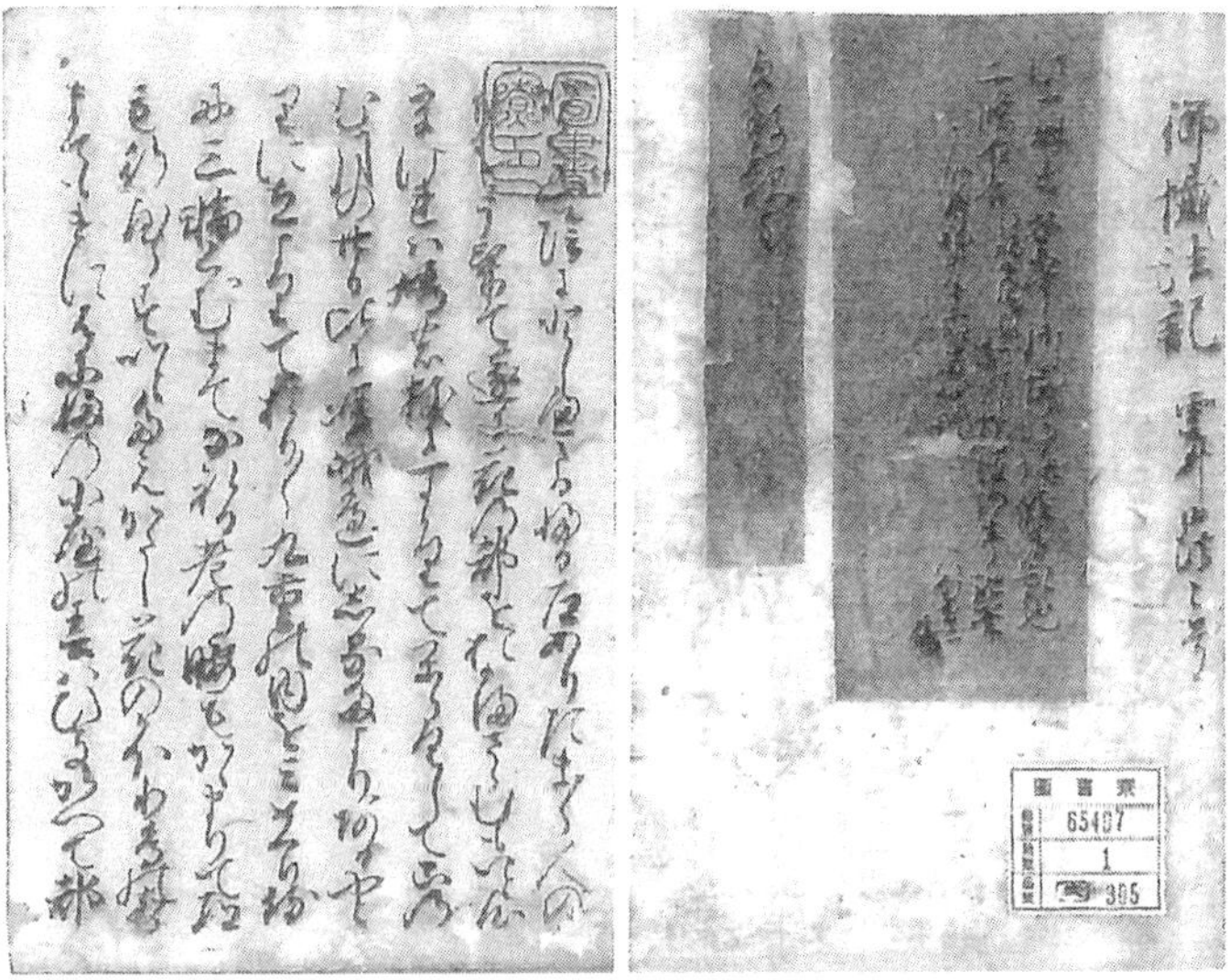

『雲井の御法』表紙・第１丁表（宮内庁書陵部蔵）

との覚書があります（前頁図版参照）。永禄十二年（一五六九）八月、伏見宮貞敦《さだあつ》親王八十二歳時の自筆にかかるものです。この年九月は後奈良《ごなら》天皇の十三回忌に当り、内裏で懺法講が行われたことを、高齢を押して書写した動機に挙げてよいでしょう。

　貞敦親王（一四八八～一五七二）は、文事を好んだ伏見宮の当主の例に洩れず、たいへん多くの典籍を写しています。良基の作品もいくつか手がけています。この本は「かの御亭」つまり二条家において書写した旨が記されていますが、貞敦の女従一位信子が関白二条晴良《はれよし》の北政所に迎えられ、その間に嫡男昭実《あきざね》が誕生する縁があり、貞敦は二条家本を閲覧書写できたのでしょう。ここでは伏見宮本を底本として読みたいと思います。他に和長奥書本系統のうちで最も書写年代が遡る、尊経閣《そんけいかく》文庫蔵伝尊純《そんじゅん》法親王筆（江戸初期）写本（函架番号、一七・一九。内題なし、外題「御懺法講之記」）を参照しました。その本文は〔　〕に入れて示してあります。

　なお、康暦二年の懺法講については『後深心院関白記』にも記事がありますが、これは伝聞ですし、それほど詳しいものではありません。一方、江戸時代に過去の御懺法講の記録を集めた部類記がいくつか編纂されていますが、『御懺法講部類記』（徳大寺家本）・『懺法講部類』（柳原《やなぎわら》家《け》記録《きろく》一一〇）など、『迎陽記』の康暦二年正月二十九日から二月六日までの記事を収めているものがあります。この記事は後人が抜粋したものですが、いずれも『迎陽記』の現存伝本には含まれず、逸文として貴重です。参加者の記録として『雲井の御法』理解の助けとなるばかりか、『雲井の御法』とも深い関係を持つので、おいおい参照していきます。

第二節 『雲井の御法』を読む（一）

老尼、内裏に向かう

かた山陰に年経たる古尼《ふる》あり。たまたま人の身をうけて遂に花の都を拝まざらむもいと心うければ、鳩の杖にすがりて、からくしてこの睦月の二十日ごろに嵯峨辺に知るたよりあるやどりに立ちよりて、折々九重の内を見めぐり侍るに、みづはぐむまでなれる老の腰もかがまりて、道も行きやらず、いと堪へがたし。花のかほり鳥の声までも、げに、はにふの小屋の春〔に〕はひきかへて、都の有様誇らはしく、心ちよげなり。

このはたとせあまりは世の中ことに治まりて、あまねき御めぐみ、筑波山よりもしげく、秋津嶋の浪風しづまりて、つちくれをうつ民の歌までも昔の賢きひじりの御代にたちこえたり。かかる折節にあはせ給ふ君の御聖運も、千歳万代をかけていとたのもしくめでたき春なり。同じくは九重の御有様を見奉らむとて、例の草の庵をたち出でて都の方におもむきて、「内裏へ参り侍る道はいづくぞ」と人に問ひ侍れば、都の童部《わらんべ》ども、「百敷をだに知らぬ尼が、何のいみじさにかかる事を問ふらむ」とて、口々に嘲り笑ふもことはりなれば、たどるたどるからくして内裏へ参り着きぬ。

これが冒頭の一段です。『さかき葉の日記』と同様、語り手の片山陰に住む老尼が登場し、今の境遇を明かすところから始められます。その場面は一層長大となり、物語的な性格を強めています。良基の連歌論書の代表作である『筑波問答』では、「年は八九十にもなりぬらんと見え」る老翁が作者の邸内に入り込み、作者と親しく語りながら、連歌についての様々な疑問に答える、という構成をとっています。『増鏡』も百歳あまりの老尼が作者に語る体裁であり、老尼を登場させる点が『雲井の御法』と類似することから、これが良基作者説の根拠の一つとされることがありますが、老尼が歴史を語るというのは『今鏡』『水鏡』などでも採用されていた形式ですから、それだけで『雲井の御法』と『増鏡』を結びつけることはできません。老尼の問題については後で触れることにしますが、『法華経』信仰は、女人成仏を説いている点が最も強調されたことでもあり、老尼に懺法講を聴聞させる理由はまずそこに求められます。

老尼がまず立ち寄った「嵯峨辺に知るたよりあるやどり」あるいは「例の草の庵」とは、第一講でも触れた中院山荘のことでしょう。そこを拠点に都見物にあちこち出掛けた老尼は、内裏を見学することを思い立つのです。

老尼の述懐として「このはたとせあまりは世の中ことに治まりて」という感慨が書き付けられます。康暦後円融天皇を意識した、祝言のための常套句に聞こえますが、これは良基の実感なのでしょう。

二年の二十年前というと、康安元年（一三六一）で、ちょうど最後の南朝軍の京都侵入が起きた年に当たります。

「とものみやつこ」の翁、懺法講の開催につき語る

折節陣の辺り人しげく、所せきまで立てならべたる馬・車、道もさりあへぬばかりなり。「これは何事ぞ」とかたへの人に尋ね侍れば、「ことし旧院（後光厳院）御七めぐりにて大きなる御仏事どもあり。殊更とりわき今日正月二十九日より御殿にて法華懺法を七日行はせ給ふなり。後白河院御代かとよ、保元の頃、殊更仏法をあがめられしかば、仁寿殿《じじゅうでん》にて七日の御懺法ありき。その後代々の御門たびたび御勤めありき。建武の頃は二季の彼岸に行はせ給ふにや。旧院又応安に宝篋院（足利義詮）の左大臣の御仏事におぼしなずらへて、勤めさせ給ひしことなれば、度々の嘉例めでたき事にこそ。かかる折節よく参りあひ給ひて、法のむしろに結縁し給はむは、かの鷲の御山、鶴の林に生まれ逢ひたるにも劣らぬ事にこそ侍らめ」と、年老たる翁の、玉の箒《はばき》手に取りて、とものみやつこにやあらんと覚しきが、細々と語り侍る嬉しさに、やがてかの翁のそばに寄り伏して事の有様を尋ね承り侍りしに、一樹の蔭の契りもこの世一つならぬ事とこそ承り侍れ。

内裏に辿り着いた老尼は、車馬でごった返す有様に驚き、傍らにいた「とものみやつこ」とおぼしき翁に何の騒ぎかと尋ねます。すると、この翁は長々と今日が旧院（故院と同じ）の七年の正忌に当たり、大きな仏事が催されること、内裏では法華懺法講が行われることを語り出します。

「とものみやつこ」は主殿寮《とのもりよう》の下役人のことで、たとえば「とのもりのとものみやつこ心あらばこの春ばかり朝ぎよめすな」（拾遺集・雑春・一〇五五　源公忠《きんただ》）という古歌によっても有名ですが、当時こんな役職の者が実際にいたとは思えず、要するに長年執柄の地位にあり、歴代の治天の君の恩顧を蒙ってきた作者良基をかたどっていますから、老尼もまた良基自身と重ねられていますから、二人の主要な登場人物はともに良基の分身であることになります。

「代々の御門たびたび御勤めありき」といっていますが、事実はその逆で、後白河院が保元二年（一一五七）五月に行った後に、後醍醐天皇が建武年間に修したほか、後光厳院が応安元年（一三六八）三月十日から十六日まで祖父後伏見院の三十三回忌のために行っただけで、法華八講と較べれば、内裏の仏事としては伝統が浅いものでした。それだけ異例の儀式であったわけで、くだくだしく法華懺法講の開催の意義を強調する「とものみやつこ」の翁、つまり良基は当日の儀の演出者であることをおのずと明らかにしています。

「旧院又応安に宝篋院の左大臣の御仏事におぼしなずらへて、勤めさせ給ひし」とは、応安元年の法華懺法講の結願日がちょうど故足利義詮（前年十二月七日没、贈左大臣）の百箇日に当たったため、その追善ともみなして修したというのです。後伏見院の命日は四月六日ですから、実は義詮のためであったとも言えます。天皇が将軍のための仏事を公的には催せないので、良基が考えた便法でしょう。

なお、道嗣はこの時、「禁中の御懺法、保元二年これを行はる、その後絶えて久し、後醍醐院の御代連年これを行はると云々」（『後深心院関白記』同年三月十日条）と記しています。後醍醐の代にのみ毎年に行ったというのが重要です。応安の懺法講を企画したのも良基であり、良基が後醍醐朝を一つの理想として儀礼の挙行・再興を進めたことを物語るものです。

義満参内の有様

酉の時ばかりにもやなりぬらんと覚え侍りしに、陣のほとりゆすりみちて、人の立ちこみたる事おびただし。「是はたが御参りぞ」とまたこの翁にたづぬれば、「あな事あたらしや、この御懺法結縁のために右大将殿（足利義満）参らせ給ふなり。かかる御勢ひは昔もいまだありがたき事にこそ。是を拝み奉らんこそ誠に老の思ひ出でにても侍りけれ」といへば、目をのごひて見奉る。この程は御仏事のため、別当殿（日野資教）の御宿《すく》所に立ちよらせ給ふにや。かねて内裏にさぶらふ公卿・殿上人ども数を尽くして二三十人ばかりまづ陣へ参り向かふ。御随身《みずいじん》ども、烏帽子に色々の狩衣着て、さきの声はなやかに追ひ散らして、いと面白し。前駈ども、また御太刀・沓の役人などにや、色々の狩衣着て、あまた召し具せらる。「あないみじや。かかる事も侍るか」と拝み奉る。等持院殿（足利尊氏）・宝篋院殿は、度々の世の乱れに御心をのみつくされ侍りしに、この将軍の御代になりては、五日の風枝を鳴さず、十日の雨つちくれをうがつ事なし。人をもらさぬ御めぐみ、〔八〕嶋の外、から国のみつぎを奉る程のこと事（ママ）になりぬれば、めでたさとも申すに及び侍らぬ事にや。殿上のほかよりのぼらせ給ふ。人々かしこまりていつき入れ奉るさま、いはん方なし。御直衣・御指貫の色あひことにはなやかに、御年のほど、御容儀、帯佩《たいはい》、げに近衛の大将など申したるに似あひたるやうにぞ見え奉りし。物の具着たる女房、台盤所の御簾もてあげ入れ奉る。内をばよくも見ぬ事なれば、いとゆかしくぞ覚え侍りし。准后（二条良基）おそく参らせ給ふとて、人々多く走りちがふ。戌の時ばかりに御参りあるにや。

そうこうするうち、右大将足利義満が内裏北隣の検非違使別当日野資教《すけのり》の邸から参内してきます。一応内々の儀ということなのでしょうが、実際はたいへんな威儀でした。誰の参内か、と訝しがる老尼に対し、「とものみやつこ」の翁は説明を始めます。

義満の代になって平和な時世が到来したと、義満の容貌や装束、進退までも言葉を尽くしてほめちぎっています。もちろん義満に後日読まれることを意識しての追従ですが、これまで説明した通り、将軍が参内することは宮廷にとって大きな事件でした。まして内裏で治天の君が主催する法会に将軍が参仕することは初めてのことでした。義満にはそういう資格があることをここでは強調したいのでしょう。

傍線部に「かねて内裏にさぶらふ公卿・殿上人ども数を尽くして二三十人ばかりまづ陣へ参り向かふ」とありますが、こういう敬意の払い方は、ありていにいえば主人に対してとる態度です。この時点で朝廷には既に将軍に対して臣従の礼をとる廷臣集団が形成されていたことが分かります。将軍と親しい廷臣といえば日野家が有名で、義満の正妻業子《なりこ》の弟である裏松《うらまつ》資康・日野資教はこの懺法講にも参仕していますが、武家に仕える公家をとくに武家家礼《ぶけかれい》といい、義満の時代には他にも広橋・万里小路・勧修寺など、本来は治天の君の手足として働く、名家《めいけ》出身の廷臣が武家に家礼をとりました。なお歌道家の二条家・冷泉家も武家家礼の家柄です。こうした家礼の関係をテコとして義満は実質的な朝廷支配を進めていきます。

ところで『迎陽記』の当日条には「右幕下（右大将の唐名）准后に御参、御共行《ともゆき》あるべきの由申さる、仍て御領状」とあります。共行は行道と同じです。この日には前もって義満が二条殿に参り、儀法の習礼を行ってから参内したことが分かります。良基が義満の参内を準備したものといわねばなりません。ここで二人の関係について、遡って詳しく説明しておきたいと思います。

「武家幕下」への期待

足利義満は義詮の男、延文三年（一三五八）の生で、良基よりは三十八も若いことになります。父が早世したため十歳で将軍職を継承し、管領細川頼之の庇護下に成長しましたが、永和四年三月二十四日、二十一歳で権大納言に任ぜられ、父祖の極官に達しましたが、さらに八月二十七日には右大将を兼ねました。

洞院公賢の孫で当時権中納言であった公定（『尊卑分脈《そんぴぶんみゃく》』の編者として有名）は、九月四日、三条公忠に「さても武家幕下《ばくか》の事、朝廷の繁花、末代の美談に候か、珍重の事に候」（『後愚昧記』）と言い送っています。

さて「武家幕下」といえば、ただちに源頼朝が想起されたはずです。『小島のすさみ』でも見たように（五七頁）、頼朝は公家にとっても武家の理想像で、文治・建久年間を聖代とみなす歴史観も既にあったようです。よく義満の公家化とか朝廷進出という事がいわれますが、後円融朝のあまりの零落ぶりに嫌気のさした公家たちが、頼朝の再来として義満に大きな期待をかけ、その出現を歓迎したという背景を知ることができます。

ところで公卿は官位が昇進すると、まず拝賀《はいが》・奏慶《そうけい》といった、就任披露のための儀式を行う必要があります。当時は窮乏のため省略することも多かったのですが、さすがに近衛大将ともなると、拝賀をしないわけにはいきません。幕府もそのための準備を進めるのですが、唯一の先例である頼朝の例も二百年も前のことで、将軍に拝賀の作法を教えられる人物を物色します。九月十六日、徳大寺実時《さねとき》は「又武家拝賀扶持の事、方々競望し候の由、承り及び候、已に洞院治定《ちぢやう》にて候と風聞し候、誠に今世にて名利相ひ兼ぬべく候か」と報じ（『後愚昧記』自筆本・永徳元年記紙背文書）、例の洞院公定に決定したと述べ、羨望を露わにします。義満の動向がいかに公家社会から注目を集めていたかが知られますが、ところが公定は何故かしりぞけられ、良基がその役に収まります。十月四日、三宝院光済の坊法身院《ほつしんいん》で義満は良基に初めて会い、拝賀作法を習い始めます。

その直後に興福寺の嗷訴が始まったので、十一月二十一日、拝賀はひとまず延引と決しましたが、良基はこの間に義満を宮廷の雰囲気に慣れさせるよう努めました。

右大将は行幸や節会で重要な役を演ずるので、朝廷においても目立って華やかな官で希望者が常に多かったのですが、逆にいえば、職務についての十分な知識がなければ勤められません。頼朝は在職わずか四日ですし、尊氏・義詮とも権大納言にはなりましたが、遂に右大将にはならなかったのも、その職務を果たす自信がなかったせいと考えられます。

良基は手始めとして正月七日の白馬節会《あおうまのせちえ》を義満に見物させ、また後円融天皇の御前の酒宴に招いています。この時の参内は記念すべき出来事でしたが（一七七頁参照）、義満は確実に感化され、康暦の政変や神木入洛などの混乱にもかかわらず、良基に伴われて四月二十八日・六月二日・六月十八日・七月二十五日と参内を重ねます。この頻度は父祖に比して隔世の感があります。

良基の姿勢は迎合・追従といってしまえばそれまでですが、若い将軍を公家文化に心酔させていくもので、もう少し積極的な意義を評価してよいように思うのです。

「大樹を扶持する人」

ところで公家として振る舞った武家には、平家一門の先蹤があります。清盛・重盛・宗盛の三人の大臣を輩出して時めいた平家の公卿も、朝儀や公事でしかるべき役を勤めることを免除されたわけではありません。そのため左大臣大炊御門経宗《おおいみかどつねむね》らに辞を低くして教えを請い、故実の学習に努めたのですが、公家日記で見る限り彼らの公卿としての評価は概して低く、あまり成功したとはいえないようです（松薗斉氏「武家平氏の公卿化について」九州史学118・119　平9・11）。

父祖を越えて昇進することはもちろん名誉ですが、「家」としてその官に任ぜられる伝統を持たなければ、むしろ憂鬱の原因となってしまいます。なぜなら儀式などで失態を指摘されて、せっかくの名誉を黷《けが》す結果に終わることがよくあるからです。まして公卿としてのノウハウを持たない武家が敢えて高官に昇るのを躊躇したのは当然でしょう。

さなきだに失錯がないかどうか、眼を光らせている朋輩に侮られないためには、彼らがその権威に服するような指導者に就くにしくはありません。故実に不案内な公卿を、高位の有職の公卿が指導する師弟関係を「扶持」と称したようです。それは朝儀での進退（公事故実）から、住居・衣服といったこまごました日常作法にわたっており、師範の説に「一事以上」（すべて）従うことが求められました。『後愚昧記』では良基を「大樹を扶持する人」（康暦元年四月二十八日条）と称していますが、そういうことです。

洞院公賢や三条公忠は公卿のうちに多くの弟子を持っていました。彼らの日記が厖大になるのも、門弟から寄せられる有職故実に関する質疑と自らの見解を記し、後日の参考としたためですが、良基もまた当時の権威であり、公賢や公忠が扶持する廷臣を強引に自分の教えに従わせたことがあります。故実の世界でも摂関家の説はやはり別格で、これを押し売りされれば、そちらに従わざるを得ません。良基はそういう実績を着々と積み上げ、故実家という名声を作り上げたのでした。門弟を奪われ面目をなくした公賢は「二条、この間諸人の所存に対《こた》へて、皆以て弟子と称して褒美す、その儀無き人の事は軽慢するなり」（『園太暦』延文四年十二月六日条）と悪口を書いていますが、公卿としての実績も知識もまるでない義満が、公定ではなく良基を選んだ理由はおそらく摂関家の説の持つ一種の不可侵性にあり、良基もまたそれを強調したのでしょう。ただ義満に才能がなく失錯を犯せば、逆に良基が物笑いの種となりますが、義満は良基の期待によく答えたようで、右大将の拝賀も滞りなく遂げています。

『雲井の御法』によれば、義満は参内時に直衣・指貫を着用したとあります。直衣は束帯や衣冠に比して略装で、こういう姿で参内するのは大臣や大将の特権なのですが、それには直衣始という儀式を行わなければなりません。これもこの年正月十九日に済ませています。尊氏や義詮は権大納言に任官しても、拝賀さえ行おうとしなかったのですから（つまり彼らは公家として振る舞う必要をまるで感じていなかったのです）、良基の教育が順調に効果を挙げていることが知られます。

ところで『後深心院関白記』康暦元年八月二十五日条によれば、義満が良基の関白還補《げんぽ》を執奏しています。ところが後円融天皇は武家執奏をはねつけ、良基の次男左大臣師嗣《もろつぎ》を関白としました。良基は永和二年に准三后の待遇を与えられており、既に准三后となった人が摂関になるのはおかしいとの理由ですが、早くも後円融天皇には良基と義満が癒着するのを警戒する気持ちが働いたためと思えます。

道場の室礼

義満についての話が長くなりましたが、再び法華懺法講の方に戻ります。

やうやう夜ふくる程に、道場の方へめぐりてみれば、議定所《ぎじようしよ》八間をとりはらひて御室礼《しつらい》あり。母屋の簾を垂れ、庇の御簾《ぎよれん》を巻きて、幡《はた》・華鬘《けまん》をかけまはしたり。北の方の御簾の内に御座を儲けらる。母屋の御簾にそへて畳を敷きて公卿の座とす。南の方に同じき畳を敷きて僧達の座とす。東の簀子に堂上の楽人の座を敷く。その前の庭に仮庇をさして地下の伶人の座とす。梅の匂ひも、御簾のうちのかほりも、ひとつに吹き送りたる追風も身にしむ心ちぞし侍りし。かの仏の御国のかざりもかくこそはと、ことにたうとく身の毛もよだつばかりぞ覚え侍りし。

刻限到りぬれば御簾の内に出御あり。准后・右大将殿、北の方横座に着かせ給ふ。藤中納言資康（裏松）卿、前別当資教（日野）卿西の方の座に着く。道場せばければ、中々人数なども召されぬにや。良憲僧正・長聖法印・房淳法印・良寿僧都・教円僧都・心兼僧都各々座に着く。

ここで老尼は懺法講の道場となる議定所を見物します。『迎陽記』に「先づ准后道場に御出、御装束の躰御覧ぜらる」とあり、良基自身の行動であることが分かります。道場の室礼は、応安元年の法華懺法講とほぼ同じと考えられますのでその時の記録（『仲光卿記』）をもとに次頁にだいたいの指図を作成しておきます。

北朝は土御門東洞院にあった土御門殿を内裏としており、これが現在の京都御所の源流ですが、藤田勝也氏「南北朝時代の土御門東洞院内裏について」（日本建築学会計画系論文集540　平13・2）による

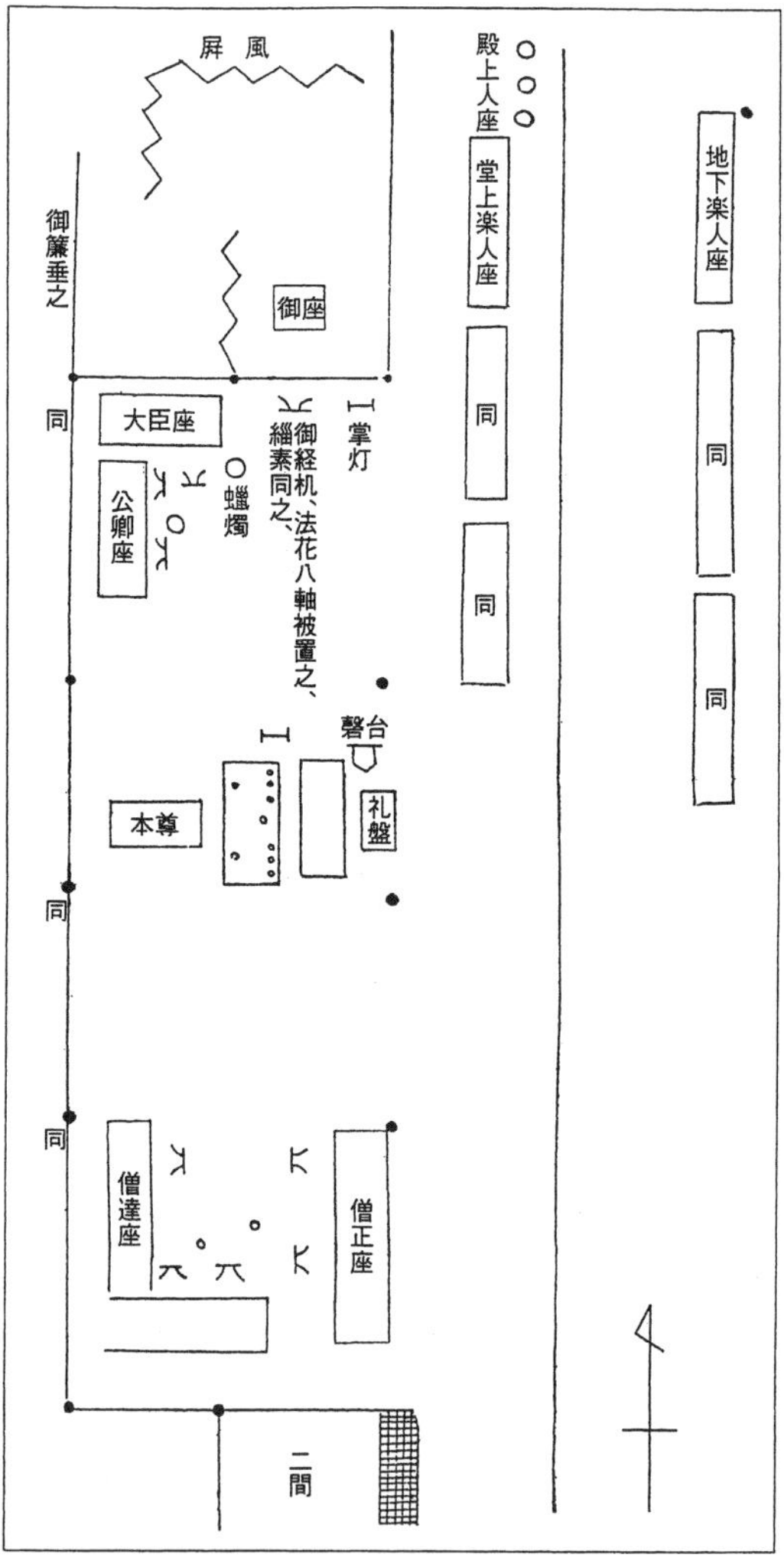

議定所指図
(『仲光卿記』応安元年3月16日条より作成)

と、寝殿を紫宸殿《ししんでん》・清涼殿に充てていた程手狭で、議定所は寝殿の東北角、八区画を占めていました。ここは政務運営の場であるとともに、作文や歌会も開かれ、また東側の庭はかなり広く、蹴鞠の懸《かかり》がありました。藤田氏は議定所を「ハレとケの中間的な空間、あるいはハレでもケでもない空間として存した」とされ、室町期の住宅に特徴的な、遊戯芸能を行うための部屋、所謂会所《かいしょ》に通ずるものと見ていますが、行事の時にはいつも見物人が東庭に蝟集したらしく、たしかに宮廷が外界と接する場所として機能していたといえます。「庇の御簾を巻きて」とあるのは東庭に向けて議定所を開放したことです。「幡・華鬘」とはともに仏殿の内陣を飾る仏具のことで、後者は団扇形の金属板で作り、花鳥・天女などの文様を透かし彫りにして、鈴や瓔珞《ようらく》を垂らしたもの。「かの仏の御国のかざり」とは、新年の紫の上の住居の様を描いた『源氏物語』初音巻「春の殿の御前、とり分きて、梅の香も御簾の内の匂ひに吹き紛ひて、生ける仏の御国とおぼゆ」を踏まえています。『雲井の御法』ではっきりと『源氏物語』を意識したことが指摘できるのはこの箇所くらいですが、注意されます。

この懺法講には六名の僧侶が式衆として参仕していますが、園城寺の房淳《ぼうじゅん》を除くと、いずれも延暦寺の僧です。このうち良憲《りょうけん》は唱導で有名な澄憲《ちょうけん》の子孫で、安居《あぐい》院流を継承して活躍した、ほとんど最後期の僧です。この後すぐ、室町中期には梶井《かじい》門跡（三千院）の僧が独占的に勤めるようになり、現在も大原三千院の御《お》懺法講にその伝統が継承されています。

初日の出来事

懺法講が始まったのは『迎陽記』によると深夜子刻で、蔵人頭中山親雅《ちかまさ》が天皇の前の御簾を半分くらい挙げると、楽人が音取《ねとり》（チューニング）を始めます。そして後円融・良基・義満・日野兄弟、僧たちの前に、殿上人が葩《はなびら》を入れた花筥《けこ》（図版参照）を置きます。以下に声明懺法の次第が記されます。

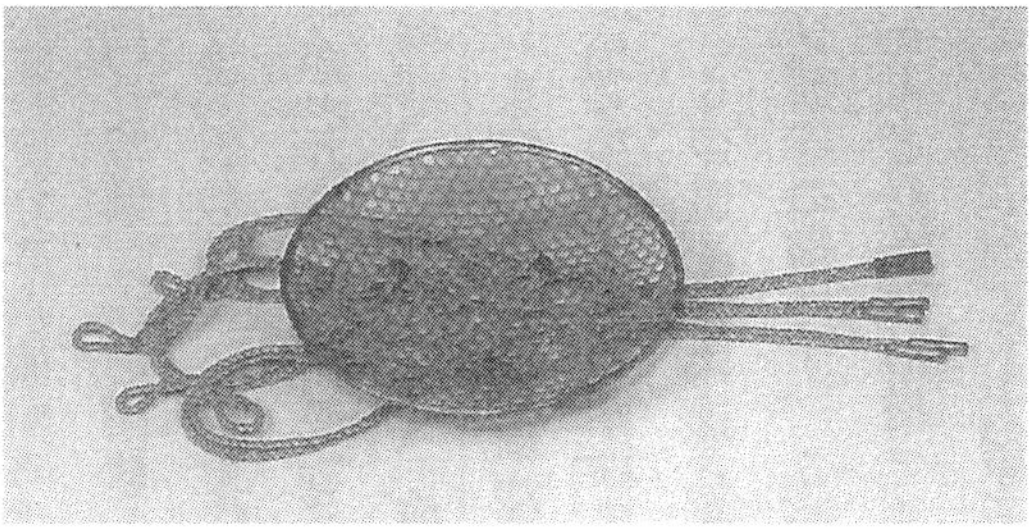

花筥（三千院蔵、便利堂刊『三千院の名宝展』より）

あとに掲げる次第と対照できるように番号と傍線を附しました。

次に惣礼[1]の楽は宗明楽《そうめいらく》なり。次に僧伽陀《かだ》を出だす。いと面白し。次に昇楽《のぼりがく》、採桑老《さいしやうらう》なり。次にまた伽陀あり。調声《てうしやう》良憲僧正礼盤《らいばん》にのぼりて三宝礼[2]あり。楽万秋楽《まんじうらく》の序なり。敬礼段[4]には准后・右大将殿以下御礼拝あり。次に又楽。万秋楽破。六根段[5]は二段づつに楽一、伽陀一なり。蘇合《そかう》三帖、同破急、白柱《はくちゆう》。付物《つけもの》どもの声たうたく、涙もさらにとどまらず。四悔[6]の楽、輪台《りんだい》・青海波《せいがいは》なり。次に伽陀。次に行道あり。准后座を起ち給ひて御簾をかかげさせ給ふ。主上御さげ直衣、緋《あけ》の御大口《おほくち》、いとはなやかに、かかる御事も侍るかとありがたく拝み奉る。花筥御数珠を持たせ給ひて、経段[7]あそばさる。いと忝なき御ことなり。准后・右大将殿・藤中納言・別当みな花筥をもちて僧にまじりて行道し給ふ。御門・時の将軍、かやうに行道せさせ給ふ事、昔もためしすくなき事な〔れば〕、いかに本尊の御納受も侍らんとたふたく拝み奉る。その後みな本座にかへらせ給ふ。また下楽《おりがく》は竹林楽《ちくりんらく》なり。廻向[12]の後の楽千秋楽《せんしうらく》なり。伽陀などはいたく聞きしらぬ事にて侍れば、詳しく記し侍らず。

事はてぬれば、各々座を立つ。右大将殿は常の御所へ召されて参り給ふ。御酒の御かはらけ度々めぐりて夜もあけがたになりぬ。典侍《すけ》・内侍、色々の衣ども御垣の梅桜にまがひて、春のあけぼのの雲井の気色、思ひやり奉るもいとめでたく面白し。夜もあけ侍りしかば、また明日参らむも道の程遠ければ、かのとのもりの翁のやどりを尋ねて、こよひはとどまり侍るなり。

唱誦される経文のことを伽陀といいます（伽陀 gatha の原意は謡うことで、偈頌《げじゅ》・諷誦《ふうじゅ》とも訳します）。また調声は法会の導師ですが、伽陀を最初に独唱し人々はその音位に従って合唱するので、最も重要な役です。さて声明懺法の構成はほぼ以下の通りです。

(1)惣礼《そうらい》伽陀　「我此道場如帝珠。十方三宝影現中。我身影現三宝前。頭面接足帰命礼」との伽陀を呉音で唱える。

(2)三宝礼《さんぽうらい》　「一心敬礼十方一切常住仏（・法・僧）」との伽陀を唱え本尊を礼拝する。

(3)供養文　調声が香華を諸仏菩薩に奉り供養する旨の文を独唱する。

(4)敬礼段《けいらいたん》　奉請した諸仏菩薩を「一心敬礼〜」と唱名して礼拝する。

(5)六根段《ろっこんたん》　眼・耳・鼻・舌・身・意の六根について法文を読誦して懺悔する。

(6)四悔《しけ》　勧請・随喜・回向・発願の四段の伽陀を唱誦する。

(7)経段《きょうたん》　『法華経』安楽行品の冒頭を唱誦しながら、僧衆と参列者が本尊の周りを巡りながら散華行道する。一六六頁図版参照。

(8)十方念仏《じっぽうねんぶつ》「南無十方仏（法・僧・釈迦牟尼仏）」との伽陀を唱誦しながら、散華行道する。
(9)後唄《こうばい》「処世界如虚空、如蓮華不着水、心清浄超於彼、稽首礼無上尊」との伽陀を唱誦し、
本尊を讃歎し礼拝する。
(10)三礼「一切恭敬、自帰依仏（法・僧）…」との偈を唱え重ねて三宝を礼する。
(11)七仏通戒偈《しちぶつつうかいげ》「願諸衆生、諸悪莫作、諸善奉行、自浄其意、是諸仏教、和南聖衆」という、過去
七仏が共通して受持したとの偈を唱える。
(12)廻向《えこう》伽陀「願以此功徳、普及於一切、我等与衆生、皆共成仏道」との伽陀を呉音で誦す。

懺法講では雅楽の伴奏ないし間奏が入るのが特色で、たとえば(1)と(2)の間では、調声が本尊の正面の礼盤に昇る時に採桑老が演奏されます。(4)では附随音楽として万秋楽破があり、また(5)では二根が終わるごとに伽陀が唱えられ、蘇合三帖・同破急・白柱の三曲が演奏されます。なお「付物」は、管楽器（笙・篳篥・笛）が声明旋律を伴奏することです。

さて、人々が本尊の周りを巡りながら経文を唱誦し散華行道する、(7)経段、(8)十方念仏が懺法講の最大の見所であり、法華八講における薪の行道にも匹敵するものでしょう。老尼に「主上御さげ直衣（御引直衣と同じ）、緋の御大口（大口袴のこと）、いとはなやかに、かかる御事も侍るか」といわせていますが、実際に見物人が治天の君の所作を目にした時の反応を代弁させ、懺法に立ち会った臨場感を伝えようとしています。さらに「御門・時の将軍、かやうに行道せさせ給ふ事、昔もためしすくなき」とあるのが、

おそらく最も強調したかった点でしょう。他は「伽陀などはいたく聞きしらぬ事にて侍れば、詳しく記し侍らず」といかにもそっけなく、また『迎陽記』では記されている、⑻十方念仏、⑾七仏通戒偈などの記述さえ略されています。

良基は仏教には関心を抱かなかったのですが（この時代としては珍しく生涯出家しませんでした）、それでも「次に僧伽陀を出だす。いと面白し」と述べていることからすれば、懺法の聴覚的な美しさに惹かれるところが大いにあったのではないかと想像されます。後白河院が初めて内裏で懺法を行ったとされるのも、院の今様好きと大いに関係があるはずです。

良基の連歌論は、藤原俊成の歌論の影響を受け、詠吟した時に句の続け柄から生ずる雰囲気、つまり「かかり」を重視したことが有名ですが、実際にこの時代の声明口伝書から影響を受けていることが指摘されています（岸田依子氏「連歌と法会―結界・声明・回向」井上宗雄氏編『中世和歌　資料と論考』明治書院　平4・10）。これも良基が声調美に対し敏感であったことを証明します。法華懺法にも詳しかったのでしょうし、浄土宗の如法念仏《にょほうねんぶつ》において唱誦される「法事讃《ほうじさん》」（「転経行道願往生浄土法事讃」、唐の善導《ぜんどう》作とされる）にも強い関心を持っています。法事讃もこの時代に大流行するのですが、良基は「御数奇」で十八歳から学んだこと、また義満にも稽古を勧めて一緒に唱っていたことが『吉田家日次記』応永九年（一四〇二）七月二十二日条に見えます。

後水尾天皇（御さげ直衣）

衣かづき

元和５年（1619）８月、後陽成院３回忌内裏法華懺法講の図
（寛永寺蔵『東叡山開山慈眼大師縁起』より）

懺法講の魅力

義満を公家文化に対して開眼させたのが良基であったとして、そのことは朝廷進出という政治的な意図と関係して論じられることが多いのですが、和歌や漢学などの学問、あるいは猿楽、連歌、立花、香聞《こうぎき》などの遊芸の記録がこの頃の良基と義満との交流のうちに見出だせ、周辺の公・武・僧を巻き込みながら白熱していくことも重要です。たとえば少年時代の世阿弥に対する庇護一つとっても分かるように、中世文化史に大きな問題を投げかけているわけで、二条殿の文化圏はやがて義満の文化圏に包摂され、北山文化を担う核となっていきます。

美術史家の吉村貞司氏は、義満の美と権力との関係における良基の影響を早くに看破されており、たびたび言及しています。たとえば「義満がもっとも必要としていた朝廷の有職故実についての最高権威であり、教養の広さとゆたかさ、またそれを〈あそび〉としてたのしませることにかけて、魔力に近いものをもっていた。義満は彼に心酔した。二十代の前半において、良基は彼において絶対となる」（『黄金の塔』思索社　昭52・8）と述べています。

たしかに良基は若い将軍に対して、朝廷の儀礼を、吉村氏の言葉を借りれば、高度な「あそび」として示しているようなところがあります。故実に不慣れな義満にもその雰囲気を楽しませ、自然に公家の世界へと誘導していくのです。『雲井の御法』も、そういう良基の意図に沿って書かれ、義満を満足させる仕掛けが随所に施されています。おそるおそる内裏を見物し、いつしか奥深く入り込んでいく老尼は、義満の心理に重ねられていることも注意しておく必要があります。

まもなく義満は熱心に朝儀に参仕するようになり、故実に練達した公家でも難しいとされる節会の内弁《ないべん》（進行役）を好んで勤め、それは生涯に十九度に及んだというのです（『福照院《ふくじよういん》関白記』応永十年十一月十五日条）。このことは義満が廟堂に君臨する資質の持ち主であることを見せつけたのですが、義満自身が朝儀を主催し、その雰囲気に身を置くことを余裕をもって楽しんでいたのではないかと想像させます。

こういう「あそび」の精神は、これまでの武家には理解の外にあることでした。武家は先天的に公家文化に対する憧憬を抱く一方で、気後れや警戒感も根強く、足利義詮や細川頼之は、良基の熱心な慫慂にもかかわらず、遂に公家社会に身を置くことはありませんでした。

さて、この頃の義満が最も熱中していたのは音楽でした。康暦元年に笙を習い始め、その年のうちに蘇合や万秋楽といった難曲を伝授されるまでになっています（坂本麻実子氏「足利義満と笙」小島美子・藤井知昭氏編『日本の音の文化』第一書房　平6・6）。この年十二月二日には、亡父義詮のために等持寺において法華懺法講を催し、自ら笙を吹いているのです（『迎陽記』）。懺法講では雅楽の主要曲が次々に演奏されますから、むしろ楽会の一種と受け取られていたのではないかと思えます（『雲井の御法』の記述もそうした関心に沿ったものです）。良基が義満の音楽に対する関心をとらえ、内裏での懺法講を企画したことも十分に推測されるのです。

面白いことに、もともと音感のよかった義満は懺法の魅力にとりつかれたらしく、その後、室町殿でしばしば懺法講を催しています。永徳三年（一三八三）には秋の彼岸の七日間を充てて、以後二季の彼岸ごとに修したようです（『吉田家日次記』）。また北山殿には懺法堂という堂舎を建立しています。応永十三年二月、内裏で行われた懺法講では、自ら調声の役を勤めています。「今日北山殿御調声唱〔声〕明、と云々、殊勝々々」（『教言《のりとき》卿記』）というのは、あながち追従でもないのでしょう。

第三節　『雲井の御法』を読む（二）

第四日（中日）の出来事

同（二月）二日。中日にてことに引きつくろはるべき由聞えしかば、朝より衣かづき、物見の者ども、百敷のうち所無きまで参り集まりたり。この尼も立ち出でて見侍りしに、申時ばかりに右大将殿参り給ふ。その有様、美々しくめでたく見えさせ給ふ。御共の役人など、狩衣も色かへて、今日はことに面白し。公卿・殿上人ども陣の外に出でて迎へ奉る、一日《ひとひ》のごとし。准后は直廬〔に〕御祇候せさせ給ふとぞ承り侍し。刻限になりぬれば、堂上堂下、人の座敷も無きまで争ひ参りたる衣かづき、是も又見所あるさまなり。

出御ありて人々着座。親雅朝臣御簾を巻く。今日は黄鐘調《わうじきてう》の調子を吹き出だす。散花の人数、親雅朝臣・経（勧修寺）重朝臣・秀長朝臣・顕（白川）英朝臣・公（裏辻）仲朝臣・実（洞院）信朝臣・宗（鷹司）春朝臣・秀（季）尹（月輪）朝臣・為（冷泉）尹朝臣等なり。惣礼の楽、桃李花破《たうりくわのは》。次に伽陀。又昇楽、蓮花楽《れんげらく》なり。三宝礼の楽、喜春楽《きしゆんらく》の序。伽陀又さきの如し。敬礼段、人々御礼拝ありて、楽、喜春楽の破。又伽陀例のごとし。六根段の楽は央宮楽《やうぐらく》・河南浦《かなんふ》・平蛮楽《へいばんらく》也。四悔の楽、海青楽《かいせいらく》。次に行道あり。准后御簾にさぶらひ給ふ。出御あり。行道の儀式はじめのごとし。右（左）衛門佐義将朝臣、諸大名、門々をかため、夜な夜な庭上辺に警護のため参候し侍るにや。散花の葩、女房どもの奪《ば》ひあひたるもいとをかし。下楽、拾翠楽《じすいらく》の急。廻向の楽、鳥急《とりのきふ》なり。堂上堂下の楽人、初日におなじ。但し、帥（正親町三条実音）・今出河（実直）大納言参らず。大炊御門（宗実）中納言笛に参る。簾中の箏、右衛門督局・加賀局・今参局三人あり。

この日の次第は初日とほぼ同じですから、省略するとして、「朝より衣かづき、物見の者ども、百敷のうち所無きまで参り集まりたり」とあります。おそらく雅楽があることを知ってでしょう、とりわけ多くの見物人が集まったのです。刻限になると、堂上（議定所の南北に儲けられた聴聞所や東庇でしょう）も堂下（東庭）も、身動きできない程ぎっしりと「衣かづき」が群参しました。老尼もその中にいたという設定です。

さて「衣かづき」とは、女性の衣を頭よりすっぽりとかぶったスタイル、またはそういう姿の人間のことをいいます（一六六頁の図は江戸初期の御懺法講の様子を描いたものですが、庇にはたしかに熱心に見物する「衣かづき」の一群が描かれています）。天皇あるいは廷臣と同じ空間に、こういう見物人が入り込むことは、朝廷の権威が失墜した証拠と受け取られるかも知れません。

しかし、たとえば既に鎌倉時代において「仏名《ぶつみやう》・弓場始《ゆばはじめ》、衣を蒙きたる女、五節《ごせち》の如く群集す〈諸公事皆かくの如しと云々〉」（『明月記《めいげつき》』寛喜元年〔一二二九〕十二月二十一日条）という証言によれば、地味な公事とされていた仏名でさえ、多数の「衣かづき」を集めたわけで（まして五節舞姫が参内する帳《ちょう》台試《だいのこころみ》が人気を集めたのはよく分かります）、朝廷の儀礼や行事に対する、人々の関心がいかに高かったかを認めるべきと思います。こうした見物人の存在は当時半ば公認されていたことになるでしょう。むしろ、都市の住民である彼らの視線を意識して朝儀が行われていたと考えるべきかも知れません。中世の公家政治家はことごとく朝儀の再興というスローガンを掲げ、後鳥羽院・後醍醐天皇、そして良基もその一人ですが、その努力を政治の実権を奪われた公家による、時代錯誤あるいは自己満足的な試みと嗤うことはできないのです。

良基の仮名日記が老翁や老尼など本来朝廷とは全く無縁の存在を語り手として登場させたのも、半ばはそこに係ります。貞治二年五月、後光厳天皇の初度の内裏晴儀蹴鞠の模様を記した『衣かづきの日記』は、内裏に蝟集した「衣かづき」の視点に託し、戦乱の隙をついて辛うじて行われた晴儀蹴鞠の様子を、宮廷行事のうちで最大のエンターテイメントとして描き出しています（拙稿「二条良基と蹴鞠―『衣かづきの日記』を中心に」室町時代研究1　平14・12）。

「衣かづき」の視線

もう少し「衣かづき」の話を続けますと、この懺法講の中日には、仏事にはそぐわない物騒な事件が起きています。

さても今夜、大法師の、下に腹巻着て、刀あまたさして、衣かづきやうに小袖を上にかづきて、南庭より高欄に手をかけて昇りけるを、右(左)衛門佐の舎弟伊与守義種(斯波)見あひ、直に搦め取りて、門前にて若党を召して、忍びやかにわたす。後にかかる事をひそめきだちて、猶余党などを捜されしにや。この伊与守は、武勇の名を得たる人にて、かやうに心はやく搦められける。いとめでたしとぞ諸人感じ申し侍るに、将軍も神妙の由仰せられ侍りしなり。

この夜、「衣かづき」の格好で寝殿に侵入しようとした大法師がいましたが、管領斯波義将の弟、義種《よしたね》に発見され、ただちに捕縛されます。犯人の正体には言葉を濁していますが、『迎陽記』は「事の様、青蓮院宮《しやうれんゐんのみや》の御承仕《ごじようじ》と云々」と、青蓮院宮(入道尊道《そんどう》親王)の承仕という説を載せています。この大法師が懺法講を妨害しようとした意図は明らかですが、こういう事件が起きるのは「衣かづき」が儀式の時にはいつも内裏の奥まで入り込んで来ていた証ともいえます。

『徒然草』第七十段に、大嘗会の清暑堂御遊《せいしよどうぎよゆう》で、菊亭大臣(今出川兼季《かねすえ》)の琵琶の柱《じゆう》を外して、大臣の演奏を妨害しようとした「衣かづき」のことが記されています。壊れた楽器を前に少しも騒がず、「そくひ」(飯で作る糊)で修繕して急場を切り抜けた大臣の沈着さが、この短い段の眼目なのでしょうが、兼好は「いかなる意趣かありけん、物見ける衣かづきの、寄りて放ちて、もとのやうに置きたりけるとぞ」と結んでいます。衣の下は必ずしも女性であったとは限らないわけで、衆目のもとこういう大胆な行動に出られた「衣かづき」の正体が気になります。

後光厳院の代ですが、こんな逸話があります。西園寺実俊が内裏で右大将拝賀を行った際に「男、女の姿を作りて見物の間、番衆これを捕ふ」という騒動が起きました。この不審者は実俊の叔父で、家督を争っていた前内大臣公重《きんしげ》であったといいます（『後愚昧記』康安元年二月二十四日条）。実俊の母日野名子《めいし》の『竹むきが記』を読んだ方ならばよくご存じでしょうが、かねて実俊に敵意を抱く公重が衣かづきの姿になって内裏の奥深くへ入り込み、警護の衆に見破られるという情景が想像できます。『徒然草』第七十段の「衣かづき」の正体もこれに類したものではなかったのでしょうか。筧雅博氏が「衣を被くことは、自らの存在を消す意志表示であり、ひとたび被衣《かつぎ》姿となれば、秩序や規範あるいは禁忌の枠を越えられる、という観念がひろく受容せられていたのであろう」（「公家政権と京都」『岩波講座日本通史第8巻　中世2』岩波書店　平6・3）と述べられるように、「衣かづき」、あるいは「裹頭《かとう》」（僧侶の頭を袈裟などで包み眼だけを覗かせた、一種の覆面姿）となることで、本来ならばその場にいるべきではない人物が儀式に立ち会う通路を得たのです。

たしかに「見聞の裹頭、あやしの衣かづきに至るまで、一条の辺り二条の辺りなどさながら布を引きたるが如し」（『わくらばの御法』）などと、この頃の仮名日記には晴の儀式の目撃者として「衣かづき」と「裏頭」がしばしば登場しています。『雲井の御法』の主人公である「老尼」もまた頭に衣をかづいていたでしょう。老尼は、いってみれば宮廷から身分的にも空間的にも遠くにいる存在であるとともに、これから宮中に入り込み、今度の懺法講を目撃することができる、あるいは相応しい存在として出されたといえます。

第七日（結願日）の出来事

同五日。今日は結願なり。ことに引きつくろはる。申の時に右大将殿参らせ給ふ。常の御所にて例の御かはらけたびたびめぐる。今日は大将殿葩を奉らせ給ふ。金銀の葩、そのほか絵の葩二三百枚、心もこと葉もおよばぬ事にこそ。薄様を敷きてうちみだれの筥に盛らる。昔よりいまだ金の葩といふものはさらになきにや。応安には銀の伏〔覆〕輪などは見及び侍りし。建武にはかざり花びらとて、葩にて馬・車を作り、いろいろの物の形をし侍りし。中宮・女御などの御方より参らせ給ひたりしなり。さしも一統の時分にて侍りしかども、銀金の花びらはつゐに見及び侍らず。いと目を驚かしたる事なり。まづこの程は御懺法に祗候したる人々にわかちたまふ。准后・大将殿・万里小路中納言（嗣房）〈これは御懺法にはまじらず〉・藤中納言・別当などなり。その後、左衛門佐義将朝臣を簀子に召されて御盃を出ださる。別当酌を取りて御前にて是を給ひてやがて持ちて出づ。時にとりたる面目にてぞ侍りし。

結願日は、初日・中日とは違い、朝座に早懺法、夕座に声明懺法が行われ、天皇以下は夕座で行道したものと見られます。

法会で使う葩は、諸門跡・摂家・武家などの権門がおのおのの経済力に応じた枚数を調進したようです。結願日は義満が献上したことを記し、金の葩などかつて見たことがない、後醍醐の代には「かざり花びら」を中宮や女御がめいめい献上していたし、「銀の覆輪」（銀で縁取りした葩）ならば、応安の法華懺法で見たが、とその豪奢さに眼を見張ります。これまでの法華八講の記録でも、決まって捧物の意匠を特筆するのですが、ちょうどそれに対応するのでしょう。

なお「葩にて馬・車を作り」とありますが、これは葩を納める器のことと思われます。『後深心院関白記』応安元年三月十日条の「葩を内裏に進らす、唐車を造りて白牛を懸く、車中に《柳筥に置く》葩を納む、車の上の軒は取り放つ様に造る、大白牛車《だいびやくごしや》の心なり〈栂尾《とがのを》の細工これを造る〉」という記事が参考となります。『法華経』譬喩品《ひゆぼん》第三、「爾《その》時長者、各賜《フ》二諸子《ニ》、等一《ノ》大車《ヲ》一、（中略）安二置《シ》丹枕《ヲ》一、駕《スルニ》以《テセリ》二白牛《ヲ》一」という句による細工で、権門が贅を凝らして献上したことが分かります。

それから斯波義将がこの日の酒宴に召され、天盃を賜ったことが見えています。良基と義満を中心に資康、資教、万里小路嗣房を加えた面々のうちに管領を招待することは、義将もまた義満の公家化の方針を承認し、自身も朝廷に取り込まれている姿を意味します。義将は高経の子であるため、公家に冷淡であったといわれるのですが、むしろ義満に劣らず公家文化に理解を示した人物であったようです。なお、義将は恐懼の意を示し即座に一万疋を献上したとあります（『迎陽記』『後深心院関白記』）。

酒宴と天盃

室町時代の公家日記を読んでいると、公家も武家も何かといえば酒を飲んでいたように見えます。応永二十七年（一四二〇）に成立した『海人藻芥《あまのもくず》』という故実書に「後光厳院御愛酒ニテ御座ケル程ニ、常ニ御酒宴有リテ数献ニ及ブト云々、ソノ御代ヨリ献数加増シテ或ハ五献七献九献マデキコシメサレタリ」とあり、そういう大酒の風潮はこの頃に始まるらしく、下戸の人はどうしたのかと心配になりますが、たとえ座は乱酒といっても、誰が誰の盃を賜ったとか、あるいは酌をした、というようなことが記録には詳しく見えているのが常です。

いうまでもなく、饗宴や接待は、同じ社会層における協力・従属・支配の人間関係を反映し確認する、社会的な意義を持つものですが、これは室町の宮廷ではなおさらそうでした。

将軍が参内する時、決まって酒宴や盃酌のことがクローズ・アップされるのもそのためといってよいのです。『雲井の御法』でも毎晩義満を交えて天皇の御前で酒宴があったことが記されています。こうした場合に良基は義満がとるべき作法をいつも定めていたようなのです。幸いなことにその一つが、『迎陽記』康暦元年正月五日条に写し取られていますので、ここで原文通りに紹介しておきましょう。

明日の内々の事は何とも何とも一向御はからひ候べきよし、昨日内裏より申され候、めでたく候、御心やすくおぼしめし候べく候、

一、御ざしきは御学問所とて人もみ候はぬ内にて候べく候、
一、御ざしきは主上よこざまに御座候べく候、准后おくの方に御着座候べく候、そのむかひにこの内のやうに御着座候べく候、関白も祗候候まじきやうに内裏より申され候、万一しこうせられ候とも、准后の御下に着座候べく候、左府の祗候候とも、同前にて候べく候、御上には着座の人候まじく候、
一、御盃は主上准后両盃にて候べく候、主上の御盃をばぢきにまいらせられ候べく候、准后の御盃をば又左府などへまいらせられ候べく候、只准后一人着座候はば、この内のしきも子細無く候、但天盃を御給はり候はば、めでたく候よし内々申され候べく候、
一、主上の御盃を御給之時は、はじめはちと御動座候て、きこしめし候べく候、

これは酒宴における具体的な作法として興味深く、また良基が義満にどんなことを教え込んだのかもよく分かります。仮名書きであることもありますが、成人した将軍に贈ったとは思えない程に懇切きわまるものです。

順に見てみましょう。明日のことは勅命ですべて准后（良基）が取り計らうことになったから安心なさい。会場は御学問所といって人目の届かないところである。座敷では主上は横座に着くので、その向かい側に座りなさい、関白（九条忠基）は呼んでいないし、万一現れたとしても自分の下座に着かせる、左府（二条師嗣）も下に着かせる、だから、あなたの上座には誰もいない。酒宴では主上と

私が盃を下すはずである。主上の盃を頂戴する時は、祝着の意を示し、はじめは少し座から動いて、恐悦の意を示しなさい、などと。

この時も「内々」の酒宴でした。しかし、義満にとっては、内裏での酒宴はさように緊張を強いられるものでした。後の傲慢な暴君のイメージとは随分かけ離れていますが、良基は義満の気後れを取り除くため最大限の配慮を示したことになります。

良基の書いた台本通り、義満と後円融天皇は直接に対面し、天盃を義満が頂戴することになります。当日の『後愚昧記』を見ますと、

三献の時、主上の御盃大樹に給ふと云々、大樹又いまだ献ぜざるの時、主上の御酌を取ると云々、かくの如きの例、未だ聞かず、准后幷びに三宝院僧正(光済)・二品尼(日野宣子)等媒介か、公家武家始まるの後、未だかくの如き例を聞かざる者なり。

と、三条公忠は御前での酒宴の様子に非常な衝撃を受けたことが分かります。「公家武家始まるの後、未だかくの如き例を聞かざる者なり」というのは、事の真相をとらえていたといってよいでしょう。同じ年四月二十八日には義満を招いて内裏の泉殿で酒宴があり、これを記念して、良基は『右大将義満参内饗讌《きょうえん》仮名記』を著しています。

『小島のすさみ』をはじめ良基の仮名日記は将軍参内記としての性格を持つことを繰り返し述べてきました。義満が内裏の酒宴に交わるということを記すのは、同じ共同体の一員に招き入れられるこ

とを記すものであり、そして上位者の盃を賜りその場でこれを飲むということは、その共同体の中で、盃を賜った相手の高恩を謝してこれに服する、という関係を象徴します。仮名日記はこうした人間関係の成立を証明し確認するために書かれたといっても過言ではないでしょう。

室町期の他の仮名日記では、将軍が天盃を賜るところがしばしば大書されています。良基の『さかゆく花』は、永徳元年三月、後円融天皇が室町殿に行幸した時の仮名記ですが、「行幸天盃の旧格」という副題を持っており、明らかに後円融天皇がホストである義満に「天盃」を賜る儀式を頂点としていたことが分かります。それから三十年後、一条経嗣の『北山殿行幸記』でも、同じく義満の北山殿に行幸した後小松《ごこまつ》天皇が、義満晩年の愛児義嗣《よしつぐ》に天盃を賜る場面が印象的に描き出されます。仮名日記は単に有職故実的な関心ではなく、おのおの時代の公武関係を映し出し、規定していくものであったといえるでしょう。

良基の自賛

たまさかの御願七日、ことゆゑなく結願せられぬる事、いとめでたし。この度はひとへに右大将殿の御沙汰にてありし程にや、さきざきの御儀法よりはことのほかに面白く、目を驚かす事のみ侍りしなり。

夜は内々御酒の御遊、いとたぐひまれなる御しきとぞ、伝へ承り侍りし。

さても宸筆の御八講あるべきにて、南都へたびたび仰せられしかども、衆徒堅く僧綱ならびに氏の公卿を抑留して嗷訴に及ぶ。異姓の公卿ばかりにて行なはるべしと沙汰〔ありし〕を准后申しとどめさせ給ふにや。大方、春日明神は法相擁護《おうご》のため三笠山に跡を垂れ給ふ。折節在洛の時分、かの一宗を棄てて氏の輩召し加へられん事、神慮もいかがと申され侍りしゆゑにや、内々の御懺法に成りて侍るとぞ。是は世のため〔に〕も宗のため〔に〕もかたがためでたきことにて侍るとぞ都人申しあひ侍りし。

儀式が盛況のうちに終了したことを報告するのは仮名日記の約束事ですが、「この度はひとへに右大将殿の申御沙汰にて」とするのは、第二講でも述べた通り、武家の経済的援助のもとにこの懺法講が挙行されたことを意味します。

その額は、十万疋（一千貫）であったと伝えられています（『建内記《けんないき》』永享十一年〔一四三九〕十月二十日条）。かりに米価を介して現在の物価に単純に換算すれば、一億円くらいの感覚でしょうか。そのほとんどが内裏懺法講の費用に充てられたはずで、金銀の葩をまき散らすことなど、何でもなかったことでしょう。義満の参加を得たことで、この懺法講は「内々」といいながら、疑いなくこれまでのいかなる先皇のための周忌法会をも凌駕する、盛大なものとなったのでした。

ここでは良基が後円融天皇に宸筆法華八講を断念させ、懺法講へ変更した経緯が明かされています。あくまで氏社の側に立って行動した旨を強調し、自らの配慮を自画自賛していますが、もちろん興福寺に向けた弁解の役割も持たされています。さすが放氏の苦い経験を嘗めただけあって老獪ですが、

『迎陽記』も結願に当たって、

七ケ日無為結願なり。御追孝の至極なり。（中略）今度右大将殿毎日御共行。前代未聞の事なり。仍て事に於いて厳重なり。今度宸筆御八講停止せられ、この御懺法、南都殊に畏り申す。併しながら准后の申沙汰なり。世以て隠れ□□〔無し〕。

と記しています。一見して分かるように、この記事は『雲井の御法』の文章にきわめて似ています。多少は自らの見聞した内容も入れてありますが、良基の口吻そのままで、『雲井の御法』を下敷きにしたことは明らかです。

秀長は良基の腹心ですから当然かも知れませんが、良基は将軍が参内して見物するという一事をもってすれば、朝儀が立派に挙行し得ることの手応えをつかんだに違いなく、そういう良基の方針を高く評価する見方があったことも、やはり注意しておかなくてはならないでしょう。

神木入洛の終焉

しかし、興福寺の衆徒は良基の意図を見抜き、懺法講の成功を不快に感じたはずです。「衣かづき」の姿で懺法講を妨害しようとした大法師が興福寺とつながっている可能性も推測されるのですが、神木の威力は異姓の将軍の上にはさっぱり効きませんでした。

三月三日には内裏御遊始《ぎよゆうはじめ》が行われ、義満が参内しました。「神木在洛中先規あるべからずと雖も、武家申し行ふに依りて是非に及ばざるか」（『後深心院関白記』）とありますが、これは後円融朝の初度の御遊始です。このほか、それまで一度も行われなかった灌仏（四月八日）、石清水臨時祭（四月二十八日）などの朝儀が神木在洛中にもかかわらず再興されたのは注目すべきでしょう。

後円融朝を悩ませた神輿・神宝の問題もすべてこの前後に解決していきます。康暦元年八月二十九日、とうとう遷宮のあまりの遅延に堪まりかねた外宮神官たちが上洛、粟田口に神宝を振り捨てるという挙に出るのですが（神輿と全く同じ手法）、幕府がただちに新しい神宝の調進を確約したことで、禰宜らは神宝を回収して下向、十二月十九日には神宝発遣の儀が執行されます。そして翌二年九月八日に遷宮が行われました。

日吉神輿の方は、康暦の政変直後から造替が急ピッチで進み、元年六月九日、祇園社に安置されていたもとの神輿は帰座しました。その後も事業は順調に進捗し、二年六月二十九日には新しい神輿七基を坂本に奉納する、いわゆる奉送の儀を執行しています。神輿一基につき二千貫（二十万疋）を要したといい、その費用はすべて幕府が拠出しました。良基は義満・義将とともに、その四日前に仮殿の神輿に参詣しています（『迎陽記』）。

これらは、幕府の公家政権・寺社に対する姿勢の明らかな転換を示します。細川頼之と斯波義将の思想の違いももちろんありますが、やはりそれは義満がこうした問題に対して一権門に過ぎない武家としてではなく、公家の側に立って解決に取り組む方針をとり、義将もこれに従ったと考えるべきでしょう。つまり義満の朝廷への進出、公家化はこのような成果を伴っていました。後円融朝の停滞ぶりを何とか解消しようとした、良基のもくろみはほぼ達成されたというべきでしょう。

神木はなお都にとどまりますが、結局さしたる成果も挙げないままに、康暦二年十二月十五日に帰座します。長年にわたり朝廷を苦しめた神木入洛もこれが最後となったのです。

「とものみやつこ」の語り、跋文

この翁は「七八代、九重の有様を拝み奉り侍りしに、かくめでたくにぎははしき御事さらさら見奉らず」とぞ語り侍りし。藤中納言・別当のたまはる小袖どもをば、御湯殿の末にて女官どもにわけたぶ。やがてわかちあらそひひしめきし、いとをかし。「よくせられたり」とぞ人々ほめ侍りし。今夜はことに糸竹の音ども面白く、様々の御遊侍りしにや。あけはてて大将殿出でさせ給ふ。げに千載の一遇とはかかる事にこそ侍らめ。

この翁、とものみやつこの朝ぎよめして、春の花の雪ををしみ、秋の紅葉の錦を払ふことは侍らざりしかば、心あるものとて代々の御門も仰言侍りし。「いかにもこの後は、いかなる片田舎にすませ給ふとも、わざと参りあひ侍らん」などさまざま契りしも、神仏のしるべにてと、たのもしくうれしく覚え侍りし。

いかなるあやまりもや侍らん。ただかの人の申ししままを書き付けたるばかりなり。御覧ぜむ人は直さるべしとなり。

最後に「とものみやつこ」の翁の感想が述べられます。「七八代、九重の有様を拝み奉り侍りしに、かくめでたくにぎはしき御事さらさら見奉らず」と、まずは懺法講を盛大に挙行できた満足感が横溢しています。「七八代」というのは「九重」に対応させた文飾ですが、「心あるものとて代々の御門も仰言侍りし」とは、婉曲な形ですが、執政として歴代の治天の君に信任されて来た自負を示しています。最後にこの翁が老尼に対し「いかにもこの後は、いかなる片田舎にすませ給ふとも、わざと参りあひ侍らん」と契る言葉は、そのまま義満に向けられていたのでしょう。

　この仮名日記を良基が記した意図は、法華八講を断念させられた後円融天皇を慰藉しつつ、かわって行われた懺法講がいかに厳重で盛んであったかを述べるものでした。後円融朝の朝儀が不振をきわめただけに、これを挽回するような成果に満足したのでしょう。ところが、『雲井の御法』は儀式の挙行に将軍の参加が必要不可欠であり、宮廷での存在感は治天の君に匹敵する、いや凌駕することを、はからずも証明してしまったのです。こうなると朝廷政治の主導権が義満に移っていくことは防ぎとどめようがありません。

　後円融天皇は癇癖の強い人であり、義満が我が物顔に振る舞い、良基が調子を合わせるさまを面白く思うはずはありません。事実、これから一ケ月も経たずに「この間公武の間、世上の□〔説〕縦横有り」（『公豊《きんとよ》公記』康暦二年三月三日条）といわれる程で、早くも公武の確執が取沙汰されていました。良基の筆致は和やかですが、その背後には確実に対立の芽が育っていたと見た方がよいのです。永徳二年四月、後小松天皇に譲位すると、後円融はますます不満を募らせ、同年秋には良基・義満と全く交渉を断つまでに関係は悪化しますが、朝儀は義満の指導によりきわめて順調に行われ、廷臣は後円融のかたくなな態度に驚きあきれるのみでした。孤立し焦燥に駆られた後円融は翌三年二月、義満との密通を疑って、後小松の生母でもある上臈局三条厳子を刀で打擲、負傷させるという事件を起こし、完全に権威を失墜させてしまいますが、義満との権力闘争の中で、良基をはじめ廷臣に誰一人として後円融を支持する者がいなかったことは、これまで述べてきた北朝の窮迫を救った者が誰であったかをよく物語るものです。

内裏懺法講における治天の君と室町殿

後円融天皇は宸筆法華八講の開催に強くこだわったのですが、附録とした二一六頁の表でも明らかなように、これ以後に行われた先皇周忌の法会は、わずかな例を除いてほとんど懺法講です。中世皇室の祖先供養の形式がこの時期に法華八講から法華懺法へと転換し、途中で五日間、さらに三日間へと短縮されるものの、そのまま近世にまで至ることが分かります。宮中御懺法講の淵源は直接にはこの康暦二年の内裏懺法講にあったといえます。懺法講の開催に際しては『雲井の御法』の記述がしばしば参考とされますので、その意味でも重要なテキストです。

ところで、足利義満が、後円融院の亡き後に思いのままに権勢を振るい、晩年に至っては自らを法皇に准ずる「儕上」を敢えてしたことは有名です。ここから義満が皇位の簒奪、具体的には鍾愛する四男義嗣を後小松天皇にかわり即位させる野望を抱いたとする説が古くからあります。近年でも今谷明氏の『室町の王権』（中公新書　平2・7）が大いに話題となりましたので、ご記憶の方もおられるかも知れません。

現在では義満が足利氏出身の天皇を出現させる意図を持っていたかどうかについては、否定的な見方が多いようです。一方で、義満の構築した政治体制が、院政と同じ権力構造を持っていたことは広く承認されています（しばしば「義満の院政」と呼ばれます）。生前の義満は後小松の父として振る舞っており、義満の権勢は院政期の上皇と同じく、天皇の父権に根ざしていたとみなされるからです。このことは簒奪の意図がなかったこととは別に齟齬はせず、上皇は父であっても臣下であり、その権力は天皇との関係によってのみ存在し得るからです。

ところで、二一六頁の表によれば、義満のための懺法講が後小松から後花園《ごはなぞの》天皇（後小松院の養子として皇位を継承する）の代に至るまで行われていることが分かります。つまり、室町前期の朝廷にとって、義満は供養すべき先皇の一人として扱われていたといってよいのです。そういう将軍は義満だけです。ほかに義教《よしのり》の一回忌のための懺法講が行われていますが、これは彼の不慮の最期から例外的に修したものでしょう。ところで、朝廷は義満の没後、一旦太上天皇の尊号を贈ったものの、内心義満の行状を快く思わなかった息の義持《よしもち》や斯波義将が辞退したという説があります。しかし、義満が後小松院の父に当たることは、衆目の一致することであり、この事が朝廷にもよく認識されていたからこそ、義満は後々までも懺法講での供養の対象とされたのでしょう。

法華懺法講という法会一つをとってみても、室町期の公武の権力構造がまことによく浮き彫りになっており、そこには義満の遺したものがいかに大きかったかも窺えます。そして、仮名日記が権力の所在を明らかにするものであることをお分かりいただけたのではないかと思います。

第四節　宮廷誌としての仮名日記

三回にわたって良基の仮名日記をかなり詳しく読んできました。申し上げたいことはあらかた講義中にお話ししましたから、良基をはじめとする中世の廷臣の仮名日記が著された意味をどのように評価すべきか、あらあら述べておしまいにしたいと思います。

中世廷臣の仮名日記の流れ

良基の仮名日記は、平安時代後期に始まる男性廷臣の仮名日記の流れを汲んでいます。藤原（四条）隆房《たかふさ》の『安元御賀記《あんげんおんがのき》』、源通親《みちちか》の『高倉院厳島御幸記』『高倉院昇霞記《しょうかき》』を嚆矢として、廷臣が仮名で記す行事記録が現れるようになります。

附録の「中世廷臣の仮名日記一覧」を参照下さい。「日記」の名を持つものが多く、事実王朝時代の女房日記を意識していたようですが、そういう伝統を生かしつつ、廷臣としての自らの立場を弁じ、かつ時の治天の君を讃美することが主題になっています。たとえば政治家としても大いに気を吐いた通親の記は、高倉院の上皇としての初度御幸（本来は晴の御幸となるべきでしたが、時の政治状況により異例の長途の船旅となった）、そして崩御という、治天の君に関わる最も重要な二つの儀礼を記しています。高倉院への敬慕の念と自身の忠誠を織り交ぜた、その緊迫した構成力や荘重華麗な文章は、既に新しい一ジャンルを切り開いていたといってもよいようです。

幕府に政務の実権を奪われつつあった鎌倉時代の朝廷にとって、御賀や法会などの盛儀は、おのずとその存在理由を確認し世に示す機会となりました。たとえば後嵯峨上皇の晩年に行われた一連の法会、後醍醐天皇の北山行幸などに、作者不明の仮名記が残されていますが、いずれも男性の手になるものと思われます。なお、当日の儀については詳細な漢文日記も残っている場合が多く、単に記録性だけを求めるならば、仮名日記が改めて製作されることはないでしょう。

女房日記は『竹むきが記』を最後に途絶えますが、廷臣による仮名日記は室町時代に入っても盛んに著されました。時代を代表する学者・歌人がこぞって執筆に手を染めて、内裏・仙洞での儀式、とりわけ法会を主題とするものが多いのですが、室町期のもので注意されることは、必ずそこに室町殿の姿があることで、室町殿を第一の読者と意識していることでしょう。

しかも、多くが良基の作品の影響下にあります。経嗣は『永和大嘗会記』にならって『応永大嘗会記』を、『さかゆく花』にならって『北山殿行幸記』を記していますし、兼良の『雲井の春』は良基の『衣かづきの日記』を受けたものです。また『雲井の御法』は、実隆の『よろづの御法』をはじめ、法華懺法講を描いた記録にはしばしば参照されています。

評価と研究史

こうした廷臣の仮名日記は、近代以後の文学研究ではほとんど顧みられていません。記録あるいは故実書であり文学性に乏しい、との理由からです。最近ではそういう意識も薄れつつあるようですが、中世の女房日記に対する、近年の高い関心もまだここには及んでいません。それでは歴史資料としての価値を認められているかというと、戦前までは北朝の研究は一種のタブーでしたし、戦後は朝廷や公家に対する無関心が長く続きましたから、非常に恵まれない扱いを受けることになりました。結局、女房日記ないし紀行文学の亜流、周縁的な作品として扱われるだけですが、現在までになされた、良基の仮名日記をトータルにとらえた評価について紹介しておきましょう。

まず、これらが南北朝時代という、朝廷や公家にとって最も厳しい時代に生み出されたことを重視して論評したものは当然あり、たとえば次のようなものがあります。「これらの仮名文を書いた良基の心には、一貫した一つの姿勢があった。（中略）衰退した宮廷や朝儀を新時代に即した形で復興して、再び公家文化の世を開きたいという希望である。その志向に沿って、彼は上記のような多数の朝儀の記録や、おそらく「増鏡」をも書いたのであって、「小島の口ずさみ」に現れた古典憧憬もその一環として見ることができ、その意味で彼は彼なりに、動乱に対処していたと言うことができる」（福田秀一氏「南北朝動乱期の日記文学」『中世文学論考』明治書院　昭50・5）。

こういう見方は、良基のみならず、室町時代の公家の業績に対する評価として最も標準的なものではないかと思われるのですが、良基の伝記研究の進捗にあわせて修正する必要がある上、中世の公武関係の実態がよほど明らかになった現在では、「再び公家文化の世を開きたい」というのも、北朝の実情や廷臣の心境を想起すれば、いささか表面的なように思えます。

ところで良基の仮名日記は、右の評価にも現れていますが、同じく南北朝期に成立した歴史物語『増鏡』との比較において注目されてきました。古くから両者の文章はよく似ているといわれ、石田吉貞氏のように「実に驚かれるほど似てゐるのであって（中略）その呼吸も脈搏も同一」とし、良基が『増鏡』作者であることの外証とする研究が多くあります（「増鏡作者論」国語と国文学30―9 昭28・9）。良基の文章と『増鏡』は、ともに『源氏物語』の圧倒的な影響下にあり、単純に比較するだけでは意味をなさず、何より両者の性格の差異を考えないまま、「似ている」「似ていない」の議論が続いた嫌いがあります。たとえば宮内三二郎氏は良基は『増鏡』作者に非ずとの自説をもとにして、石田氏と反対に、良基の仮名日記は『増鏡』とは全く異なると断じ、さらに良基の仮名日記は「彼の文名の高さ（それはおそらく彼の地位の高さに由来する）とはうらはらに、概して、些末な故実の詮索、常套句の羅列、無用の反復、笑止なほどの自己誇示等、無味乾燥な読み物である」（『とはずがたり・徒然草・増鏡新見』明治書院 昭52・8）とまで罵倒しますが、こうした見方はそのまま良基の仮名日記に対する烙印となりかねず、残念でならないところです。

一方、後醍醐天皇の著作である『建武年中行事』に描かれた宮廷儀式空間の、精密な再構築の作業を続けている佐藤厚子氏が、良基の仮名日記を指して「儀式書や作法書の類でもなく、記録でも物語でもなく、何と呼ぶのが適当なのか思いも付かないが、いわば宮廷儀式世界の案内書といった趣のものである」(「『建武年中行事』雑考(八)」椙山女学園大学研究論集33人文科学篇　平14・3)と評されているのは傾聴すべきでしょう。この講義では、廷臣の仮名日記に対し、敢えて宮廷誌という、目慣れない名称を与えることにしました。事実を記すという日記(記録)か、虚構に基づく物語(文学)かを議論するのでは、その本質がとらえきれないのではないか、と考えたからです。「誌」は「記」と同じで、要するに宮廷の営みを宮廷に属する人々が記録し記念する作品は、すべてここに入ると考えてよく、たとえば宮廷行事の記録として見るならば、女房の日記もこうした男性廷臣の日記となんら変わりないものです。同様に、紀行だけを特別視するのもどうかと思います。たしかに兼良の『藤河の記』、飛鳥井雅縁《まさより》の『宋雅道すがらの記』、飛鳥井雅康《まさやす》の『富士歴覧記』などは、個人的な動機に基づくもので、『小島のすさみ』と同様に一人称の語りで、朝儀や行事を三人称で描いた作品とは区別されますが、たとえ地方にさすらっていたとしても、廷臣としての自意識、あるいは家業への思いが底流にあることも見逃せません。『耕雲紀行』や尭孝の『覧富士記』などになると、作者は出家者ですが、庇護者の室町殿との関係から生まれたもので、室町の宮廷誌として論ずる見方があってもよいように思います。

『思ひのままの日記』—日記に擬装された物語

これまでに何度か、良基の仮名日記が意図的な虚構を持つこと、自分のみならず他者を意識した書き方をしていること、三人称の語りで治天の君や将軍の威光を讃える物語的な構成をとっていること、実際に「物語」と呼ばれていたことを指摘しました。

古く『伊勢物語』が『在五中将の日記』と呼ばれたように、物語と日記の境界はもともと曖昧であり、また以前このセミナーで取り上げられた『うたたね』や『とはずがたり』のような日記は、作者の体験を記す形式でありながら、様々な仮構を駆使して成立しており、むしろ物語の範疇に含めて考えた方が現実的であろうという見解が提示され、支持を得ています（松村雄二氏『『とはずがたり』のなかの中世—ある尼僧の自叙伝』臨川書店　平11・6、田渕句美子氏『阿仏尼とその時代—『うたたね』が語る中世』臨川書店　平12・8）。さらに松村氏は、形式は三人称の物語であろうと、一人称の日記であろうと、作者の名を冠した文字通りの「記」というジャンルこそが厳然としてあり、それに包摂させるべきとの見通しを立てています（「日記と物語の間—仮名日記文体の変容、『とはずがたり』へ」国語と国文学78—1　平13・1）。

良基の書いたものは、多少の虚構や宣伝を含むとはいえ、眼前で繰り広げられる朝儀や宮廷生活を記したものですから、『うたたね』や『とはずがたり』の場合より、日記か物語かの境界はまだしもはっきりしているように思われるかも知れません。ところが、朝儀をテーマとしているからといって、それが日記であるという等式は必ずしも成り立たないようです。

良基に『思ひのままの日記』という作品があります（群書類従巻第四八九）。これは元旦から追儺《ついな》までの一年間の朝儀や宮廷行事の様子を仮名で描いたもので、文体も他の日記と同じですが、事実を記したものではありません。それでいて、登場人物は実在の廷臣をかたどり、たとえば「大殿」として良基とおぼしき前関白と、師良と思われる「関白」が登場したり、「ちかく貞和に沙汰ありし指図召し出して」内裏を新造したとか、現実の北朝の宮廷を舞台としているとしか思えない工夫があちこちになされています。日記に擬装された物語というべきでしょう。

本書の記事は『建武年中行事』『年中行事歌合』との関係も認められ、将軍を対象とした宮廷行事の解説書という見方も出されています。ただ、たとえば「諸社の祭ども、近頃参らぬ諸司いしいしまでもとのへさせ給ふ。次第たがはずみな本社に参りて行ふ。いとめでたし」（諸社祭・二月）といったごく簡単な記述がほとんどで、ここからは解説書的な性格はあまり感じられません。この諸社祭とは園韓神祭《そのからのかみのまつり》・大原野祭以下、近郊の神社の祭礼のことで、北朝はこういう神事さえもはや自力では挙行し得ず、勅使や行事官が参ることもなく、それぞれの神社に委託していた実情を思えば、『思ひのままの日記』は良基の願望を書いた物語であり、現実の反転図といってよいでしょう。成立年代ははっきりしないのですが、神木入洛の影響で朝儀が著しく停滞した、応安五、六年頃に著されたのではないか、と考えたことがあります（拙稿「『思ひのままの日記』の成立―貞治・応安期の二条良基」芸文研究68　平7・5)。この作品では毎年恒例の儀に混じって、中殿歌会《ちゆうでんかかい》(在位初度の晴儀歌会)、賀茂・石清水両社への行幸、御書所始《ごしよどころはじめ》、斎宮の卜定《ぼくじよう》・群行《ぐんこう》、女御の入内・立后など、代始にあるべき行事が描かれている理由は、新帝後円融の代になって数年を経ながら、これらを一つも行い得る状況になかったことから説明されます。

良基は、これまで北朝で稀に重要な儀式が挙行される度に、当日の儀を記録し記念する仮名日記を記していたわけですが、遂に儀式そのものが行われなくなった時にさえ、仮名日記を書いたことになります。そもそも区別がないために日記と物語とは容易に互換し得たといえるでしょう。

そうすると、『建武年中行事』『年中行事歌合』、あるいは『公事根源《くじこんげん》』といった仮名書きの有職故実書も同じ地平へと上ってきます。これらは朝儀が将来に理想的に行われることを目的としたものです。故実の詳しい解説もその目的に叶うものですが、厳しい現実を前にして、むしろあるべき朝廷の姿をせめても紙上に再現することが念頭にあったのではないでしょうか。

良基の朝儀復興にかける意欲はいかに現実に裏切られようとも少しも衰えることはなく、ほとんど妄執に近いものに映りますが、書かれ続けるだけの理由があったのです。

宮廷の内と外をつなぐ通路

仮名日記は儀式を扱うのですぐに退屈だといわれますが、儀式ならば何でも取り上げているのではないのです。通常の政務や公事、年中行事の類は対象とならず、大嘗会・晴儀蹴鞠・初度行幸・宸筆法華八講といった、要するに一代一度のものが多いのです。これらは時の王権に直接に係わる儀礼、あるいは王権の具現化といってもよく、その意味でも宮廷誌という呼称を用いたいのですが、しかも仮名という文体は広く宮廷の内外にいる読者を獲得することとなったのです。したがって仮名日記を著すことは、たとえば儀式を絵画に描くことと も、記録し記念し公開するという目的においてたいへん親近してきます。

貞治六年三月二十九日、良基が後光厳天皇の中殿歌会につき記した『雲井の花』という仮名日記がありますが、この会には良基の慫慂により珍しくも足利義詮が出仕しており、やはり将軍参内記の性格を持つものですが、会から十日ほどして、良基は中殿歌会の成功を記念して、一間ばかりの洲崎《すさき》（海浜と砂洲を配した箱庭）と破子《わりご》（薄い檜の板を曲げて作った容器）を製作して義詮に贈りました。洲崎の蓋には中殿歌会の御前儀を描き、破子の蓋にはこの御会の詠歌を記していました。「大樹の帯刀ら同じくこれに書かる」（『師守記』同年四月十三日条）とあり、警護の役人を引き連れた義詮が出仕する様子がリアルに描かれていたのでしょう。「存生の仁似絵《にせえ》に顕はすの条、甘心せざる者なり」と、生きている人間を写実的に描くのは縁起が悪いとする考えから、義詮本人は必ずしもこの贈物を喜ばなかったのですが、この貞治六年の中殿歌会を描いた絵画はあちこちで作られていたようです。中殿歌会を記念して描かれた絵画といえば、藤原信実《のぶざね》筆と伝えられる、建保六年（一二一八）の順徳天皇の中殿歌会を描いた『中殿御会図』が想起されますが、三条西実隆は、二条為重《ためしげ》筆になる「貞治中殿宴屏風」を禁裏で見せられ（『実隆公記』延徳二年〔一四九〇〕七月四日条）、中御門宣胤《なかみかどのぶたね》もこの会の「和哥幷御遊等絵」を入手していて、当時北朝の絵所預《えどころあずかり》であった藤原光之《みつゆき》の筆になると鑑定しています（『宣胤卿記』永正十四年〔一五一七〕十一月二十七日条）。

視覚に直接訴える絵画が、当日参仕していない、あるいは宮廷の外にいる人に当日の様子を最も効果的に伝える手段であることはいうまでもないのですが、仮名日記が絵巻の詞書の参考とされた可能性も推測することができます。

宮廷に関心を寄せ、ここに息づく文化に憧憬を寄せる人たちはいつの時代にも多かったのです。仮名日記は後世には古いしきたりを知る故実書として読まれるわけですが、まずは外部に発信するためのテキストであるという、当代的な意義を評価する必要があります。

仮名日記が同時代の文学作品に与えた影響もその一つです。『安元御賀記』は、数度の改変を経て『平家公達草子』となり、『高倉院厳島御幸記』が『平家物語』の語り本系諸本に取り込まれ、『舞御覧記』が『増鏡』の典拠となり、そして良基の仮名日記が『太平記』に利用される、といった具合に、仮名日記は同じ時代の文学作品に対して、甚だ直接的な恩恵を与えています。それもあまり時を隔てぬ引用・全面的依拠がほとんどで、こういう文学作品を生み出す一つの源泉、原材料となっているのではないか、と思えるのです。なお『増鏡』は、良基の仮名日記と比較すると、当代的な性格が薄れるかわりに文章や構成がよく整えられており、いわば原材に対してよく加工された製品という印象を持つのですが、歴史物語・軍記物語への転用がどうしてかくも容易に、かつ頻繁に見られるのか、実に興味深い課題といえるでしょう。

なお、セミナー終了後に発表された三島暁子氏「室町時代宮中御八講の開催とその記録—真名記と仮名記」（武蔵文化論叢2　平14・3）が、この時期の内裏・仙洞の法華八講を描いた絵画や仮名記が多く遺されていることを指摘しており、室町の宮廷文化を考える上で示唆に富んでいます。

室町期の権力構造

こうして見てくると、南北朝時代の政治・文化において二条良基の果たした役割というものを、これまでとは少し違った尺度から評価する必要を痛感します。

良基は最終的には治天の君ではなく、義満の覇権が廟堂に形成されるのに尽くしたことになります。最近の伝記研究では、義満と結ぶことで他の摂家に対する優越を勝ち取り、おのれの権勢を強大ならしめんとしたものと考え、そこに良基の俗物性を見るようです。たしかに晩年の良基がべったりと義満につきしたがっているさまは、辟易させられるところがありますが、良基の生涯は北朝を支えていくことに捧げられたといってよいと思います。公家政権としての北朝の命脈は後円融朝にはほぼ尽きていた感じですし、また摂関家の伝統的な政治姿勢として、治天の君との微妙な対立も含みながら、武家といかにして協調していくか、という努力が鎌倉時代からずっと積み重ねられていたことを忘れてはいけません。その意味で義満の出現は良基にとっては僥倖でした。

『後深心院関白記』や『後愚昧記』では、良基が義満の意を迎えるために先例を無視して新儀を強行するとしばしば非難され、このような批判に耳を傾ければ、良基はなるほどけしからん俗物だ、ということになるのでしょうが、それでは事の一面しかとらえられないでしょう。家永遵嗣《いえながじゅんじ》氏は、後円融と良基の朝廷政治の主導権をめぐる争いと、義満が良基に摂関家の作法を学んだことから「そこには義満の個人的な志向を利用して武家を公家社会に取込んでゆこうとする五摂家とりわけ二条良基の主体的な意思を読取ることが可能である。それは表面的な阿諛追従というよりもかなり政策的な意思に基づく政治行動であると理解すべき」と指摘されています（『室町幕府将軍権力の研究』東京大学日本史学研究叢書1　東京大学日本史学研究室　平7・2）。

義満が粗暴な専制君主の顔を露わにし、廷臣たちが義満の一顰一笑を怖れる状況は良基の計算になかったことかも知れません。しかし、義満が宮廷に身を置き、公家社会のしきたりを尊重してそこに君臨する限り（事実義満は公家としてもきわめて洗練された作法を身につけていました）、良基は彼を積極的に支持することにおそらく何のためらいも感じなかったでしょう。良基は朝廷を維持していくことの困難さを誰よりもよく知っていた人です。義満への権力の集中は、一時的には後円融院との軋轢を生んだとしても、北朝の体制そのものはなんら揺らぐわけではなく、むしろ朝儀の復興、寺社問題の解決をとってみれば、かえって強化されたといえ、決して良基のそれまでの努力と矛盾するものではなかったのです。最も新しい通史である、新田一郎氏『太平記の時代』（日本の歴史11　講談社　平

13・9）は「北山殿義満が政務を執る体制を築いたとはいえ、これは必ずしも「公家に対する武家の勝利」を意味するわけではない。武家出身の義満が公家社会の秩序を再調整して、その中に確固たる地位を築いたことはむしろ、公家社会の作法をモデルとする統治システムの強固な確立へと作用したともいえる」と述べています。

『小島のすさみ』『さかき葉の日記』『雲井の御法』と、良基の壮年・初老・晩年の三期にわたる、尊氏・義詮・義満の三代将軍に対する働きかけの跡を辿ると、この三つの作品は驚く程に一貫した主題を持つことが分かっていただけたと思います。また『さかき葉の日記』と『雲井の御法』とは、神木に対する公武の対応ということで同一線上にあり、二つの作品を続けて読むことで良基の意図は鮮明になるでしょう。

その後も廷臣の著した仮名日記では、室町殿は宮廷のうちに位置づけられ、公武合体を強く印象づけられます。姉小路基綱《あねがこうじもとつな》の『延徳御八講記』は、後土御門天皇が亡母三回忌のために修した内裏法華八講の記録です。この頃には室町幕府の屋台骨は大きく揺らいで昔日の面影なく、将軍足利義材《よしき》（義稙）ももはや参仕せず、わずかな御訪を送ったばかりでしたが、それでも、

将軍家よりも御八講の中日にや、被物《かづけもの》料さるべきさまにてまゐらせらる。昔より世のかため国のまもりとなる人は、まづ朝家の御事をさきとせらるるは、規範なるにとりても、等持院贈太相国、後光厳院の朝に仕へさせ給ひて、皇統もこの御流、武門もこの御一流をと御契約ふかく定め

をかれぬるよりこのかた、鹿苑院の入道おほきおとどよりは、ことにおりたちよろづにむつまじく、臨時恒例の公事までも参勤し給ひて、今にそのおもむきをのこさるるは、めづらしからざる事にや。

と、将軍の芳志を特筆するのです。基綱はどうしても治天の君と室町殿との関係を定位したいわけで、そのため「世のかため国のまもりとなる人」、つまり武家の棟梁は「朝家の御事をさきとせらるる」のであり、まず尊氏が後光厳天皇に仕え、王家も武家も一流に定められ、義満がすすんで朝儀に参仕したこともその現れと位置づけられています。基綱は数代にわたる武家家礼であり、武家の実情には詳しかったにもかかわらず、依然として「おほやけの武の御まもり」という武家観を抱き続けています。義満の朝廷への進出もその武家観の中に矛盾なくおさまるものでした。

これは『小島のすさみ』が、尊氏と後光厳の「御契約」の物語として読まれていたことと明らかに関係してきます。そもそも基綱は文明二年に『小島のすさみ』を写した左中将その人と考えられていますが（一七頁参照）、良基の仮名日記の精神が非常に忠実に踏襲されています。

もとより仮名日記は宮廷政治の陰の部分、負の要素には極力目を背け、何事も「めでたし」としてすます能天気さがあります。これは認めざるを得ません。ただ、こういう楽天的な現状追認の姿勢は、変革期にかえって強さとなるのかも知れません。

光源氏になぞらえる

先日、ある中世史研究者の方と話をしていた時、足利義満が『源氏物語』を読んでいたという記録はないか、と尋ねられました。まあ義満が熱中したという明徴はないけれど、あの頃なら梗概書がたくさんありますし、『河海抄』の著者もすぐ側にいますから筋くらいは熟知していたのでは、と答えると、政治的な軌跡を眺めると義満の脳裡には光源氏の姿が浮かんでいたのではないか、周囲の人たちも物語の登場人物そのままではないか、といくつかの例を挙げられました。

なるほど、光源氏は澪標《みおつくし》巻で右大将から内大臣に昇進して権力を掌握し、やがて冷泉帝の実父として（それは絶対の秘密でしたが）太上天皇に準ぜられて六条院という院号を奉られるのですが、これは義満が後小松天皇の父として法皇に準ぜられる過程によく一致します。同じく後小松の准母《じゆんぼ》として女院となった妻の北山院《きたやまいん》康子（裏松資康の女）は紫の上に対置されます。夫より年長の正妻がいること（義満の正妻は康子の伯母に当たる業子で、義満より七歳上で早く寵を失った）、実子がいないこと、北山に縁が深いことなど、紫の上と奇妙に共通する点が多いのです。

その驥尾に附していえば、もはやただのこじつけになってしまいますが、二条良基は、光源氏の後見で岳父でもあった摂政太政大臣に相当するようです。彼は致仕の左大臣から澪標巻で冷泉帝の即位に伴って、六十三歳で摂政太政大臣になります。年齢の一致から、忠仁公《ちゆうじんこう》（藤原良房《よしふさ》）の例によるとされるのですが、良基が後小松天皇の即位により摂政太政大臣となったのも六十三歳の時なのです。良基自身が忠仁公を強く意識していたのですが、より身近な存在として『源氏物語』の摂政太政大臣があったとしておかしくはないのです。摂政太政大臣は光源氏とともに政務を執り「世の中の事、ただ、なかばを分けて、太政大臣、この大臣の御ままなり」といわれるのですが、政治の主導権は内大臣である光源氏に握られていました。これは義満と結託した良基の姿にあまりによく重なってしまいます。

そうすると後円融院が内裏に出入りする義満を警戒し、愛妾の何人かが義満に密通したことを疑って、自制心を失うほど逆上した理由も、やはり朱雀《すざく》帝の後宮を蹂躙した光源氏と義満を重ねていたとすれば、気の毒なほどよく理解できます。

あれ程水際立ったやり方で頂点の座にかけのぼった若い将軍の姿に、当時の人々もまた光源氏の面影を見出すということは大いにあり得ることです。既にこのことは、三田村雅子氏が中世の権力者が『源氏物語』を利用して王権に肉迫し時に侵犯する動きを探った、一連の論文で取り上げられ（「足利義満の青海波―「中世源氏物語」の〈領域〉」物語研究1　平13・3）、兵藤裕己氏「歴史としての源氏物語」（『平家物語の歴史と芸能』吉川弘文館　平12・1）や、松岡心平氏「世阿弥と『源氏物語』」（中世文学45　平12・8）も、義満の治世と『源氏物語』の世界との親近性につき説かれていて、かなり支持されている説といってよいのですが、これが一段の説得力を有するものとなるのは二条良基とその仮名日記の存在です。光源氏を中心とした世界に、現実の治天の君とそれをとりまく公家社会を重層させるやり方は、仮名日記でしばしば採られた手法ですが、とりわけ良基とその後継者である一条経嗣の仮名日記において著しいようです。

そもそも中世の『源氏物語』理解は、現代と異なって、作者がいかなる史実に〈准拠〉したかには必ずしも大きな関心を払わず、逆に物語の記事を理想的な、あるべき史実とみなし、享受者の現在の状況をそこに重ねようとしました。『河海抄』は、物語の本文に対して厖大な史実を指摘した注釈書ですが、〈准拠〉の考え方からすれば無意味な、『源氏物語』の執筆年代よりは明らかに後世に属する史実を提示しています。吉森佳奈子氏が明らかにしているように、そうした史実の指摘は、創作時の作者の構想を明らかにするものではなくて、物語に起きている出来事を史実と等値とみなし、かつその時点の公家社会から眺めた先例空間のうちに位置づけるものです（「『河海抄』の光源氏」国語国文65―2　平8・2）。兼良の『花鳥余情《かちょうよせい》』となると、かなり醒めた学問的な態度で『河海抄』を批判し、『源氏物語』そのものが依拠した史実を明らかにすることに努めるのです。『源氏物語』はもはや注釈者とは違う時空間に座することになります。

良基の仮名日記もまた、北朝の治天の君と公家社会の状況を光源氏を中心とした物語世界に近づけ、物語をテコにして現実に向き合ったものでした。その手法は『小島のすさみ』で大きな効果を挙げていました。宮廷誌が仮名文を採る最大の理由はそういう操作を自在になし得るところにあるといってもよいでしょう。『雲井の御法』さえ、右大将である義満を「御年のほど、御容儀、帯佩《たいはい》、げに近衛の大将など申したるに似あひたるやうにぞ見え奉りし」と描くところは、たぶん光源氏を念頭に浮かべています。光源氏の呼称として「源氏の大将」という言い方が中世では最も一般的であり、右大将の光源氏こそ理想の貴公子としてのイメージを結びやすかったからです。

さらに経嗣の『北山殿行幸記』となると、「さても若君は赤色のわきあけのうへの御衣（中略）あげまきし給へるつらつき、かほの匂ひたとへんかたなくうつくしげにぞ見え給ふ。光源氏の童姿もかくやとおぼえたり」と義満の愛児義嗣を讃え、義満父子と『源氏物語』との一体化をこれまでになく強いものにしています。廷臣の手で仮名日記が書かれた動機が公武関係の定位にあることは何度も申し上げましたが、『源氏物語』の世界を借りることで、きわめて円滑に矛盾を来さず達成されたことに注目すべきでしょう。仮名日記が公家とは全く異質な権力者を柔軟にかつ巧みに自分たちの世界に掬い取ってしまっていることに気づかされます。

おわりに

今回の講義では、二条良基の書いた仮名日記を読むことで、南北朝時代を違った角度から眺めてきました。公武関係の枠組み、あるいは南北朝の動乱が、足利義満の院政へと集約されていく必然性が描けていればよいのですが。それにしても『小島のすさみ』が好例ですが、作品としての結晶度の高さと、作品に込められた政治的な意図とは、全然相反するものではないのです。良基をはじめ中世公家たちの、廷臣としての活動と文学者・古典学者としての活動を切り離すことはいよいよできないと思います。彼らの、自らの存在理由を厳しく問われつつも、前代からの伝統を維持し伝えようとして払った努力の跡が少しでも伝わっていれば幸いとします。

これまで中世の公家社会の政治や文化について、知られること語られることは、様々な制約もあり、今まであまりに貧弱な内容でした。しかし、その状況も変わりつつあります。とりわけ歴史学の成果は目覚ましく大いに学ぶところがあります。文学が多かれ少なかれ公家社会あるいは公家的なものを母胎としている以上は、こうした周辺分野の研究成果を摂取し、かつ還元していかなければならないと思います。これからも複眼的な視点をとることで、この時代の文学作品はどのような読み解き方が可能なのかを試していくつもりです。

最後になりましたが、この一冊をまとめるにあたっては、たくさんの方々から助言を受けました。とりわけ、伊藤敬氏（藤女子大学名誉教授）からは様々なご教示をいただきました。篤く感謝の意を表します。

附　録

中世廷臣の仮名日記一覧

〈凡例〉

・十二世紀から十五世紀までの間、内裏・仙洞における儀式・行事の記録を主題とし、かつ男性廷臣およびそれに准ずる人物の手になる仮名日記を対象とした。
・逸文が存在するもの、あるいは名前だけ伝わっているものも掲げた。
・作品の配列は大まかな成立年代順とした。
・作品の名称はおおむね最も通行のものに従った。かりに新しく附した場合は〔　〕に入れて示した。
・見落とした作品も多くあると思われる。ここに取り上げられなかったものには、源家長・飛鳥井雅有らの、個人的な日次記が中心のものや、鎌倉時代中後期の七度の公宴鞠会の模様を二人の老翁と孫の対話形式を借りて物語風に描く『二老革匊話』などがある。また仮名で書かれた式・次第などは数多く存在する。大方博雅のご教示を得たい。

名称	主な内容	作者	記録期間	備考
安元御賀記	後白河法皇五十賀と仙洞法住寺殿への高倉天皇の行幸	藤原隆房	安元2(1176)・3・4〜6	三人称で作者父子の御賀奉行としての働きを顕彰。『平家公達草子』の典拠。
高倉院厳島御幸記	高倉上皇の譲位と厳島社への初度御幸	源通親	治承4(1180)・2・21〜4・9	『平家物語』(語り本系)巻四に引用される。
高倉院昇霞記	高倉上皇の崩御と葬送・仏事	源通親	養和元(1181)・正・14〜2・正・14	『平家物語』(読み本系)第六に引用される。
後嵯峨院宸筆御八講之記	土御門院四十回忌の後嵯峨院仙洞亀山殿での宸筆法華八講	?	文永7(1270)・10・7〜11	法会を描いた似絵の詞書(本奥書)
舞御覧記	後醍醐天皇の西園寺家北山第行幸	?	元弘元(1331)・3・4〜9	八十余歳の老尼の語る形式。『増鏡』むら時雨の典拠となる。
小島のすさみ	美濃小島行宮への紀行、後光厳天皇の初度行幸、将軍尊氏の初度参内	二条良基	文和2(1353)・7・20過ぎ〜9・21	
衣かづきの日記	後光厳天皇の初度晴儀内裏蹴鞠	二条良基	貞治2(1363)・5・11	見物の女房が語る形式。
さかき葉の日記	春日神木帰座と同社の縁起	二条良基	貞治5(1366)・8・12	三笠山の麓に住む老翁が語る形式。『太平記』巻三十九に引用

				される。
雲井の花	後光厳天皇の初度晴儀内裏歌会（中殿歌会）	二条良基	貞治6(1367)・3・29	三人称の語り。『太平記』巻四十に引用される。
伏見殿両院御幸記	伏見殿での光厳院年忌仏事と崇光・後光厳両上皇の御幸	後光厳院？	応安5(1372)・7・20	前欠。大日本史料六ノ三十六所収。人々の飲食する描写に特徴あり。
〔後光厳院崩御記〕	後光厳上皇の崩御・葬礼	二条良基	応安7(1374)・正・29〜2・3	『凶事部類』所収。抜書。原題未詳、後普光園院記・応安諒闇和字記等と題す。
永和大嘗会記	後円融天皇の御禊・大嘗会	二条良基	永和元(1375)・10・28、11・19〜26	語り手は見物人か。
右大将義満参内饗讌仮名記	足利義満の参内と御前での酒宴	二条良基	康暦元(1379)・4・28	小林正直氏蔵文書の内（曼殊院旧蔵か）。歴史と国文学25—4参照。
雲井の御法	後光厳天皇七回忌の内裏法華懺法講	二条良基	康暦2(1380)・正・29〜2・6	見物の老尼と「とものみやつこ」の翁が語る形式。
さかゆく花	後円融天皇の足利義満室町第への行幸	二条良基	永徳元(1381)・3・11〜12	三人称の語り。上巻のみ存。
陽禄門院三十三回忌の記	伏見殿での陽禄門院藤原秀子三十三回忌の転経会	二条良基	至徳元(1384)・10・26〜28	古典資料研究4参照。

〔南都下向記〕	足利義満の南都参詣	二条良基	至徳2(1385)・8〜9か	散逸。満済准后日記永享元・9・24条による。
鹿苑院西国下向記	足利義満の西国下向、厳島社参詣	元綱?(姓不詳)	康応元(1389)・3・4〜26	北野社参籠中の人の物語という形式。神道大系文学編5所収。
わくらばの御法	足利尊氏三十三回忌の相国寺での法華八講	二条師嗣?	明徳元(1390)・4・21〜30	ある修行者の見聞の形式。
〔鹿苑院太相大覚寺に参らるる仮名記〕	足利義満と南朝後亀山上皇の対面	?	応永2(1394)	散逸。実隆公記永正6・6・3条による。
相国寺塔供養記	足利義満の相国寺七重塔落成供養	一条経嗣	応永6(1399)・9・13〜15	都の隠遁者とその友の老翁の見聞と対話の形をとる。
北山院御入内記	北山院藤原康子の初度参内	一条経嗣	応永14(1407)・3・23	語り手は見物の女房か。
北山殿行幸記	後小松天皇の足利義満北山第への行幸	一条経嗣	応永15(1408)3・8〜16	後欠。語り手は見物の老尼か。
鹿苑院殿をいためる辞	足利義満の薨去と葬送・仏事	飛鳥井雅縁	応永15・5・6〜8・18	「宋雅」の一人称で語られる。『ZEAMI』4参照。
応永大嘗会記	称光天皇の御禊・大嘗会	一条経嗣	応永22(1415)・10・27〜11・24	基本的に三人称での語り。

室町殿伊勢参宮記	足利義持の伊勢参宮	飛鳥井雅縁	応永31(1424)・12・14〜20	稲田利徳氏「『室町殿伊勢参宮記』の作者の特定」(中世文学研究24)参照。
富士紀行	足利義教の駿河下向	飛鳥井雅世	永享4(1432)・9・10〜27	
覧富士記	同右	堯孝	永享4・9・10〜28	
左大臣義教公富士御覧記	同右	?	永享4・9・10〜28	一名「時しらぬふみ」
後小松院崩御記	後小松法皇の崩御と葬礼・仏事	飛鳥井雅世	永享5(1433)・10・20〜27	
永享九年十月二十一日行幸記	後花園天皇の足利義教室町第への行幸	?	永享9(1437)・10・21〜27	年報三田中世史研究7参照。
雲井の春	後花園天皇の初度晴儀内裏蹴鞠	一条兼良	享徳2(1451)・3・27	「衣かづきの日記」の語り手の孫の老尼の見聞という形。
ぬししらぬ物語	後花園上皇の仙洞三席御会	飛鳥井雅親	寛正5(1464)・12・5	
春日社参記	足利義政の南都参詣	姉小路基綱	寛正6(1465)・9・21〜29	
山の霞	後花園法皇の崩御と葬礼・仏事	飛鳥井雅康	文明2(1470)・12・26〜3・正・3	

山賤記	後花園法皇の崩御と葬礼・仏事	貞常親王	文明2・12・27～3・2・11	
如法念仏仮名日記	後花園院七回忌の聖寿寺での如法念仏	三条西実隆	文明8(1476)・9・2～9	刊本『実隆公記』九所収。
よろづの御法	後花園院十三回忌の内裏法華懺法講	三条西実隆	文明14(1482)・12・5～7	「あるうへ人」の語りを記す形式。
延徳御八講記	嘉楽門院藤原信子三回忌の内裏法華八講	姉小路基綱	延徳2(1490)・4・26～30	語り手は見物の女房か。三条西実隆の跋、天皇の長歌を附す。

摂関家略系図

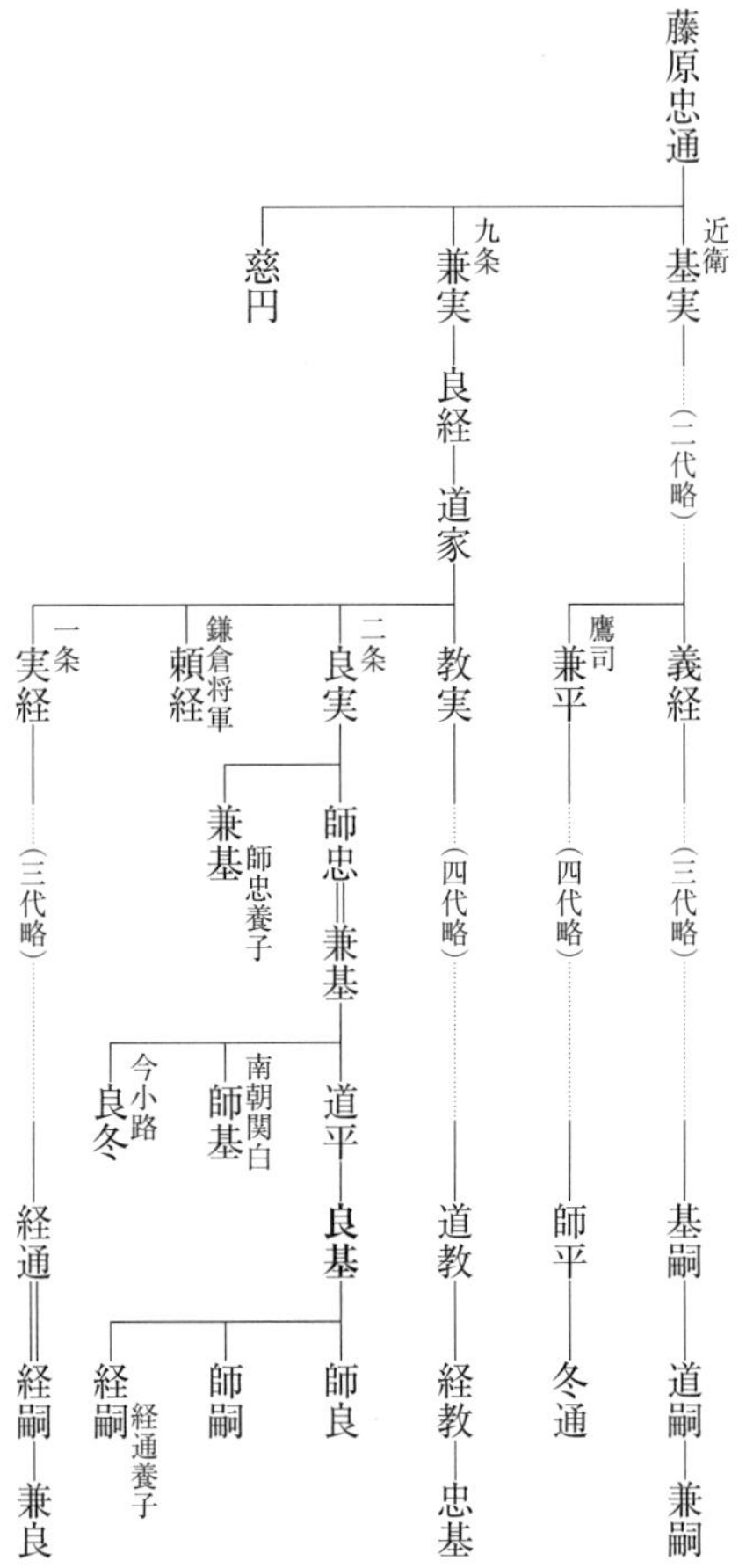
藤原忠通
近衛
基実
（二代略）
義経
（三代略）
基嗣
道嗣
兼嗣
鷹司
兼平
（四代略）
師平
冬通
九条
兼実
良経
道家
教実
（四代略）
道教
経教
忠基
二条
良実
師忠
兼基
道平
良基
師良
師嗣
経嗣
経通養子
南朝関白
師基
今小路
良冬
兼基
師忠養子
鎌倉将軍
頼経
一条
実経
（三代略）
経通
経嗣
兼良
慈円

『小島のすさみ』関係地図

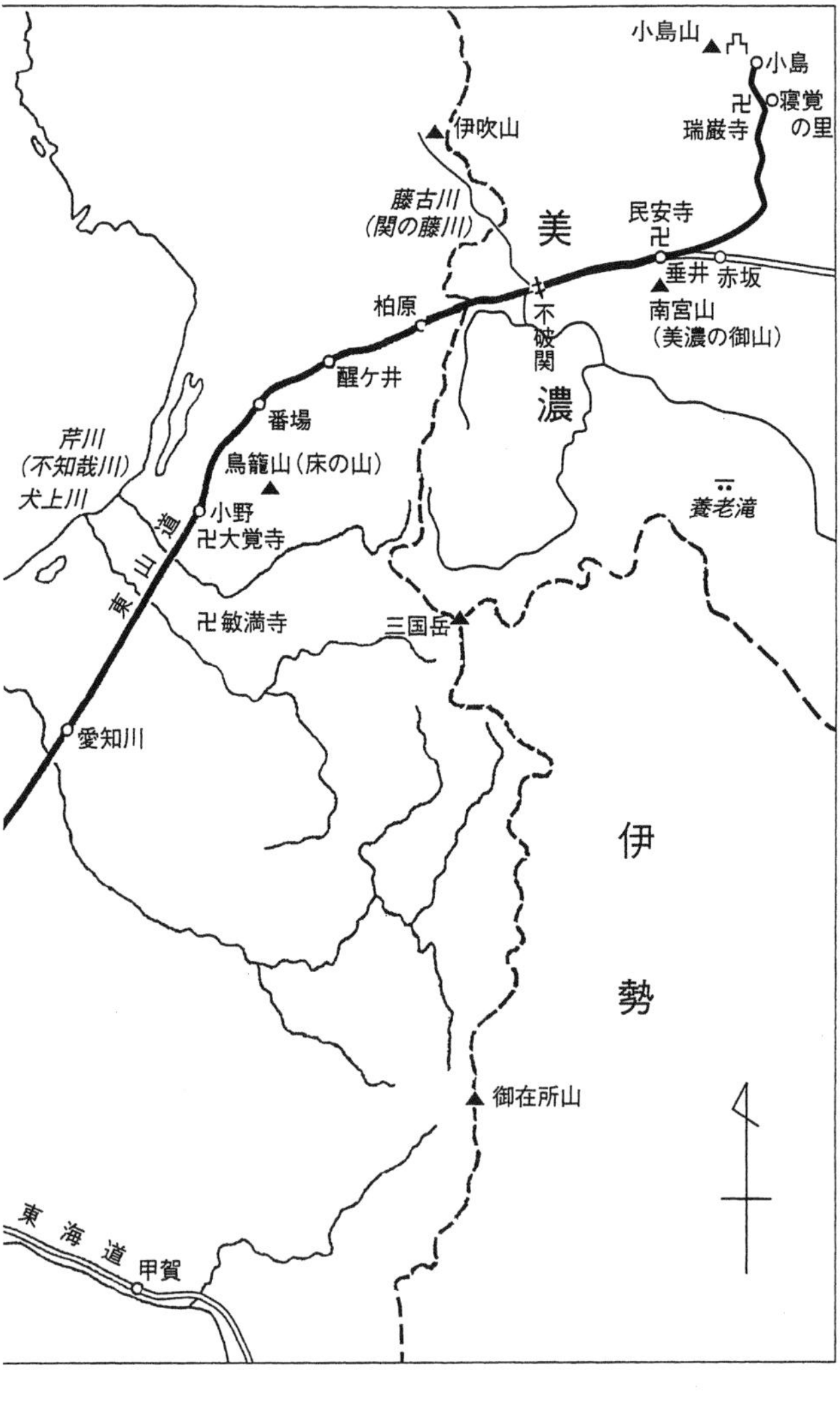
小島山
小島
寝覚の里
瑞巌寺
伊吹山
藤古川
（関の藤川）
美濃
民安寺
垂井
赤坂
南宮山
（美濃の御山）
不破関
柏原
醒ケ井
番場
芹川
（不知哉川）
犬上川
鳥籠山（床の山）
小野
大覚寺
東山道
養老滝
敏満寺
三国岳
愛知川
伊勢
御在所山
東海道
甲賀

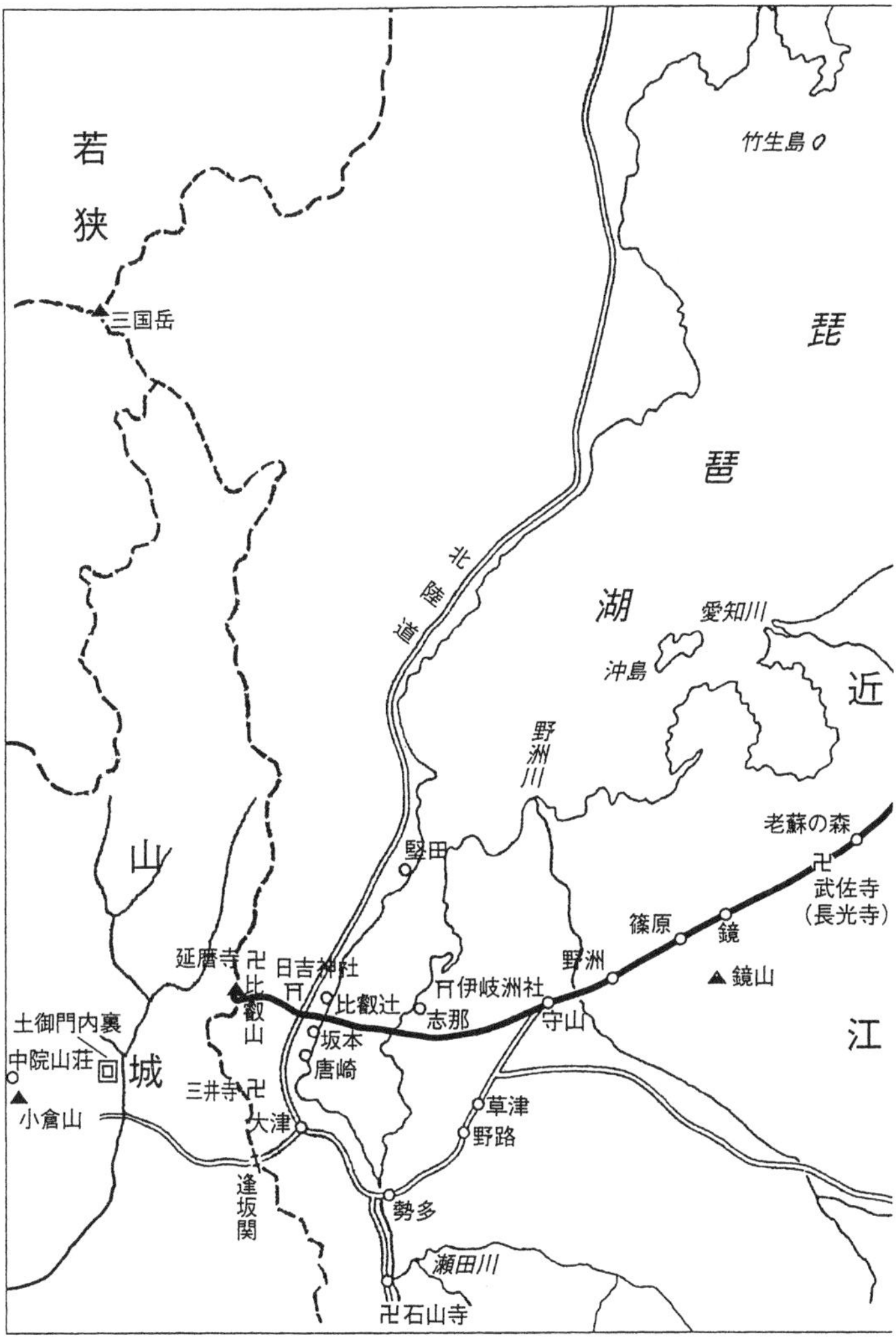
若狭
三国岳
竹生島
琵
琶
湖
北陸道
愛知川
沖島
近
野洲川
老蘇の森
武佐寺
(長光寺)
山
堅田
篠原
鏡
延暦寺
日吉神社
比叡山
野洲
鏡山
伊岐洲社
比叡辻
志那
守山
土御門内裏
坂本
江
中院山荘
唐崎
城
三井寺
小倉山
草津
大津
野路
逢坂関
勢多
瀬田川
石山寺

鎌倉〜室町期の内裏・仙洞における法華八講・法華懺法講の一覧

始行年(西暦)月日	期間	願主	被追善者	続柄	場所	種別	文献・備考（※）
保元2(1157)・5・14	?日	後白河	?		内裏仁寿殿	懺法	兵範記。愚管抄。冨家語。
治承元(1177)・7・5	4日	高倉	建春門院1回	母	内裏	八講	玉葉。
文永7(1270)・10・7	5日	後嵯峨	土御門40回	父	仙洞亀山殿	八講	通雅公記。為氏卿記。
元応2(1320)・10・26	4日	後醍醐	談天門院1回	母	内裏安福殿	八講	花園院記。
応安元(1368)・3・10	7日	後光厳	後伏見33回	祖父	内裏議定所	懺法	※足利義詮百箇日を兼修。
応安3(1370)・7・3	4日	後光厳	光厳7回	父	内裏清涼殿	八講	宣方記。兼治記。
康暦2(1380)・正・29	**7日**	**後円融**	**後光厳7回**	**父**	**内裏議定所**	**懺法**	
至徳元(1384)・11・28	?日	後円融	陽禄門院33回	祖母	仙洞小河殿	懺法	尋源記。
応永6(1399)・4・26	7日	後小松	後円融7回	父	内裏議定所	懺法	
応永12(1405)・4・26	4日	後小松	後円融13回	父	内裏清涼殿	八講	荒暦。
応永13(1406)・正・29	7日	後小松	後光厳33回	祖父	内裏清涼殿	懺法	
応永15(1408)・12・14	7日	後小松	通陽門院3回	母	内裏	懺法	
応永16(1409)・5・6	7日	後小松	足利義満1回		内裏	懺法	
応永17(1410)・5・6	7日	後小松	足利義満3回		内裏	懺法	
応永21(1414)・5・6	7日	後小松	足利義満7回		仙洞東洞院殿	懺法	
応永32(1425)・4・4	7日	後小松	後円融33回	父	仙洞東洞院殿	懺法	
応永32(1425)・4・22	5日	後小松	後円融33回	父	仙洞東洞院殿	八講	
永享11(1439)・10・16	7日	後花園	後小松7回	養父	内裏清涼殿	懺法	
永享12(1440)・5・6	7日	後花園	足利義満33回		内裏清涼殿	懺法	
嘉吉2(1442)・6・24	7日	後花園	足利義教1回		内裏清涼殿	懺法	
文安2(1445)・10・14	7日	後花園	後小松13回	養父	内裏清涼殿	懺法	※例時懺法の初例。
寛正6(1465)・10・8	7日	後花園	後小松33回	養父	仙洞東洞院殿	懺法	
寛正6(1465)・10・20	5日	後花園	後小松33回	養父	仙洞東洞院殿	八講	山礼記。
文明14(1482)・12・5	3日	後土御門	後花園13回	父	内裏清涼殿	懺法	
延徳2(1490)・4・26	5日	後土御門	嘉楽門院3回	母	内裏清涼殿	八講	※宸筆経ではない初例。
明応3(1494)・2・24	5日	後土御門	嘉楽門院7回	母	内裏清涼殿	八講	言国卿記。親長卿記。
文亀2(1502)・9・18	3日	後柏原	後土御門3回	父	内裏清涼殿	懺法	
永正3(1506)・9・23	3日	後柏原	後土御門7回	父	内裏清涼殿	懺法	将軍足利義澄参内。
永正9(1512)・9・23	3日	後柏原	後土御門13回	父	内裏清涼殿	懺法	
大永4(1524)・7・17	5日	後柏原	源朝子33回	母	内裏清涼殿	八講	和長卿記。実隆公記。
享禄元(1528)・4・6	3日	後奈良	後柏原3回	父	内裏清涼殿	懺法	
天文元(1532)・4・4	3日	後奈良	後柏原7回	父	内裏清涼殿	懺法	
天文7(1538)・4・4	3日	後奈良	後柏原13回	父	内裏清涼殿	懺法	
永禄2(1559)・9・2	2日	正親町	後奈良3回	父	内裏小御所	懺法	※講なし。
永禄6(1563)・9・3	3日	正親町	後奈良7回	父	内裏清涼殿	懺法	
永禄12(1569)・9・3	3日	正親町	後奈良13回	父	内裏清涼殿	懺法	

※とくに記載のないものは『御懺法講部類記』『懺法講部類』等による。

補　論

はじめに

本書の原本は、著者の以前の勤務先であった国文学研究資料館の業務として執筆したものである。当時（二〇〇一年）、総合研究大学院大学への加入が喫緊の課題であったため、毎夏、国内の大学院生を募って、館内で三日間の集中講義（「原典講読セミナー」と呼ばれた）が開催され、教員が分担してこれに当たった。担当教員は、講義内容を刊行することを義務付けられた。そのような経緯で、さまざまな制約があり、自由に執筆するという訳にはいかなかったが、それでも責務であると思って、たいへん気負っていたことを思い出す。「宮廷誌」などという書名もその現れであり、いかにも熟さない。しばしば「宮廷史」と誤記されて、味気ない思いもした。

本書では二条良基の伝記を叙してもいる。良基は、生涯の節目々々に、記録とも物語ともつかない、宮廷行事を題材とした仮名の日記を執筆し続けた。それは関白であった自身はもとより、北朝の置かれた政治状況をよく反映している。これらをどのように読み解くかを述べた。あわせて、こうした日記が、読み物として、同時代的にかなり広く影響があったことにも触れた。

その後、本書で取り上げた仮名日記についての専論は乏しく、『小島のすさみ』が『中世日記紀行文学全評釈集成』第六巻（勉誠出版、二〇〇四年）に収録されたことが挙げられる程度である（伊藤敬氏校注。底本は本書と同じく三条西実隆筆本）。

また本書の内容と関係する著者の論文としては次のようなものがある。

「『高倉院厳島御幸記』をめぐって」明月記研究9　二〇〇四年十二月

「姉小路基綱について―仮名日記作者として」国文学研究資料館紀要・文学研究篇31　二〇〇五年二月

「寵臣から見た足利義満―飛鳥井雅縁『鹿苑院殿をいためる辞』をめぐって―」松岡心平・小川剛生編『ZEAMI』4（森話社）二〇〇七年六月

以上は、男性廷臣の手になる仮名日記について論じたもので、姉小路基綱（一四四一～一五〇四）と飛鳥井雅縁（一三五八～一四二八）は、ともに室町殿が主催ないし支援した宮廷行事を記録する役目を果たしている。とくに雅縁の子孫、雅世・雅親・雅康にはそれぞれ同様の仮名日記がある。歌壇の指導者であったが、飛鳥井家は良基の後継者としても位置づけられる。なお、雅世が『富士紀行』を残した義教の駿河下向には、『左大臣義教公富士御覧記（時しらぬふみ）』もあり、近年関心を集めている。(1)

さて、この間の研究状況の最も大きな変化は、室町幕府将軍権力の実証的な研究が盛んとなり、「室町ブーム」とさえ言われる様相を呈したことである。とくに良質な一般書の刊行によって、成果が広く共有されたことも特徴であろう。もとより佐藤進一氏『南北朝の動乱』（日本の歴史9、中央公論社、一九六五年）という古典的な名著があり、そこで佐藤氏は幕府による一方的な朝廷権限の吸収という見取り図を描いたが、昨今ではこれも相対化されて、将軍権力の確立がふたたび論じられるようになった。その端緒に当たる、南北朝期の公武関係にも新たな光が当てられ(2)、二条良基の働きも評価されるようになった。今にして思えば、本書は比較的早くにこのことを論じたものでもあった。

ところで、著者自身、良基の伝記を何度か執筆した。

『二条良基研究』（笠間書院、二〇〇五年）

『足利義満―公武に君臨した室町将軍』（中公新書、中央公論新社、二〇一二年）

『二条良基』（人物叢書、吉川弘文館、二〇二〇年）

これらは本書と重なり、やはり新しいものほど扱う範囲が広く、整理されているので、人物叢書に就いていただきたい。この補論では、これらの成果を踏まえて、議論の焦点となっている幕府と北朝との関係を見直すことで、本書の記述をどのように訂すべきかを記したい。

第一講の『小島のすさみ』を成立させる直接的原因となったのは観応の擾乱、わけても正平一統および文和二年（一三五三）の南朝による京都占領であった。擾乱の経過と主要人物の帰趨進退は、極めて複雑で、理解を越えるところがあったが、現在ではこれもかなり整理されており、ずいぶん見通しがよくなった。かつては政権担当能力さえ疑問視されていた足利尊氏・義詮父子の評価も大いに変化している。(3)

それならば、本書で考察が足りないのは、なぜ尊氏があっさりと北朝を見捨てて、南朝と和睦したのか、という疑問であろう。

本書では尊氏の無節操に帰しているが（一二頁）、むしろ幕府の方針は、南朝の還京による朝廷分裂の解消を最終的な決着としていたとも取れる。少なくとも尊氏には、北朝をあくまで唯一の正統とし、その護持のために多大の犠牲をはらうような考えはなかったように思われる（これには尊氏個人の、後醍醐への敬慕も働いていたらしい）。後光厳は義詮の方針で践祚を遂げたので、在位の間、幕府の支持は一貫していたように思われるが、しかしそれは結果論に過ぎない。

当時の北朝でも、一統の後は両統迭立の世に戻ると予想していた人はかなりいた。南朝は、これを逆手に取り、決して再建できないよう北朝を痛めつけた訳であるが、正平一統がもたらした、北朝遺臣への懲罰と朝廷の混迷は、長く続く悪夢となったはずである。

良基は初めて切実に、幕府は北朝を奉じて貰わなければならない、と考えたはずである。公家は幕府なしでは一日も存在できない。しかし、一枚岩にまとまらない幕府は、戦況によって、いつふたたび南朝と手を結ぶか分からない。たいてい優れた紀行文学とばかりみなされている、『小島のすさみ』は、垂井行宮での後光厳と尊氏との対面こそが主題であり、尊氏を北朝の危地に駆け付けた忠臣に描かなくてはならなかった。この点は今も考えは変わらない。このような姿勢を追従と嗤うことは可能であるが、やはりそれは時代を知らない者の言であろう。

擾乱の最後の余波として、康安元年（一三六一）十二月になっても南朝の一時的な京都奪回が見られたが、その間にも何度か幕府と南朝との間での和睦が持ち上がっていた。近衛道嗣は「此事観応以来度々雖有其沙汰、毎度不信」（『後深心院関白記』延文五年正月三十日条）とする。和睦が成就するには、幕府の南朝への大幅な譲歩しかない。その暁には、いともたやすく後光厳の退位と北朝の消滅が現実となるに違いない。関白である良基はこのことを最も恐れたはずである。だいたい北朝の多くの廷臣は日和見を決めこみ、歌道師範家の二条為定のように、ひそかに後村上の復帰を切望する廷臣さえ、少なからずいた。尊氏は正平一統以来ずっと戦陣にあって、再建された北朝公家社会との交流は断たれている。良基との関係も深いものではなかった。

この点は、良基の文業を考える上でも重要であった。

たとえば、延文二年（一三五七）閏七月十一日、連歌撰集の『菟玖波集』が勅撰和歌集に准じられたことは、連歌の地位向上を狙った、良基個人の連歌偏愛に帰して語られる。ただ、それとは別の動機もあろう。つまり、後光厳はいまだ勅撰和歌集を完成させておらず、歌道師範家には信頼に足る人もいないため、異例ながら良基がこれを後世に遺そうとしたのである（大方の理解は得られなかったが）。尊氏ではなく、佐々木導誉を動かしたのもこの点にかかる。そしてまさにこの時、「南方・武家御和談事、此間世上云々、大略治定之由風聞」（『園太暦』延文二年七月二十日条所引、正親町三条実継書状）と、南朝との和睦交渉が進められていたことは見逃してはならない（この時も不首尾に終わった）。

二

ところで尊氏の最晩年から、幕府の評定では、形ばかりも、「両社《寺カ》本所領事、定制法、厳密可有沙汰云々」（『園太暦』延文二年七月二十九日条）という姿勢を示していた。実際には義詮の意志であろう。北朝はこれにうまく同ずることが必要であった。この時、尊氏とは異なり、良基が（多少一方的ではあるが）年少の義詮と意思疎通することができたことは重要であろう。

もとより、第二講で詳しく述べた通り、義詮の治世の後半は、興福寺をはじめとする寺社勢力の嗷訴が頻発していた。春日神木の在洛は足かけ三年に亘ったが、ともかくそれも幕府の力で解決した。良基が『さかき葉の日記』を書いて義詮に捧げたのは貞治五年（一三六六）秋であった。

ところが、幕府と南朝との和睦は依然として模索されていた。貞治四年八月にも、和睦の風聞があり、後光厳は破談となるよう、内裏で一字金輪法を修させた（尊道親王行状）。幕府は風聞を否定したものの、実はひそかに交渉は継続していたようで、翌年には、佐々木導誉と楠木正儀との密談によって、急速に具体化していった。北朝はこれを阻止することはできず、文字通り神仏に祈願するしかなかった訳である。但し関白良基は事態の報告を受け、当事者として振る舞っていたらしいことが、これまでとは大いに異なる。

貞治六年三月二十九日、北朝では中殿和歌御会が開催された。良基が周到に企画し演出したものである。そこでは異例ながら良基の慫慂によって将軍義詮が参仕した。四月十三日には、その成功を祝しての宴が催され、良基は義詮を招いて歓待の趣向を尽くす。そして仮名日記『雲井の花』が執筆され、義詮に贈られた(4)。

中殿御会という催しが持つ政教性を考えれば、この催しは後光厳治世を頌し、かつ和歌をはじめ伝統的文芸に憧憬する義詮を公家社会に招き入れ、懐柔するためであったと説明される。間違いではないが、より差し迫った目的があった。この四月は、上述の和睦交渉が大詰めを迎え、南朝使者葉室光資が入京していたのである。そんな時期に、北朝の中殿御会に義詮が初めて参仕し、演出とはいえ、君臣相和する宴が繰り広げられた。少なくとも南朝はこれを見て不審に思ったであろう。果たして和睦はまたしてもならなかった。こうした流れは、本書では十分に書かれていない。

この年、良基は関白を退くが、義詮と後村上との相次ぐ死去によって、ようやく和睦という脅威は薄らぐ。後光厳も在位二十年にして後円融に譲位し、念願の院政を開始することができた。ところが、そのタイミングを狙って、応安四年（一三七一）十二月、興福寺衆徒が大乗院と一乗院の抗争に非を鳴らし、門跡の処罰を訴えて春日神木を奉じて入洛、嗷訴は足かけ四年に及んだ。本書でも詳述したが、これは戦乱以上の混迷と疲弊を宮廷にもたらす。この時の良基の対応は、さまざまな史料によって明らかになるが、神木をともかくすみやかに帰座させて、延引を重ねる後円融の即位式を最優先で挙行しようとした。その粉骨奔走も酬われず、衆徒は態度を硬化させ、自身の放氏、さらに後光厳の崩御という事態まで惹き起こした。良基と後円融との不和は嗷訴への対応に失敗したことに端を発するものなのであろう。

その後の大薮海氏の研究によれば、良基の対応は、傍観者であった近衛道嗣などとは懸隔するにしても、かなり場当たり的であり、楽観的に過ぎたようにも見える。その意味で、本書のようにあまり悲壮に描くこともおかしなことであった。但し、ここで一貫して、幕府への窓口となり続けたという点で、室町殿に仕える南都伝奏のような地位が生まれて来る前提となったとの評価がされている。(5)

かつては南都の抗争を南朝・北朝の対立に結びつける考えもあったが、門跡以下の僧綱たちが、六方衆および大和の国民・国人の統制を失った結果と見るのが正しい。従って、その帰趨は幕府との関係に左右されるものであった。こうした構造的な問題に対しても、今日まで残されている豊富な史料を用いて、幕府の政策として実証的に検討し直す研究が現れている(6)。南都に対する摂関家の影響力は低下せざるを得ないが、それだけに南都の諸勢力や春日への信仰に依存する度合はかえって高くなり、そうした視点からこの日記を読み直す必要もあろう。

三

第三講で扱ったのは、将軍足利義満が管領細川頼之の軛を脱して、良基の後援のもと、北朝公家としてデビューを飾ったことであった。内裏での法華懺法講への参仕はその象徴と見て、『雲井の御法』を詳しく論じた。

ここで第一に訂正しなくてはならないことは、その伝本である。「現在のところ、和長が改変する以前の姿をとどめている」（一四五頁）として、宮内庁書陵部蔵伏見宮本を最善本と評価し、これに拠って立論したが、これは失考であった。

実は書写年代ではこれをはるかに遡る、前田育徳会蔵、応安康暦両度御懺法講記（六・三七）に収められる一本があった。該本は冊子改装の巻子本一軸で、後補縹色表紙を冠する。仲光卿記・信秋朝臣記（以上は応安元年三月）・不知記（交名のみ）・雲井の御法・迎陽記（以上は康暦二年正月）の五種の懺法講記録を合写する。紙背には「洞院殿」宛ての書状がいくつか見られ、享徳二年（一四五三）二月、洞院実熈が一条兼良に宛てた書状の案があり、本文の書写はそれ以後、筆跡は実熈と見られる。所収の記録はそれぞれ既知のものであるが、該本はそれらの祖本であろう。なお、『雲井の御法』には「此仮名記者、後普光園摂政〈于時准后〉被著作之云々」という奥書もある。今後は該本を研究の基礎に据えなくてはならない。

ところで、この康暦・永徳年間（一三七九〜八三）は公武関係史の劃期であり、義満が後世からも佳例として仰がれたから、史料の残存状況は南北朝時代のうちでも良好である。これらを活用するのに努めたが、二十年たったいま古記録の刊行が進んだことは特筆される。

近衛道嗣の『後深心院関白記』は、当時は大半が未刊であったが（文科大学史誌叢書を影印した増補続史料大成「愚管記」があったに過ぎない）、現在では現存記事を網羅した大日本古記録刊本が完結しており（全六冊・岩波書店・二〇一五年）、繙読は容易になった。

東坊城秀長の日記『迎陽記』も未刊であったが、これは著者が日次記・別記を合わせて史料纂集として校訂本を刊行した（二冊・八木書店、二〇一一・一六年）。『康暦二年懺法講記』も、前記応安康暦両度御懺法講記を底本として、第二冊に収めた。

さらに、一条経嗣の『荒暦』と『後円融院宸記』も部分的ながら刊行された(7)。

さて、懺法講は、室町の宮廷に定着した音楽儀礼としての側面を持つから、そのことは今後も顧みなくてはならない。内々の儀とはいえ、公武僧のさまざまな身体が内裏の空間を共有し、数日間の所作をするわけだから、その記録の知見は建築史にも有効で、成果も見られる(8)。

また第三講ではその後の義満の公家としての活動にも及んでいる。その帰結として推測され、当時強い関心を集めた「皇位簒奪説」については、上掲の拙著『足利義満』で詳しく検討した。そこでも述べたことであるが、二〇〇～二〇四頁では、義満と光源氏とを重ね合わせる仮名日記の構想が現実の義満のありようにも作用したと受け取れる見解を示している。これはいささか軽率であり、慎重でなければならなかった。少なくとも、仮名日記での筆致がたとえどれほど華麗を尽くしたとしても、現実の世界では光源氏は先例にならない、と今は考えている。

ところで、義満は、父祖と異なり、南朝の動向に強い関心があったとは思えない。むしろ管領頼之が河内へ出兵したり楠木正儀を帰順させるなど南朝勢力の切り崩し工作に熱心であったが、これも幕閣での求心力を保つためであった疑いが濃く、実際には南朝の軍事力はすでに低下し、脅威ではなかった。それより義満は、おそらく良基の使嗾《しそう》もあって、北朝内部の分裂への対処に腐心した。後円融個人とはあれほど激しく対立しながら、後光厳—後円融—後小松と続く皇位継承を支持する姿勢を変えず、正統をもって任ずる崇光院を冷遇し続けた。それが明徳三年（一三九二）にいたって、南朝との媾和を実現したのは唐突に見える。やはり前年に勃発した山名氏の叛乱によって、対策に迫られたからであろう。この時、頼之が幕政に復帰していたことも大きい。

両朝の合一は義満の独断であったと言われていて、北朝に相談した形跡はない。良基の実子一条経嗣が批判したことも有名であるが、それは後亀山院はじめ南朝皇胤に皇位の望みを温存させることになったからである。合一の直後、明徳三年十一月三十日、崇光院が出家したのは、内乱の終結に安堵したからではなく、有力な競合相手が新たに現れたことへの深い失望からであろう（現に『看聞日記』永享五年十一月二十三日条によれば、南朝に監禁されていた崇光院は帰京を認めさせる代償に、子孫は皇位継承を断念すると誓った告文を執筆した。後亀山はこれを義満に渡したという）。幕府と北朝との合体に尽力し続けた良基はすでにこの世にいなかったが、もし生きながらえていたら、これをどのように見たであろうか。

おわりに

本書は、講義録であるという性格上やむを得ないとはいえ、記述がたいへんまわりくどく、考察もまた未熟であるが（本シリーズの方針により、訂正は最小限にとどめた）、今日なおその価値があるとするならば、現状、北朝公家社会の研究がなお乏しいこと、政治史や公武関係史が学芸や儀礼の史料をなかなか視野に収めないでいることが挙げられようか。

「室町ブーム」の余慶は北朝の院や天皇に及び、一般読者に向けての書物も刊行されるようになった。かつてはまったく時代の圏外に置かれていた、荒涼たるありさまを知る者からすれば、たいへんに悦ばしいが、それでも隣接諸分野で進展している研究との間の断絶を感ずることがある。やはり学芸についての扱いが小さく、扱っていても最新の成果を十分に取り込んでいないように見えるからである。何より、この時期の院や摂関にとっては、学芸は治世や執政と一体のものであって、政治史の考察と不可分である。むしろ史学の問題として正面からとらえる潮流が生じて欲しいと願う。もとより文学作品の解釈には、本書で説いたように、さまざまな約束事があるにしても、それもまた知っておかなければならない当時の教養常識であって、史学研究の障壁になるものではないと思う。

ただ、ディシプリンの高い壁が、徐々にではあるが、低くなっていくのではないかと期待させる萌しもある。(9) 本書が、そういうものを乗り越えるための捨て石になるならば、幸いこれに過ぎることはない。

末筆ながら、本書を人寰に戻して下さった吉川弘文館、復刊を許可された人間文化研究機構国文学研究資料館、および臨川書店に篤く謝意を表する。

注

（1）　辻勝美氏・市橋さやか氏「日本大学所蔵『左大臣義教公富士御覧記』—翻刻と紹介」（『語文』一三〇、

二〇〇八年三月)、高橋優美穂氏「『左大臣義教公富士御覧記』とその周辺作品について—『富士御覧日記』との関係について」(『語文』一四〇、二〇一一年六月)、山本啓介氏「足利将軍と随従型紀行文について—義教の富士下向を中心に」(『日本文学研究ジャーナル』1、古典ライブラリー、二〇一七年三月)、小松春菜氏「『左大臣義教公富士御覧記』における構成意識と和歌表現」(『尾道市立大学日本文学論叢』一三、二〇一七年一二月)。

(2) 尊氏から義満の治世前期までの間に限っても、以下のような成果がある。森茂暁氏『南朝全史—大覚寺統から後南朝まで』(講談社選書メチエ、講談社、二〇〇五年)、水野智之氏『室町時代公武関係の研究』(吉川弘文館、二〇〇五年)、山田邦明氏「足利義詮と朝廷」(佐藤和彦氏編『中世の内乱と社会』東京堂出版、二〇〇七年)、本郷恵子氏『選書日本中世史3　将軍権力の発見』(講談社選書メチエ、講談社、二〇一〇年)、早島大祐氏『室町幕府論』(講談社選書メチエ、講談社、二〇一〇年)、市沢哲氏『日本中世公家政治史の研究』(校倉書房、二〇一一年)、新田一郎氏ほか『天皇と中世の武家』(天皇の歴史04、講談社、二〇一一年)、久水俊和氏『室町期の朝廷公事と公武関係』(岩田書院、二〇一一年)、松永和浩氏『室町期公武関係と南北朝内乱』(吉川弘文館、二〇一三年)、石原比伊呂氏『室町時代の将軍家と天皇家』(戎光祥出版、二〇一五年)など。また桃崎有一郎氏「昇進拝賀考」(『古代文化』五八—三、二〇〇六年一二月)、同氏「中世後期における朝廷・公家社会秩序維持のコストについて—拝賀儀礼の分析と朝儀の経済構造」(『史学』七六—一、二〇〇七年六月)、中井真木氏『王朝社会の権力と服装』東京大学出版会、二〇一八年)、家永遵嗣氏ほか「資料解題　解説と翻刻　国立公文書館所蔵『初任大饗記』国立歴史民俗博物館所蔵『義満公任槐召仰議并大饗雑事記』付、国立国会図書館所蔵

『永享四七廿五室町殿御亭〈大饗指図〉』（『人文』17、二〇一九年三月）は、拝賀・直衣始・大饗といった朝廷の伝統的な通過儀礼を分析しており、武家がいかにして公家社会に受け容れられたか、その過程を考えるのにも参考となる。

（3）　亀田俊和氏『高師直―室町新秩序の創造者』（歴史文化ライブラリー、吉川弘文館、二〇一五年）、同氏『観応の擾乱―室町幕府を二つに裂いた足利尊氏・直義兄弟の戦い』（中公新書、中央公論新社、二〇一七年）。

（4）　鹿野しのぶ氏「貞治六年中殿御会伝本考」（『桜文論叢』九七、二〇一八年）。

（5）　「室町幕府―権門寺院関係の転換点」（中島圭一氏編『十四世紀の歴史学』高志書院　二〇一六年）、「康暦の強訴終結後の混乱と南都伝奏の成立」（『お茶の水史学』六二、二〇一九年三月）等。

（6）　安田次郎氏『中世の興福寺と大和』（山川出版社、二〇〇一年）、稲葉伸道『日本中世の王朝・幕府と寺社』（吉川弘文館、二〇一九年）。また安田氏「室町殿の南都下向」（『文学』一一―一、二〇一〇年一月）は義教の南都下向を扱っている。

（7）　桃崎有一郎氏「『荒暦』永徳元年・二年記の翻刻」「『経嗣公記抄』（荒暦）永徳三年春記―翻刻と解題」（『年報三田中世史研究』一二～一三、二〇〇五～〇六年）。同氏「『後円融院宸記』永徳元年・二年・四年記―翻刻・解題と後花園朝の禁裏文庫」（田島公編『禁裏・公家文庫研究　第三輯』思文閣出版、二〇〇九年）。

（8）　岸泰子氏「室町・戦国期における宮中御八講・懺法講の場」（『近世の禁裏と都市空間』思文閣出版、二〇一四年）がある。

（9）日本史の側からも、武家執奏による勅撰和歌集の編纂や中殿歌会の開催について考察した、田中奈保氏「後光厳天皇親政期の勅撰和歌集と室町幕府」（『史観』一六二、二〇一〇年三月）があり、後花園天皇を主として対象とした秦野裕介氏『乱世の天皇—観応の擾乱から応仁の乱まで』（東京堂出版、二〇二〇年）は、新続古今集をはじめとする和歌事績を無視していない。また桃崎氏『室町の覇者　足利義満』（ちくま新書、筑摩書房、二〇二〇年）は同天皇の蒐書とその後も禁裏蔵書形成について触れる。

本書の原本は、二〇〇三年に臨川書店より刊行されました。

著者略歴
一九七一年　東京都に生まれる
一九九七年　慶應義塾大学大学院文学研究科博士課程中退　博士（文学）
熊本大学文学部、国文学研究資料館を経て
現　在　慶應義塾大学文学部教授

〔主要著書〕
『足利義満—公武に君臨した室町将軍』（中央公論新社、二〇一二年）、『兼好法師—徒然草に記されなかった真実』（中央公論新社、二〇一七年）、『二条良基』（人物叢書、吉川弘文館、二〇二〇年）

読みなおす日本史

南北朝の宮廷誌
二条良基の仮名日記

二〇二一年（令和三）六月一日　第一刷発行

編　者　人間文化研究機構 国文学研究資料館
著　者　小《お》川《がわ》剛《たけ》生《お》
発行者　吉川道郎
発行所　株式会社 吉川弘文館
郵便番号一一三—〇〇三三
東京都文京区本郷七丁目二番八号
電話〇三—三八一三—九一五一〈代表〉
振替口座〇〇一〇〇—五—二四四
http://www.yoshikawa-k.co.jp/
組版＝株式会社キャップス
印刷＝藤原印刷株式会社
製本＝ナショナル製本協同組合
装幀＝渡邉雄哉

ISBN978-4-642-07163-5

読みなおす
日本史

刊行のことば

現代社会では、膨大な数の新刊図書が日々書店に並んでいます。昨今の電子書籍を含めますと、一人の読者が書名すら目にすることができないほどとなっています。ましてや、数年以前に刊行された本は書店の店頭に並ぶことも少なく、良書でありながらめぐり会うことのできない例は、日常的なことになっています。

人文書、とりわけ小社が専門とする歴史書におきましても、広く学界共通の財産として参照されるべきものとなっているにもかかわらず、その多くが現在では市場に出回らず入手、講読に時間と手間がかかるようになってしまっています。歴史の面白さを伝える図書を、読者の手元に届けることができないことは、歴史書出版の一翼を担う小社としても遺憾とするところです。

そこで、良書の発掘を通して、読者と図書をめぐる豊かな関係に寄与すべく、シリーズ「読みなおす日本史」を刊行いたします。本シリーズは、既刊の日本史関係書のなかから、研究の進展に今も寄与し続けているとともに、現在も広く読者に訴える力を有している良書を精選し順次定期的に刊行するものです。これらの知の文化遺産が、ゆるぎない視点からことの本質を説き続ける、確かな水先案内として迎えられることを切に願ってやみません。

二〇一二年四月

吉川弘文館

読みなおす日本史

地理から見た信長・秀吉・家康の戦略　足利健亮著　二二〇〇円
神々の系譜 日本神話の謎　松前　健著　二四〇〇円
古代日本と北の海みち　新野直吉著　二二〇〇円
白鳥になった皇子 古事記　直木孝次郎著　二二〇〇円
島国の原像　水野正好著　二四〇〇円
入道殿下の物語 大鏡　益田　宗著　二二〇〇円
中世京都と祇園祭 疫病と都市の生活　脇田晴子著　二二〇〇円
吉野の霧 太平記　桜井好朗著　二二〇〇円
日本海海戦の真実　野村　實著　二二〇〇円
古代の恋愛生活 万葉集の恋歌を読む　古橋信孝著　二四〇〇円
木曽義仲　下出積與著　二二〇〇円

足利義政と東山文化　河合正治著　二二〇〇円
僧兵盛衰記　渡辺守順著　二二〇〇円
朝倉氏と戦国村一乗谷　松原信之著　二二〇〇円
本居宣長 近世国学の成立　芳賀　登著　二二〇〇円
江戸の蔵書家たち　岡村敬二著　二四〇〇円
古地図からみた古代日本 土地制度と景観　金田章裕著　二二〇〇円
「うつわ」を食らう 日本人と食事の文化　神崎宣武著　二二〇〇円
角倉素庵　林屋辰三郎著　二二〇〇円
江戸の親子 父親が子どもを育てた時代　太田素子著　二二〇〇円
埋もれた江戸 東大の地下の大名屋敷　藤本　強著　二五〇〇円
真田松代藩の財政改革 『日暮硯』と恩田杢　笠谷和比古著　二二〇〇円

吉川弘文館
（価格は税別）

読みなおす日本史

境界争いと戦国諜報戦
盛本昌広著
（続　刊）

邪馬台国をとらえなおす
大塚初重著
（続　刊）

百人一首の歴史学
関　幸彦著
（続　刊）

江戸城　将軍家の生活
村井益男著
（続　刊）

沖縄からアジアが見える
比嘉政夫著
（続　刊）